देशभक्तों की अमर कहानियाँ

देशभक्तों की अमर कहानियाँ

चित्रा गर्ग

विद्या विहार, नई दिल्ली

प्रकाशक : विद्या विहार
19, संत विहार (पहली मंजिल) गली नं. 2, अंसारी रोड, नई दिल्ली–110002
 / संस्करण : 2026 / मूल्य : चार सौ पचास रुपए
मुद्रक : आर–टेक ऑफसेट प्रिंटर्स, दिल्ली ISBN 978-93-93113-06-1

DESHBHAKTON KI AMAR KAHANIYAN
stories by Smt. Chitra Garg ₹ 450.00
Published by **VIDYA VIHAR**
19, Sant Vihar (First Floor), Street No.2, Ansari Road, New Delhi-110002

प्रस्तावना

हमारे देश में सदियों से अनेक महान् देशभक्तों ने जन्म लिया है। उन्होंने अलग-अलग तरह से देश की सेवा की। सामाजिक कुरीतियों का विरोध किया, लोगों में स्वाभिमान और स्वावलंबन की भावना जाग्रत् की। वर्षों पूर्व देश ने मुगलों के दमन का सामना किया और फिर अंग्रेजों द्वारा गुलामी की बेड़ियों की जकड़न में दु:ख भरी जिंदगी व्यतीत की। इस पुस्तक में मैंने स्वतंत्रता संग्राम तथा उससे पूर्व के देशभक्तों की कहानियों का समावेश किया है, जिन्होंने देश-सेवा हेतु अपनी जान तक न्योछावर कर दी। उनके जीवन की कहानियाँ हमारे लिए प्रेरणास्रोत हैं, जो हमारे अंत:करण में देश के प्रति समर्पण की भावना जाग्रत् करती हैं।

स्वातंत्र्य समर में हमारे वीर क्रांतिकारियों ने अत्यंत विषम परिस्थितियों का सामना किया। वे हताशा के घने बादलों के बीच आकाशीय विद्युत् के रूप में कौंधे और अपनी चमक से भारत देश को आलोकित कर गए। वे सभी देशभक्त आत्मविश्वास और दृढ़-निश्चय के दम पर अंग्रेजी हुकूमत के खिलाफ लड़े और हँसते-हँसते देश के स्वातंत्र्य यज्ञ में अपने प्राणों की आहुति समर्पित कर गए।

इन सभी वीर देशभक्तों की कुरबानियों को याद कर आज भी हमारा रक्त खौल उठता है और हम उनके प्रति नतमस्तक हो जाते हैं। इन देशभक्तों में पुरुषों के साथ कंधे-से-कंधा मिलाकर बढ़-चढ़कर हिस्सा लेनेवाली महिलाएँ भी थीं। वे आवश्यकता होने पर अंग्रेजों के साथ जूझ पड़ीं और अपने अदम्य साहस का उदाहरण प्रस्तुत किया।

देश को आजादी दिलाने के लिए अनेक क्रांतिकारी वीर जीवनपर्यंत अंग्रेजी सरकार से लड़ते रहे। उन्हें तरह-तरह की यातनाएँ दी गईं, कालापानी (अंडमान सेल्युलर जेल) की सजा दी गई, शारीरिक प्रताड़नाएँ दी गईं, लेकिन उन्होंने घोर

अपमान सहने के बावजूद न अपनी जुबान खोली और न ही हिम्मत हारी। कुछ देशभक्तों पर जुल्मों की इतनी इंतिहा हुई कि उन्हें सहते-सहते उनकी जान तक चली गई। कई देशभक्तों को छोटे-मोटे सबूत जुटाकर फाँसी की सजा दे दी गई। उन पर ऐसे-ऐसे अत्याचार हुए कि पढ़कर साँसें थम जाती हैं, रोंगटे खड़े हो जाते हैं। हम नतमस्तक होकर उनकी हिम्मत को सलाम करते हैं।

हमारा इतिहास ऐसे वीर देशभक्तों की कहानियों से भरा हुआ है। उनकी अनेक गाथाएँ और कहानियाँ लोगों के संज्ञान में हैं और चिर-परिचित हैं, लेकिन अनेक देशभक्त पुरुष व महिलाएँ ऐसी भी रहीं, जो क्षेत्रीय कहानियों तक ही सिमटकर रह गए और जिनके समर्पण की कहानियाँ इतिहास का हिस्सा नहीं बन सकीं।

1947 में स्वतंत्रता मिलने के पश्चात् 2022 तक स्वतंत्रता के पूरे 75 वर्ष पूरे हो चुके हैं। इसी कारण पूरे देश ने 2022 में स्वतंत्रता के 75वें वर्ष को 'अमृत महोत्सव' के रूप में मनाया है। इस अवसर पर इन क्रांतिकारी व वीर देशभक्तों को याद करना व उनके जीवन की घटनाओं को जानना अत्यंत आवश्यक है, साथ ही सुखद अनुभूति प्रदान करनेवाला भी।

मैंने इस पुस्तक में ऐसा प्रयास किया है कि सामर्थ्यवान व प्रखर देशभक्तों की कहानियाँ आप तक पहुँचाऊँ। इस पुस्तक के माध्यम से आपके सामने मैं इनकी प्रेरणादायक कहानियाँ प्रस्तुत कर रही हूँ। आशा के साथ ही पूर्ण विश्वास है कि सुधि पाठक इस पुस्तक को हाथोहाथ लेंगे।

—चित्रा गर्ग

authorg8@gmail.com

www.chitragrag.com

अनुक्रम

विस्मृत क्रांतिकारी : चानकू महतो

झारखंड के कई आदिवासी देशभक्तों की तरह चानकू महतो भी विस्मृत क्रांतिकारी ही हैं। महतो प्राचीन राढ़ प्रदेश सभ्यता का एक गुमनाम राष्ट्रभक्त हैं। गाँव-गाँव जाकर लोगों को संगठित करनेवाले 'हूल क्रांति' के इस नायक चानकू महतो ने अंग्रेजों की नाक में दम कर रखा था।

9 फरवरी, 1816 को जनमे चानकू महतो बचपन से साहसी और विलक्षण प्रतिभावाले थे। राढ़ प्रदेश, वृहद् बंगाल के चार भू-भाग में से एक है। जंगल तराई यानी वर्तमान झारखंड के संताल परगना प्रमंडल के गोड्डा जिले के रंगमटिया गाँव में वे जनमे थे।

नाना धनीराम महतो के बहुत लाड़ले होने की वजह से उनकी शिक्षा-दीक्षा नाना के पास बाड़ेडीह गाँव में ही हुई। बीमारी से माँ की असमय मृत्यु हो गई, तब चानकू अपने घर रंगमटिया में रहकर पिता के साथ खेती में हाथ बँटाने लगे। अपने हुनर और प्रतिभा के कारण गाँव के प्रधान बने और फिर कुड़मि स्वशासन व्यवस्था के परगना के परगनैत भी बने।

गोड्डा इलाके में भी कंपनी सरकार का प्रवेश हो चुका था। यहाँ अंग्रेजों ने गोड्डा में भूमि कर में अप्रत्याशित वृद्धि कर दी। जो कर देने में आनाकानी करते या गरीबी अथवा कम उपज के कारण

असमर्थ होते तो उनको तरह-तरह की यातनाएँ दी जातीं, उनकी जमीन छीनकर बाहरी रैयत को दे दी जाती।

रैयत इस नई व्यवस्था से अपरिचित थे। जमीन उनकी थी, जंगल उनका था, जल उनका था। अब तक वे सामूहिक और सह-अस्तित्व के साथ जीते आए थे, लेकिन अब नई व्यवस्था में यह सब उनसे छीना जा रहा था या उसके लिए कर की व्यवस्था दी गई। चानकू महतो इस अत्याचार को देख रहे थे।

अंग्रेजों ने उनके पारपंरिक स्वशासन पर भी हमला बोल दिया था। गाँव में एक अलग वैकल्पिक सरकार खड़ी कर दी। आदिवासियों पर इन पदधारियों के माध्यम से ही शासन चलाने के लिए कर वसूली होने लगी।

ब्रिटिश सत्ता के साथ-साथ अंग्रेजों के अत्याचार और मनमानी बढ़ती गई, तब आदिवासियों-मूलवासियों ने जवाब देने की ठानी। विद्रोह ही एकमात्र रास्ता था और इसके लिए गाँव-गाँव बैठकें होने लगीं और लोग एकजुट होने लगे। चानकू महतो ने नेतृत्व सँभाला। इसके बाद चानकू महतो ने अपने स्तर से लोगों को एकजुट कर अंग्रेजी सत्ता के खिलाफ विद्रोह कर दिया और नारा दिया—'आपोन माटी, आपोन दाना, पेट काटी निही देबञ खजाना।' अपना पेट काटकर भला कंपनी का खजाना क्यों भरें?

गाँव-गाँव जाकर चानकू महतो ने लोगों को जाग्रत् किया और सैकड़ों युवा उनके साथ आते गए। हूल क्रांति से पहले 1853-54 में अपने प्रमुख सहयोगियों राजवीर सिंह, बेजल सोरेन, भागीरथ माँझी, हुघली महतो, बुधु राय, बलुआ महतो, रामा गोप, चालो जोलाहा, गांदो, हरदेव सिंह के साथ जमींदारों और कंपनी सरकार के खिलाफ आंदोलन छेड़ दिया।

संताल भी कंपनी सरकार के शोषण से परेशान थे। वे भी व्यापक आंदोलन छेड़ने की योजना बना रहे थे। चानकू महतो इस आंदोलन में अपने पूरे साथियों के साथ शामिल हो गए। सिदो-कान्हू ने 30 जून, 1855 को विशाल सभा अर्थात् विद्रोह की तिथि निर्धारित की। सभा में पूरे संताल परगना से लोग एकत्र हुए और विद्रोह कर दिया। इस आंदोलन की बौद्धिक अगुवाई शाम परगना कर रहे थे। इस विद्रोह में हजारों आदिवासी मारे गए। आंदोलन के कई अगुवा बच गए। चानकू महतो भी पुलिस की पकड़ में न आ सके। हूल क्रांति में संताली, महतो व अनेक स्थानीय जातियों ने योगदान दिया था, जिससे हजारों आदिवासी बलिदान हो गए थे।

चानकू महतो को पुलिस खोज रही थी। महीनों तक पुलिस और चानकू के बीच लुका छिपी का खेल चलता रहा। सन् 1855 के अक्तूबर महीने में सोनार

चक में जनसभा थी। उसमें चानकू शामिल हुए और लोगों को संबोधित कर रहे थे कि एक गद्दार नायब प्रताप नारायण ने अंग्रेजी सरकार को उनकी उपस्थिति की सूचना दे दी।

अंग्रेजी सेना ने तेजी से काररवाई करते हुए चानकू महतो को चारों तरफ से घेर लिया और युद्ध शुरू हो गया। इस हमले में चानकू घायल हो गए, लेकिन उनके साथी उन्हें सुरक्षित स्थान पर लेकर चले गए।

चानकू महतो एक बार फिर पुलिस की पकड़ में नहीं आ सके। अब पुलिस का गुस्सा सातवें आसमान पर था। पुलिस को किसी ने सूचित कर दिया कि चानकू महतो अपने ननिहाल बाड़ेडीह गाँव में हैं। पुलिस यहाँ चुपके से पहुँची और उन्हें गिरफ्तार कर लिया। इसके बाद 15 मई, 1856 को गोड्डा के राजकचहरी स्थित कझिया नदी के किनारे उन्हें फाँसी दे दी गई। अंग्रेजी सेना इतने गुस्से में थी कि 1856 में बाड़ेडीह महतो टोले को पूरी तरह उजाड़ दिया।

पहाड़िया आंदोलन के बाद झारखंड का यह दूसरा संगठित विद्रोह था, जिससे ब्रिटिश सत्ता हिल उठी थी। इसके बाद ही संताल परगना अस्तित्व में आया। नया कानून बना और उन्हें सहूलियत दी गई, लेकिन हूल के नायक चानकू महतो सरकारी स्तर पर आज भी उपेक्षित ही हैं।

देश के इतिहास में चानकू महतो को उचित स्थान नहीं दिया, इसलिए सरकार की नजर में झारखंड के कई आदिवासी देशभक्तों की तरह चानकू महतो भी अज्ञात क्रांतिकारी ही हैं, लेकिन स्थानीय व कई सामाजिक संगठनों द्वारा उन्हें श्रद्धापूर्वक याद किया जाता रहा है। उनकी जयंती, बलिदान व 'हूल दिवस' पर झारखंड और आसपास के राज्यों में भी चानकू महतो याद किए जाते हैं।

उनके वंशज और ग्रामीण प्रत्येक वर्ष उनकी याद में कई आयोजन करते हैं। कई घरों में तो इन दिनों में आज भी एक वक्त का चूल्हा नहीं जलता है। पिछले दिनों इस क्रांतिकारी के आँगन की मिट्टी एकत्र कर स्मारक बनवाया गया व 9 फरवरी, 2022 को उनकी आदमकद प्रतिमा लगाई गई।

□

क्रांतिकारी सुशीला मोहन उर्फ सुशीला दीदी

आंदोलन के समय मातृशक्ति जितनी जाग्रत् हुई, उतनी शायद ही कभी रही। भारत को परतंत्रता की बेड़ियों से मुक्त कराने के लिए देशप्रेमी महिलाओं ने पुरुषों के साथ कंधे-से-कंधा मिलाकर काम किया। महिला क्रांतिकारी सुशीला मोहन उर्फ सुशीला दीदी ऐसी ही क्रांतिकारी थीं, जिन्होंने काकोरी कांड में फँसे क्रांतिकारियों को बचाने के लिए अपनी शादी के लिए रखा गया सोना तक बेच दिया था।

पंजाब की सुशीला मोहन उर्फ सुशीला दीदी पढ़ाई के दौरान ही क्रांतिकारी संगठनों से जुड़ गई थीं। उनके कार्य थे—क्रांतिकारियों को गुप्त सूचनाएँ पहुँचाना और परचे आदि बाँटना। 'लाहौर षड्यंत्र' केस में गिरफ्तारी के पश्चात् भगत सिंह के मुकदमे की पैरवी के लिए फंड जुटाने में वे जी-जान से लगी थीं। चंद्रशेखर आजाद की सलाह पर भगत सिंह और उनके साथियों को छुड़ाने के लिए गांधी-डरविन समझौते में भगत सिंह की फाँसी को कारावास में बदलने की

शर्त लेकर वे महात्मा गांधी से मिलने गई थीं, किंतु गांधी ने इस शर्त को समझौते में रखने से साफ इनकार कर दिया था।

सुशीला का जन्म 5 मार्च, 1905 को पंजाब के दत्तोचूहड़ (पाकिस्तान) में हुआ था। उनके पिता डॉ. करमचंद अंग्रेजों की सेना में मेडिकल अफसर थे, किंतु विश्वयुद्ध की विभीषिका को देखकर उन्हें अंग्रेजों से घृणा हो गई। यही कारण रहा कि उन्होंने ब्रिटिश सरकार द्वारा दी गई 'राय साहब' की उपाधि अस्वीकार कर दी थी।

सुशीला जब किशोरावस्था में थीं, तभी उनकी माँ का देहावसान हो गया। दो भाई और तीन बहनों में वे सबसे बड़ी थीं। सुशीला की शिक्षा जालंधर कन्या विद्यालय से हुई और उन्हें देशभक्ति की प्रेरणा इसी विद्यालय की प्राचार्य रहीं कुमारी लज्जावती से मिली थी।

लाला लाजपत राय की गिरफ्तारी से आक्रोशित होकर सुशीला ने एक पंजाबी गीत लिखा—'गया ब्याहन आजादी लाडा भारत दा!' यह गीत उस समय क्रांतिकारियों का पसंदीदा गीत बन गया था।

सुशीला पढ़ाई के साथ-साथ कई क्रांतिकारी संगठनों से भी जुड़ गईं। इनमें क्रांतिकारियों को गुप्त सूचनाएँ पहुँचाना, क्रांति की ज्वाला जनमानस में जगाने के लिए परचे आदि बाँटना जैसे कार्य शामिल थे।

सुशीला की देशभक्ति देखकर लज्जावती ने ही उनकी भेंट दुर्गा भाभी से कराई थी। धीरे-धीरे दोनों की घनिष्ठता इस कदर बढ़ी कि उनके बीच ननद-भाभी का रिश्ता बन गया था। इसके पश्चात् सभी क्रांतिकारियों के लिए सुशीला 'दीदी' और दुर्गा 'भाभी' हो गईं।

वर्ष 1926 में देहरादून में हुए 'हिंदी साहित्य सम्मेलन' के अवसर पर पहली बार उनकी मुलाकात सरदार भगत सिंह, भगवती चरण वोहरा (दुर्गा भाभी के पति) और बलदेव से हुई। वर्ष 1927 में जब काकोरी कांड के क्रांतिकारियों की फाँसी की खबर सुशीला दीदी को पहुँची तो यह सुनकर ही वे बेहोश हो गई थीं।

काकोरी कांड के क्रांतिकारियों को बचाने के लिए सुशीला दीदी ने माँ द्वारा उनकी शादी के लिए रखा गया दस तोला साना मुकदमे की पैरवी के लिए दे दिया था; लेकिन उनका यह त्याग भी क्रांतिवीरों को फाँसी के फंदे से नहीं बचा सका।

स्नातक की पढ़ाई पूरी करने के पश्चात् सुशीला कलकत्ता चली गईं। वहीं उन्होंने शिक्षिका की नौकरी भी कर ली, लेकिन कलकत्ता में रहते हुए भी वे देश-प्रेम से विमुख नहीं हुईं।

वे गुप्त रूप से क्रांतिकारियों की मदद करती रहीं। वर्ष 1928 में सांडर्स वध के बाद भगत सिंह और दुर्गा भाभी जब भेष बदलकर लाहौर से कलकत्ता पहुँचे तो भगवती चरण वोहरा और सुशीला दीदी ने स्टेशन पर उनका स्वागत किया। यही नहीं, कलकत्ता में उनके ठहरने का इंतजाम भी सुशीला दीदी ने ही किया था।

8 अप्रैल, 1929 को केंद्रीय असेंबली, दिल्ली में बम फेंकने से पूर्व भगत सिंह और बटुकेश्वर दत्त जिन तीन लोगों से मिले थे, उनमें दुर्गा भाभी, भाई भगवती चरण और सुशीला दीदी का नाम शामिल था।

सुशीला दीदी को वर्ष 1932 में क्रांतिकारी गतिविधियों में शामिल होने के कारण गिरफ्तार कर लिया गया। हालाँकि, छह माह के कारावास के बाद उन्हें छोड़ दिया गया। वर्ष 1933 में सुशीला दीदी ने क्रांतिकारी साथी रहे दिल्ली के श्याम मोहन से विवाह कर लिया। शादी के बाद सुशीला दीदी ने गरीब और असहाय स्त्रियों की सहायता के लिए दिल्ली में 'महिला शिल्प विद्यालय' की स्थापना की।

देश की आजादी में अपना सर्वस्व न्योछावर करनेवाली वीरांगना सुशीला दीदी स्वाधीनता के पश्चात् आर्थिक अभाव व खराब स्वास्थ्य के चलते 13 जनवरी, 1963 को इस दुनिया को अलविदा कह गईं। उनकी मृत्यु पर क्रांतिकारी वैशंयापन ने कहा था—

"दीदी! तुम्हें शत-शत नमन! तुम्हारी पहचान अभी नहीं हुई, पर बाद में जरूर होगी।"

यह कहना गलत नहीं होगा कि देश सुशीला दीदी जैसी सैकड़ों वीरांगनाओं का स्वाधीनता में योगदान तो क्या, उनका नाम तक विस्मृत कर चुका है।

□

देशभक्ति की मिसाल : हेलेन लेपचा उर्फ सावित्री देवी

भारतीय स्वतंत्रता संग्राम से जुड़ी वीरांगना हेलेन लेपचा सिक्किम के एक छोटे से गाँव संगमू में पैदा हुई थीं। उन्होंने देश के अलग-अलग हिस्सों में जाकर न केवल जरूरतमंद लोगों की मदद की, बल्कि उनमें स्वाधीनता की अलख भी जगाई।

महात्मा गांधी के नेतृत्व में विदेशी वस्तुओं का बहिष्कार, मादक द्रव्य बहिष्कार, खादी और स्वदेशी का प्रचार, असहयोग आंदोलन, कानून तोड़ो, अंग्रेजो भारत छोड़ो आदि आंदोलनों में संपूर्ण देश के साथ पूर्वोत्तर की वीरांगनाओं के कंधे-से-कंधा मिलाकर एकजुटता दिखाई थी।

भारतीय स्वातंत्र्य युद्ध से जुड़ी ऐसी ही एक वीरांगना थीं सिक्किम की हेलेन लेपचा। सिक्किम के नामची (शहर गंगटोक के करीब स्थित) से लगभग 15 किलोमीटर दूर संगमू गाँव में 14 जनवरी, 1902 को हेलेन लेपचा का जन्म अचुंग लेपचा के घर में हुआ था। हेलेन अचुंग लेपचा की तीसरी संतान थीं। बाद में लेपचा परिवार सिक्किम से स्थानांतरित होकर दार्जिलिंग के निकट कुर्सियांग में चला गया और यहीं पर अपना निवास बनाया।

गांधीजी ने स्वतंत्रता-प्राप्ति के लिए विभिन्न आंदोलन शुरू करने

के साथ ही खादी वस्त्र और चरखा का प्रचार भी शुरू कर दिया था। बंगाल के दार्जिलिंग में किसी व्यक्ति से इस बारे में सुनकर हेलेन लेपचा ने इसमें रुचि ली और कलकत्ता जाकर चरखा चलाने का प्रशिक्षण प्राप्त किया। गांधीजी के आदर्शों से प्रेरित होकर उन्होंने न केवल चरखा चलाना शुरू किया, बल्कि अलग-अलग जगहों पर जाकर लोगों को स्वदेशी के प्रति जागरूक करने लगीं। इसके साथ ही, वे लोगों को देश-प्रेम का पाठ पढ़ाती थीं और जरूरतमंदों की मदद भी करती थीं।

वर्ष 1920 में जब बिहार में बाढ़ आई तो वे पीड़ितों की मदद करने के लिए बिहार के मुजफ्फरपुर आ गईं और वहाँ बाढ़ पीड़ितों की सेवा में जी-जान से जुट गईं।

एक दिन बाढ़ से प्रभावित लोगों को देखने के लिए गांधीजी मुजफ्फरपुर आए हुए थे। इसी दौरान गांधीजी की मुलाकात हेलेन लेपचा से हुई। यहाँ पर गांधीजी ने खुले हृदय से हेलेन की प्रशंसा की, साथ ही उन्हें अपने साबरमती आश्रम, अहमदाबाद आने का भी न्योता दिया। इस प्रकार से हेलेन लेपचा गांधीजी के संपर्क में आईं और उन्हें गांधीजी से आशीर्वाद भी मिला।

जब वे साबरमती आश्रम गईं, तब गांधीजी ने वहाँ हेलेन लेपचा का नाम बदलकर 'सावित्री देवी' कर दिया। बाद में बिहार और उत्तर प्रदेश को ही हेलेन ने अपना कार्यस्थल बनाया।

उन्होंने झरिया के कोयला मजदूरों को संगठित किया और उन्हें कांग्रेस के आंदोलन में सहभागी बनाया। आंदोलनों में हेलेन की सक्रिय भागीदारी के कारण ब्रिटिश सरकार की पैनी नजर उन पर थी, परंतु वे जल्दी-जल्दी स्थान बदलकर अपने को छिपाती रहती थीं।

वे वर्ष 1921 में अहमदाबाद कांग्रेस अधिवेशन में डॉ. सरोजिनी नायडू के साथ भाग लेने गई थीं। कांग्रेस संगठन का अधिकतर काम वे बिहार और उत्तर प्रदेश में ही करती थीं। हेलेन ने बिहार के झरिया कोयला क्षेत्रों (अब झारखंड में) के दस हजार से अधिक खदान श्रमिकों के जुलूस का नेतृत्व किया और आदिवासी मजदूरों के शोषण और उनके प्रतिस्थापन का विरोध किया।

उनकी बढ़ती लोकप्रियता ने अंग्रेजों को परेशान कर दिया। यही नहीं, अंग्रेजों ने उनके खिलाफ गिरफ्तारी वारंट जारी कर दिया। इससे बचकर वे कुछ समय इलाहाबाद के 'आनंद भवन' में भी छिपकर रहीं।

एक बार वे गोरखा सत्याग्रहियों के साथ सिलीगुड़ी में स्वदेशी आंदोलन में भाग लेने गई थीं। इस दौरान कानून तोड़ने के कारण बारह सत्याग्रहियों के साथ वे

भी गिरफ्तार हुईं। उनको छह महीने की जेल की सजा हुई। इसके बाद तीन साल तक गृहबंदी बनकर रहना पड़ा।

'दी डायरेक्टरी ऑफ इंडियन वूमन टुडे, 1976' में यह लिखा है कि वर्ष 1939-40 में जब नेताजी सुभाषचंद्र बोस गृहबंदी थे, तब हेलेन रोटी के अंदर गुप्त सूचनाएँ रखकर उनके पास भेजती थीं।

गृहबंदी से नेताजी सुभाषचंद्र बोस को भगाने में हेलेन की काफी सराहनीय भूमिका रही है, क्योंकि नेताजी के लिए पठानवाला पहनावा उन्होंने ही तैयार किया था।

स्वतंत्रता के बाद अपनी कर्मठता के कारण हेलेन कुर्सियांग म्यूनिसपैलिटी की अध्यक्ष चुनी गईं। बंगाल सरकार ने वर्ष 1958 में उन्हें 'पहाड़ की जनजाति मुखिया' का सम्मान दिया था। वर्ष 1972 में उन्हें 'ताम्रपत्र सम्मान' और स्वतंत्रता सेनानी की पेंशन दी गई।

18 अगस्त, 1982 को जन-सेवा को समर्पित हेलेन लेपचा का देहावसान हो गया। आनेवाली पीढ़ियाँ देश-सेवा को समर्पित लेपचा के जीवन से हमेशा प्रेरणा प्राप्त करती रहेंगी।

□

बलिदानी जोड़ी : सूबेदार नादिर अली और जयमंगल पांडेय

सूबेदार नादिर अली और जयमंगल पांडेय ने 1857 में अपने अप्रतिम शौर्य से भारत के इतिहास में स्वर्णिम अध्याय लिख दिया था। झारखंड के इन अमर नायकों के बलिदान की दास्तान एक मिसाल है।

जयमंगल पांडेय और नादिर अली दोनों ही शूरवीर सूबेदार थे। वे 1857 के प्रथम स्वाधीनता संग्राम के समय रामगढ़ बटालियन की 8वीं नेटिव इन्फैंट्री में कार्यरत थे। दोनों ने अंग्रेज सैनिकों से लोहा लेते हुए हँसते-हँसते बलिदान दिया था।

यों तो दोनों सामान्य परिवार से थे, ज्यादा साधन-संपन्न नहीं थे, लेकिन उन्होंने अपने शौर्य से स्थानीय लोगों का दिल जीत लिया था। सामान्य कद-काठी के उन दोनों क्रांतिवीरों का बलिदान आज भी एक मिसाल है।

झारखंड का एक छोटा सा जिला है चतरा, जो अंग्रेजों के जमाने में कमिश्नरी था, बाद में सब-डिवीजन, फिर जिला बना। उन दिनों यहाँ बाघ, चीतल, सांभर, वनैला सूअर, हिरण जैसे अनगिनत जीव-जंतु थे। अंग्रेज अफसर अपने लाव-लश्कर के साथ चतरा के गहन जंगलों में प्राय: शिकार खेलने जाया करते

थे। इस लगभग अज्ञात वनाच्छादित स्थान पर 1857 के प्रथम स्वाधीनता संग्राम के समय नादिर अली और जयमंगल पांडेय ने 150 सिपाहियों के साथ देश की स्वाधीनता की खातिर आत्म-बलिदान किया था।

यह भी एक अजब संयोग है कि महानायक मंगल पांडे और जयमंगल पांडेय दोनों के नामों में समानता है। प्रथम स्वाधीनता संग्राम के महानायक मंगल पांडे द्वारा अंग्रेजों के विरुद्ध बैरकपुर में विद्रोह का बिगुल बजाते ही पूरे देश में गुलामी से मुक्ति के लिए सैनिकों के बीच विद्रोह की ज्वाला जल उठी थी, उसमें संकल्पित क्रांतिकारी सिपाहियों के साथ तत्कालीन बिहार के रामगढ़ बटालियन में भी उसका ज्वर उठा था।

यहाँ के सैनिकों ने भी आहुति देने के लिए कमर कस ली थी। 30 जुलाई, 1857 को रामगढ़ बटालियन की 8वीं नेटिव इन्फैंट्री के जवानों ने दोनों सूबेदारों के नेतृत्व में राँची के लिए कूच किया। उधर जगदीशपुर के वीर कुँवर सिंह भी गुलामी की खिलाफत का झंडा उठाए हुए थे। सितंबर के मध्य में वीर कुँवर सिंह की सेना से मिलने के लिए जयमंगल पांडेय एवं नादिर अली के नेतृत्व में 150 जवान जान हथेली पर लेकर निकल पड़े।

विद्रोह की भनक पाते ही ब्रिटिश मेजर अंग्रेजी हथियारों से लैस अपनी विशाल सेना के साथ उनका पीछा करने लगे और चतरा में उनके सामने आ पहुँचे। हथियारों और संख्या बल में कमजोर होते हुए भी नादिर अली और जयमंगल पांडेय मन और संकल्प से कमजोर नहीं थे। दोनों सूबेदारों का मनोबल खूब बढ़ा हुआ था। गुलामी की जंजीरें तोड़ने व आक्रांता को सबक सिखाने का जज्बा नादिर अली और जयमंगल पांडेय में कूट-कूटकर भरा था।

उन्होंने पहले भी वीरता का परिचय दिया था। दोनों ने सिपाहियों को ललकारा, इसके बाद चतरा के हरजीवन तालाब के पास भयंकर लड़ाई छिड़ गई। चारों ओर दुर्गम जंगल, गहरा अँधेरा और जंगली जानवरों का आतंक था। दूसरी ओर ब्रिटिश मेजर इंगलिश की सेना थी।

ऐसे में निर्भय वीरों ने अंग्रेजों के छक्के छुड़ा दिए थे। दोनों सूबेदारों ने मात्र 150 सैनिकों के सहारे ब्रिटिश मेजर की विशाल सेना का सामना करते हुए उन्हें परास्त कर दिया था। उनके लिए देश पहले था, स्वाधीनता पहले थी। देश के लिए जाति-धर्म से परे, एक साथ लड़ते हुए, मुट्ठी भर सैनिकों के साहस के सहारे उन्होंने 58 दुश्मनों को मार गिराया था। उन सभी अंग्रेजों की लाशों को एक ही स्थान पर दफना दिया गया था। एस.बी.आई., चतरा के पास वह स्थान अब भी मौजूद है।

दोनों जवानों, नादिर अली और जयमंगल पांडेय की वीरता ने ब्रिटिश मेजर की सेना को पीछे हटने पर विवश कर दिया था।

बाद में नादिर अली और जयमंगल पांडेय सहित सभी वीरों को धोखे से बंधक बना लिया गया। हरजीवन तालाब के चारों ओर के आम्र वृक्षों पर अक्तूबर 1857 में उन सबको फाँसी दे दी गई थी।

यहाँ सामूहिक रूप से 150 क्रांतिकारियों को फाँसी दी गई थी। क्रूर अंग्रेज क्रांतिकारियों का मनोबल तोड़ने और सबक सिखाने के लिए देश के अन्य स्थानों पर भी ऐसे ही स्वाधीनता की चाह रखनेवाले वीरों को फाँसी पर लटकाया करते थे।

झारखंड के लोकगीतों में विभिन्न जीवन व अनुभवों के साथ बलिदानियों की आहुतियों को भी समेट लेने की परंपरा रही है। नादिर अली और जयमंगल पांडेय के बलिदान के बाद एक प्रेरक गीत चतरा के गली-कूँचों में गाया जाने लगा, जिसने न जाने कितने देशप्रेमियों को जागरूक किया था। वह प्रेरक गीत इस प्रकार था—

'नादिर अली मंगल पांडेय
दोनों सूबेदार रे!
दोनों मिल फाँसी चढ़े
हरजीवन तालाब रे!!'

तभी से इस जीवनदायी हरजीवन तालाब का नाम बदलकर 'फाँसी तालाब' हो गया था। इसे 'फाँसीहरी तालाब' या 'मंगल तालाब' का नाम भी उसी बलिदान के कारण मिला। महानायक नादिर अली, जयमंगल पांडेय तथा अन्य वीरों के आत्मोत्सर्ग से प्रभावित होकर बाद में कई चतरावासी और आसपास के युवा और प्रौढ़ स्वतंत्रता आंदोलन में कूद पड़े थे।

उसी स्थल पर 'बारा समिति' ने 1960 में फाँसी तालाब के किनारे एक स्मारक बनवाया। उस पर लिखा—'वतन पर मरनेवालों का यही बाकी निशाँ होगा।'

इस स्मारक का 1979 में जीर्णोद्धार किया गया, जो अब खस्ताहाल है। जगह-जगह से इसकी दीवारें टूट रही हैं। जेल रोड, चतरा में अब भी सिकुड़ता हुआ फाँसी तालाब नजर आ जाता है। इसके चारों ओर के कई पुराने वृक्ष अब नहीं रहे, लेकिन अनेक मृतप्राय वृक्ष उन शहीदों की याद दिलाते हैं।

कहा जा सकता है कि ये 150 क्रांतिकारी प्रथम स्वाधीनता संग्राम के ऐसे रणबाँकुरे हैं, जिन्हें शहीदों की समाधियों पर लगनेवाले मेले का इंतजार है।

□

स्त्री सशक्तीकरण की प्रबल पक्षधर : कमलादेवी चट्टोपाध्याय

कमलादेवी चट्टोपाध्याय ने देश में स्त्री सशक्तीकरण के लिए इतने कार्य किए कि अगर उनके योगदान को ठीक से रेखांकित किया जाए तो वे विश्व की किसी भी सशक्त महिला से कम नहीं दिखाई देती हैं। उन्होंने हस्तशिल्प, हथकरघा को बढ़ावा देने के लिए कई संस्थाओं की स्थापना की, साथ ही देश में थिएटर को भी बढ़ावा दिया। वे स्वाधीनता आंदोलन में सदैव सक्रिय रहीं।

कमलादेवी को देश की सामाजिक स्थितियों का अच्छी तरह भान था। इसलिए वे महिलाओं को पुरुषों से अपने अधिकारों के लिए लड़ाई करने की पैरोकारी नहीं करती थीं, बल्कि वे चाहती थीं कि महिलाएँ ऐसा काम करें कि पुरुष उनको सम्मान की नजरों से देखें और अपने बराबर मानें। वे महिलाओं को सामाजिक और आर्थिक जगत् में उन्नति के लिए तैयार करने की पक्षधर थीं। कमलादेवी ने इस दिशा में अनेक कार्य किए, जो महिला अधिकारों के लिए आधार बनीं।

कमलादेवी का जन्म वर्ष 1903 में मंगलुरु में हुआ था।

जब वे 14 साल की हुईं तो उनका विवाह कर दिया गया, लेकिन दो साल में ही पति की मृत्यु हो गई। वे पढ़ाई के लिए मद्रास के क्वीन मेरी कॉलेज पहुँचीं। वहाँ उनकी मुलाकात सरोजिनी नायडू की बहन सुहासिनी चट्टोपाध्याय से हुई और दोनों में मित्रता हो गई। इस मित्रता की वजह से ही वे सुहासिनी के भाई हरिंद्रनाथ चट्टोपाध्याय के संपर्क में आईं, जो कलाकार थे।

कला में कमलादेवी की रुचि दोनों को करीब ले आई और कमलादेवी ने उनसे विवाह का निर्णय लिया। उस वक्त मद्रास के रूढ़िवादियों ने विधवा विवाह को लेकर बहुत हल्ला-गुल्ला मचाया था, लेकिन कमलादेवी अपने निर्णय पर अडिग रहीं और उन्होंने हरिंद्रनाथ से विवाह कर लिया। बाद में कमलादेवी ने एक और निर्णय लिया, जिसके बारे में तब सोचा भी नहीं जा सकता था।

जब उनकी हरिंद्रनाथ से नहीं बनी तो उन्होंने तलाक ले लिया। इस बीच उन्होंने मद्रास से विधानसभा का चुनाव भी लड़ा। विधानसभा चुनाव लड़नेवाली वे भारत की पहली महिला उम्मीदवार बनीं। वे चुनाव हार गईं, लेकिन उन्होंने महिलाओं के संसदीय राजनीति में आने की राह बना दी। कमलादेवी ने स्वाधीनता के बाद भी महिलाओं को स्वावलंबी बनाने की दिशा में बहुत कार्य किए।

कमलादेवी जब अपने ननिहाल में रह रही थीं तो उनको गोपालकृष्ण गोखले, एनी बेसेंट, तेज बहादुर सप्रू, श्रीनिवास शास्त्री आदि का न केवल सान्निध्य मिला, बल्कि उनके बीच होनेवाली बातों को सुनकर वे समझदार हुईं। इन सबकी बातें सुनकर कमलादेवी के अंदर एक तर्कवादी व्यक्तित्व का विकास हुआ।

कमलादेवी ने स्वाधीनता आंदोलन के दौरान महिलाओं को संगठित करने का काम किया। वर्ष 1923 में कमलादेवी सेवादल में शामिल हो गईं और कुछ ही महीनों के बाद उनको सेवादल में महिला कार्यकर्ताओं का प्रभारी बना दिया गया।

इस संगठन में रहते हुए उन्होंने पूरे देश का भ्रमण करते हुए सेवादल में सेविकाओं को शामिल करवाया। इससे सेवादल में महिलाओं की प्रमुख भूमिका होने लगी थी। इस बीच उनकी मुलाकात मागरिट कजिंस से हुई, जिन्होंने 'ऑल इंडिया वूमेंस कॉन्फ्रेंस' की स्थापना की थी।

समय के साथ कमलादेवी इस संस्था की संगठन सचिव बनीं और कुछ ही सालों में इस संस्था की अध्यक्ष भी बनीं। वर्ष 1932 में जब दिल्ली में लेडी इरविन कॉलेज की स्थापना हुई तो कमलादेवी ने इसमें बेहद सक्रिय भूमिका निभाई। कमलादेवी ने महिलाओं की शिक्षा और स्वावलंबन को लेकर भी महत्त्वपूर्ण कार्य किए।

कमलादेवी ने महात्मा गांधी के प्रभाव में आकर स्वाधीनता आंदोलन में हिस्सा लेना आरंभ किया। गांधीजी 1930 के आसपास स्वाधीनता आंदोलन के सर्वमान्य नेता के तौर पर स्थापित हो गए थे। उनके साथ तर्क करने का साहस बहुत कम लोग ही जुटा पाते थे, लेकिन कमलादेवी ने न केवल गांधी के साथ लंबा तर्क-वितर्क किया, बल्कि उनको महिलाओं का साथ देने के लिए राजी भी कर लिया।

सविनय अवज्ञा आंदोलन का दौर था और गांधी ने नमक सत्याग्रह के लिए दांडी मार्च का आह्वान किया था। जब कमलादेवी को पता चला कि बापू ने नमक सत्याग्रह के दौरान महिलाओं से इस सत्याग्रह में भाग लेने की अपील नहीं की तो वे बेहद क्षुब्ध हुईं। इस संबंध में उन्होंने बापू से लंबा संवाद किया और आखिरकार उनको इस बात के लिए तैयार कर लिया कि गांधी नमक सत्याग्रह में महिलाओं से भी भाग लेने के लिए अपील करें।

कमलादेवी ने बंबई में नमक सत्याग्रह में हिस्सा लिया था। उस समय का नमक कानून तोड़ा और उनको जेल की सजा भी हुई। इसका असर पूरे देश की महिलाओं के मानस पर पड़ा। उनके अंदर एक विश्वास जागा कि वे भी अपने पुरुषों के साथ कंधे-से-कंधा मिलाकर स्वाधीनता के आंदोलन में हिस्सा ले सकती हैं।

हस्तशिल्प को बढ़ावा देने के लिए भी उन्होंने क्राफ्ट काउंसिल, हैंडीक्राफ्ट बोर्ड जैसी संस्थाओं की स्थापना में महत्त्वपूर्ण भूमिका निभाई। भारत सरकार ने उनको 'पद्म भूषण' और 'पद्म विभूषण' से सम्मानित किया। वर्ष 1988 में उनका निधन हो गया।

□

हेमू कालाणी और 'वंदे मातरम्' का उद्घोष

भारतमाता को परतंत्रता की बेड़ियों से मुक्त कराने हेतु हँसते हुए फाँसी के फंदे को चूमनेवाले अखंड भारत के भूखंड सिंध के वीर सेनानी बलिदानी हेमू कालाणी की गाथा बहुत ही प्रेरणादायक है।

यह भारतवासियों की परतंत्रता के दिनों की गाथा है। तब ब्रिटिश शासन का दमनचक्र स्वाधीनता से जीने का अधिकार निर्ममता से छीन रहा था। उनके कठोर, निर्दयी व्यवहार से भारतमाता की संतानें भयानक रूप से दुःखी थीं। ऐसे में भगत सिंह व अन्य राष्ट्रीय नेताओं की प्रेरणा से देशवासियों के हृदय में अंग्रेजों के प्रति विद्रोह की अग्नि धधक उठी। भारतभूमि के कोने-कोने से युवा देशभक्त हँसते-हँसते स्वतंत्रता-प्राप्ति यज्ञ में प्राणों की आहुति दे रहे थे। जनमानस के हृदय में उत्पन्न राष्ट्रीय चेतना की तरंग से भारतभूमि का सुदूर पश्चिमी भूखंड सिंध भी प्रभावित था। ऐसे में जिस युवक के राष्ट्र-प्रेम ने सर्वोच्च अभिव्यक्ति प्राप्त की थी, वे थे—सिंधी वीर सेनानी हेमू कालाणी।

21 जनवरी, 1943 को 'वंदे मातरम्' का उद्घोष करते हुए स्वतंत्रता सेनानी हेमू कालाणी फाँसी के फंदे की ओर बढ़ते हुए कह रहे थे—"मुझे गर्व है कि मैं भारतभूमि से ब्रिटिश साम्राज्य समाप्त करने हेतु अपने तुच्छ जीवन को भारतमाता के चरणों में भेंट कर रहा हूँ।" फाँसी के तख्ते पर चढ़ते हुए हेमू ने बुलंद आवाज में कहा—'इनकलाब जिंदाबाद', 'वंदे मातरम्', 'भारतमाता की जय' और फंदे से झूल गए।

हेमू 23 मार्च, 1923 को सिंध प्रांत के सखर जिले में जनमे थे। हेमू को बाल्यकाल से ही माँ ने देशभक्ति की भावना से भर दिया था। सिंध के कराची शहर में वर्ष 1930 में हुए अखिल भारतीय कांग्रेस के अधिवेशन की सरगर्मियों ने हेमू के किशोर मन को प्रभावित किया।

इस अधिवेशन में महात्मा गांधी, सरदार पटेल, सुभाषचंद्र बोस, पं. जवाहरलाल नेहरू, आचार्य जे.बी. कृपलानी, डॉ. चोइथराम गिडवानी आदि उपस्थित थे। सिंध में उनकी उपस्थिति मात्र से हेमू के हृदय में देशभक्ति का पुष्प खिल चुका था। इस पुष्प को पुष्पित करने का कार्य सरदार भगत सिंह की फाँसी ने किया।

एक तरफ 23 मार्च, 1931 सरदार भगत सिंह की फाँसी का दिन था, तो दूसरी तरफ बालक हेमू का आठवाँ जन्मदिन। मात्र आठ वर्ष का बालक मिठाई अथवा खिलौनों की ओर आकर्षित नहीं था। वह तो भगत सिंह का अनुकरण करते हुए रस्सी का फंदा बनाकर शहीद होने का अभ्यास कर रहा था। उसी समय माँ ने हेमू से पूछा, 'बेटा, यह क्या कर रहे हो?' हेमू ने राष्ट्रभक्ति भाव से उत्तर दिया, 'माँ! मैं भी फाँसी पर चढ़ूँगा।'

हेमू की माँ ने इसे लड़कपन समझा था, किंतु माता-पिता ने यह कहाँ सोचा था कि उनका हेमू एक दिन वास्तव में भारत माँ को स्वतंत्र कराने के लिए फाँसी के फंदे को चूमेगा और बलिदान हो जाएगा!

हेमू 'स्वराज सेना मंडल' के सिपाही बनकर सिंध के युवाओं के हृदय में देश-प्रेम की भावना जगाकर उन्हें देश पर मर-मिटने के लिए तैयार करने लगे। वे युवा साथियों के साथ गलियों-मोहल्लों में प्रभात फेरियाँ करते, आजादी के गीत गाते और अंग्रेज सरकार के विरुद्ध प्रतिबंधित साहित्य वितरित करते। महात्मा गांधी ने सिंध प्रांत की कुल सात यात्राएँ की थीं। हेमू पर उनकी यात्राओं व नारों का भी प्रभाव पड़ा।

'करो या मरो' तथा 'अंग्रेजो भारत छोड़ो' के नारों ने हेमू की भारत-भक्ति की धार को और तेज कर दिया था। वर्ष 1942 के भारत छोड़ो आंदोलन में कूद

पड़े हेमू ने अंग्रेज आततायियों को सबक सिखाने हेतु रेल की पटरियों से फिश प्लेटें निकालकर ट्रेन के डिब्बों को पलटने की बड़ी योजना बना डाली थी।

इसी क्रम में क्वेटा के स्वतंत्रता सेनानियों को कुचलने के लिए कराची से गोरों की पलटन लेकर जानेवाली विशेष रेलगाड़ी, जिसमें बड़ी मात्रा में बारूद व हथियार थे, को उड़ा देने की योजना के अनुसार हेमू व उनके साथी रात में एकत्र हुए। वे सभी रात के सन्नाटे में पटरियों से फिश प्लेटें निकालने लगे।

आवाज सुनकर गश्त लगाते अंग्रेज सिपाही उन देशभक्तों पर टूट पड़े। हेमू के साथी सिपाहियों को देखते ही वहाँ से भाग गए, किंतु वीर हेमू अडिग रहे, खड़े रहे, डटे रहे। इसके बाद सिपाहियों द्वारा हेमू को भयानक शारीरिक यातनाएँ दी गईं, ताकि वे साथियों के नाम बता दें, लेकिन हेमू ने जुबान नहीं खोली। उन पर राजद्रोह का अभियोग लगाकर सैनिक न्यायालय में मुकदमा चलाया गया तथा 10 वर्ष की कठोर सजा सुनाई गई।

सखर के सैनिक न्यायालय ने इस निर्णय की प्रतिलिपि सिंध के हैदराबाद मुख्यालय के प्रमुख कर्नल रिचर्डसन के पास भेजी। प्रतिलिपि पढ़कर वह क्रोध से आग-बबूला हो गया और युवा हेमू की सजा को बढ़ाकर 'सजा-ए-मौत' में बदल दिया।

क्रूर अधिकारी के निर्णय से पूरा भारत चकित रह गया। इसके विरोध में अपील की गई, किंतु निर्दयी शासन जिद पर अड़ा रहा और 21 जनवरी, 1943 को प्रातःकाल भारत देश की स्वतंत्रता के परवाने हेमू कालाणी को सखर के केंद्रीय कारागार के फाँसी स्थल पर ले जाया गया।

वहाँ जाने से पूर्व हेमू ने माँ से गर्व के साथ कहा, 'माँ! मैं प्रसन्न हूँ, मेरी अभिलाषा पूरी हो रही है।'

हेमू ने जल्लाद से फाँसी का फंदा लेकर कहा, 'इसे मैं स्वयं अपने गले में डालूँगा।' हेमू ने फाँसी का फंदा गले में डालकर बुलंद आवाज में भारतमाता को नमन किया। इस प्रकार वे भारतीय इतिहास में सदा के लिए अपना नाम अमर कर गए।

□

उषा मेहता : नई तकनीक से जुड़नेवाली सेनानी

स्वाधीनता आंदोलन के दौरान क्रांतिकारियों की मदद से गुजरात की उषा मेहता ने गुप्त रूप से रेडियो का प्रसारण शुरू किया। उन्होंने जनता को जागरूक किया और साथ ही युवाओं में यह विश्वास भी भरा कि स्वाधीनता के आंदोलन में तकनीक का सहारा लेकर लड़ाई लड़ी जा सकती है।

25 मार्च, 1920 को सूरत के पास एक गाँव में उषा मेहता का जन्म हुआ था। उनके पिता ब्रिटिश राज में जज थे, जज साहब का नाम था—हरिप्रसाद मेहता। गुजरात में आरंभिक पढ़ाई करने के बाद उषा मेहता बंबई के विल्सन कॉलेज में आ गई थीं। उषा की आँखों में एक अलग ही सपना था। जब गांधीजी ने 9 अगस्त, 1942 को मुंबई में 'अंग्रेजो भारत छोड़ो' का आह्वान किया, उस वक्त उषा मेहता ने अपनी पढ़ाई छोड़ दी और आजादी के आंदोलन में सक्रिय हो गईं।

'भारत छोड़ो' आंदोलन के आह्वान के बाद गांधीजी समेत कई कांग्रेसी नेता गिरफ्तार कर लिये गए। कुछ युवा नेता इस आंदोलन की अलख जगा रहे

थे, लेकिन उनकी आवाज जनता तक नहीं पहुँच पा रही थी और वे बापू के संदेश को पूरे देश में पहुँचाने के लिए प्रयत्नशील थे। संदेश पहुँचाने की इसी कोशिश में बंबई में कुछ युवाओं ने एक बैठक की, जिसमें उषा मेहता, विट्ठलदास झवेरी के अलावा नरीमन अबराबाद प्रिंटर भी शामिल हुए। इस मीटिंग में 'भारत छोड़ो' का संदेश अधिक-से-अधिक लोगों तक पहुँचाने के लक्ष्य पर चर्चा हो रही थी। आरंभ में ये सभी समाचार-पत्र निकालने पर चर्चा कर रहे थे और लगभग तय हो गया था कि एक अखबार निकाला जाए। उषा मेहता ने बैठक में अखबारों को लेकर अंग्रेजों की दमनकारी नीतियों की चर्चा की।

इसके बाद विकल्प पर विचार आरंभ हुआ। उषा मेहता ने रेडियो की चर्चा की तो सबका ध्यान नरीमन प्रिंटर की ओर गया। कुछ ही समय पहले नरीमन ब्रिटेन से रेडियो की तकनीक सीखकर भारत लौटे थे। थोड़ी देर बाद यह निश्चित हुआ कि स्वाधीनता क विचार को जनता तक पहुँचाने के लिए गुप्त रेडियो आरंभ किया जाए।

उषा मेहता को समाचार पढ़ने की जिम्मेदारी दी गई। नरीमन और उषा मेहता ने साथ मिलकर पुराने ट्रांसमीटरों को जोड़कर गुप्त रेडियो सेवा आरंभ की।

पुराने ट्रांसमीटर आदि जुटाने में शिकागो रेडियो के उस समय के मालिक ननका मोटवाणी ने उन युवाओं की मदद की थी। हौसले को पंख लगते देर नहीं लगी और 14 अगस्त, 1942 को किसी अज्ञात स्थान पर इस गुप्त रेडियो की स्थापना की गई। पहला प्रसारण हुआ। उषा मेहता की आवाज गूँजी। उन्होंने कहा—"ये कांग्रेस की रेडियो सेवा है, जो भारत के किसी हिस्से से प्रसारित की जा रही है।" इस पहले प्रसारण में उषा मेहता ने रेडियो की फ्रीक्वेंसी भी बताई थी। गुप्त रेडियो के प्रसारण से अंग्रेजों के कान खड़े हो गए।

अंग्रेजों ने इसके बारे में पता लगाना आरंभ कर दिया। गुप्त रेडियो के प्रसारणकर्ता एक प्रसारण के बाद जगह बदल देते थे। इस पर गांधी के विचारों का प्रसारण भी होने लगा। अंग्रेजों की परेशानी बढ़ने लगी और उन्होंने खोजबीन तेज कर दी। आखिरकार तीन महीने से कुछ अधिक समय बाद अंग्रेजों ने नवंबर 1942 में प्रसारण स्थान का पता लगा लिया और उषा मेहता को साथियों समेत गिरफ्तार कर लिया गया।

मुकदमा चला और उनको चार साल की जेल की सजा हुई। इस गुप्त रेडियो का प्रसारण तीन महीने ही हुआ, लेकिन इन तीन महीनों में उषा मेहता ने अपने प्रसारण से जनता को जागरूक करने का कार्य किया और युवाओं में यह विश्वास

भी भर दिया कि स्वाधीनता के आंदोलन में तकनीक का सहारा लिया जा सकता है। वर्ष 1946 में जेल से उनकी रिहाई हुई।

उनके बारे में एक घटना चर्चित है। 1928 में जब स्वाधीनता का आंदोलन अपने चरम की ओर बढ़ रहा था, तब अंग्रेजों ने भारत में संवैधानिक सुधारों के लिए ब्रिटिश संसद् के सदस्यों की एक कमेटी जॉन साइमन की अध्यक्षता में भेजी थी, जिसको 'साइमन कमीशन' के नाम से जाना जाता है। 'साइमन कमीशन' का पूरे देश में काफी विरोध हुआ था। एक आठ साल की बच्ची, उषा मेहता भी 'साइमन कमीशन' के विरोध में आंदोलन में कूद पड़ी थीं। उनके पिता बहुत नाराज हुए, कई तरह की पाबंदियाँ लगाने की कोशिश कीं, लेकिन वह बच्ची नहीं मानी। कौन जानता था कि जिस आठ साल की बच्ची ने 'साइमन कमीशन' का विरोध किया था, वह बड़ी होकर स्वाधीनता की लड़ाई में एक नया आयाम जोड़ देगी!

उषा मेहता का योगदान इस मायने में विशिष्ट है कि उन्होंने उस समय तकनीक का सहारा लिया, जब इसके बारे में सोचा भी नहीं जा सकता था। स्वाधीनता के बाद उषा मेहता ने बॉम्बे यूनिवर्सिटी से जुड़कर शिक्षा के क्षेत्र में कार्य किया। उनका निधन अस्सी वर्ष की उम्र में वर्ष 2000 में हुआ।

□

बलिदानी महाराणा बख्तावर सिंह : स्वतंत्रता क्रांति की ज्वाला

मालवा क्षेत्र में क्रांति का बिगुल फूँकनेवाले महाराणा बख्तावर ने कई अंग्रेज अधिकारियों को मौत के घाट उतारा था और मात्र 34 वर्ष की अवस्था में 10 फरवरी, 1858 को शहीद हो गए थे।

हमारे देश के हर कोने में वीरों की मौजूदगी गौरव के किस्से गढ़ती आई है। ऐसे ही एक क्रांतिकारी वीर का नाम है—मालवा के महाराणा अमर बलिदानी बख्तावर सिंह। मालवा यानी वर्तमान मध्य प्रदेश के उज्जैन, इंदौर के आसपास का करीब 200 वर्ग किलोमीटर का क्षेत्र।

मालवा के इस महान् महाराणा ने 1857 में हुए प्रथम स्वतंत्रता संग्राम के दौरान संपूर्ण मालवा व समीपस्थ गुजरात से अंग्रेजों को खदेड़ने के लिए क्रांति कर दी थी। वर्तमान मध्य प्रदेश के जिला धार में स्थित अमझेरा कस्बे में 14 दिसंबर, 1824 को महाराजा अजीत सिंह

व महारानी इंद्रकुँवर की संतान के रूप में जनमे महाराणा बख्तावर सिंह को मात्र सात वर्ष की छोटी सी उम्र में रियासत की बागडोर थामनी पड़ी।

वे बचपन से ही अंग्रेजों से बदला लेने के लिए आतुर रहते थे। यह वह दौर था, जब देश में अंग्रेजों के विरोध का स्वर मुखर हो रहा था और 1857 के महान् विद्रोह की तैयारी हो रही थी। क्रांतिकारियों की तैयारी की गुप्त सूचनाएँ रियासतों के राजाओं तक भी पहुँच रही थीं।

इसी दौरान बख्तावर सिंह ने भी अंग्रेजों को खदेड़ने की योजना बनाई। 3 जुलाई, 1857 को सूर्य की पहली किरण के साथ महाराणा बख्तावर सिंह व उनकी क्रांति सेना ने 'हर-हर महादेव' के जयकारे के साथ अंग्रेजों की भोपावर छावनी पर हमला कर दिया। अमझेरा की सेना के भय से अंग्रेज सैनिक बिना लड़े भाग खड़े हुए। सैनिकों ने शास्त्रागार व कोषागार को कब्जे में ले लिया और छावनी से अंग्रेजों का झंडा उतारकर फाड़ डाला।

इसके बाद उन्होंने सरदारपुर और मानपुर-गुजरी जैसी रणनीतिक महत्त्व वाली अंग्रेजों की छावनी पर हमला कर वहाँ मौजूद अधिकारियों को पराजित कर सैकड़ों अंग्रेज सैनिकों को मौत के घाट उतार दिया।

महाराजा बख्तावर सिंह के इस शौर्य से गाँव-गाँव में फैले क्रांतिकारियों और आम भारतीय जनता का मनोबल आसमान में पहुँच गया। उन्होंने आसपास के 200 किलोमीटर क्षेत्र में स्थित महू, आगर, नीमच, महिदपुर, मंडलेश्वर आदि सैन्य छावनियों को तबाह कर दिया। इन छावनियों के सैनिक भी अमझेरा के महाराणा के समर्थन में विद्रोह को तैयार हो गए।

इससे मालवा क्षेत्र में ब्रिटिश सत्ता की प्रतिष्ठा को गहरा सदमा पहुँचा और अंग्रेजों की इंदौर स्थित बड़ी छावनी तक भय की लहर दौड़ गई। अंग्रेज समझ चुके थे कि यदि महाराणा बख्तावर सिंह को नहीं रोका तो मालवा व निमाड़ हाथ से निकल जाएँगे। तब उन्होंने अन्य छावनियों से सैन्यबल बुलाया और 31 अक्तूबर, 1857 को धार किले पर आक्रमण कर दिया।

महाराणा इस हमले के समय धार से कुछ दूर स्थित अमझेरा किले में थे। अंग्रेजों को महाराणा के न होने का लाभ मिला और वे धार किले पर कब्जा करने में सफल हो गए। 5 नवंबर, 1857 को कर्नल डूरंड ने अमझेरा पर आक्रमण की योजना बनाई, किंतु ब्रिटिश सेना के सैनिकों में अमझेरा की क्रांति सेना का इतना खौफ था कि आदेश के बावजूद सेना भोपावर से आगे नहीं बढ़ी और भाग गई।

बाद में लेफ्टिनेंट हचिंसन के नेतृत्व में अंग्रेज सेना की पूरी बटालियन को अमझेरा भेजने की योजना बनी। इसी दौरान धार में रह रहे कर्नल डूरंड को सूचना मिली कि महाराणा बख्तावर सिंह समीपस्थ कस्बे लालगढ़ में हैं।

डूरंड जानता था कि बख्तावर सिंह को सीधे गिरफ्तार करना खतरे से खाली नहीं, इसलिए उसने कुटिल चाल चलते हुए अमझेरा रियासत के कुछ प्रभावशाली लोगों को जागीर देने का लालच दिया व अपने साथ मिला लिया। इनके जरिए कर्नल डूरंड ने महाराणा बख्तावर सिंह के पास संधि-वार्त्ता का संदेश भेजा। कुटिल मध्यस्थों ने वीर, किंतु भोले महाराणा को भ्रमित कर अंग्रेजों से संधि-वार्त्ता करने हेतु मना लिया।

11 नवंबर, 1857 को अपने सैनिकों के मना करने के बावजूद, वीर महाराणा बख्तावर सिंह 12 विश्वसनीय अंगरक्षकों को लेकर लालगढ़ किले से धार के लिए निकले।

कर्नल डूरंड की योजना के मुताबिक, रास्ते में उन्हें अंग्रेजों की हैदराबाद से आई अश्वारोही सैन्य टुकड़ी ने रोक लिया। महाराणा के अंगरक्षकों ने विरोध किया, किंतु अंग्रेजों की घुड़सवार टुकड़ी महाराणा को पकड़ने में सफल हो गई। इस सूचना ने क्रांतिकारियों व आम जनता का मनोबल तोड़ दिया। यद्यपि राघोगढ़ (देवास) के ठाकुर दौलत सिंह ने महू छावनी पर आक्रमण कर नरेश को छुड़वाने का प्रयास किया, लेकिन सफलता नहीं मिली।

महाराणा से भयभीत ब्रिटिश अधिकारियों ने निर्णय लिया कि यदि इन्हें महू में ही रखा तो पूरे मालवा में अंग्रेजों पर हमले शुरू हो जाएँगे, इसलिए उन्हें इंदौर जेल भेज दिया गया। जहाँ यातना का स्तर दिनोदिन बढ़ता गया, फिर भी भारतमाता का यह वीर सपूत अंग्रेजों के सामने झुका नहीं।

न्याय का दिखावा करने के लिए अंग्रेजों ने 21 दिसंबर, 1857 को इंदौर रेजीडेंसी में प्रमुख राज्यों के वकीलों की उपस्थिति में सुनवाई की। अमझेरा नरेश ने इस नाटकीयता को नकार दिया और बचाव का कोई प्रयास नहीं किया।

इसके बाद रॉबर्ट हैमिल्टन ने बख्तावर सिंह को असीरगढ़ किला (वर्तमान बुरहानपुर जिले में स्थित) में एक बंदी की हैसियत से भेजने का निर्णय लिया, लेकिन फरवरी 1858 के प्रथम सप्ताह में कुटिलतापूर्वक यह निर्णय ले लिया गया कि अमझेरा के राजा को फाँसी दे दी जाए, ताकि फिर कोई राजा क्रांति की आवाज न बन सके! अंतत: 10 फरवरी, 1858 को 34 वर्षीय अमझेरा नरेश को इंदौर में नीम के पेड़ पर फाँसी दे दी गई। किंतु देह से बलशाली महाराणा बख्तावर सिंह के वजन से फाँसी का फंदा टूट गया।

इतिहासकार बताते हैं कि फाँसी देते वक्त फंदा टूटने पर माफी दे दी जाती थी, लेकिन अंग्रेजों में महाराणा बख्तावर सिंह का इतना भय था कि उन्होंने अपने ही नियम को तोड़ दिया और इस वीर योद्धा को दोबारा फाँसी के फंदे पर लटका दिया।

महाराणा के साथ उनके विश्वस्त सहयोगी रहे सलकूराम, भवानी सिंह, चिमनलाल, मोहनलाल, मंशाराम, हीरा सिंह, गुल खान, शाह रसूल खान, वशीउल्ला खान, अता मोहम्मद, मुंशी नसरुल्ला व नगाड़ा वादक फकीर को भी फाँसी दे दी गई। महाराणा की मृत्यु के बाद उनकी पत्नी रानी दौलत कुँवर ने भी अपने सैनिकों के साथ अंग्रेजों से लड़ाई लड़ी और वे भी वीरगति को प्राप्त हुईं।

महाराणा बख्तावर सिंह को इंदौर में जिस नीम के पेड़ पर फाँसी दी गई थी, वह पेड़ आज भी हरा-भरा लहलहा रहा है, मानो बलिदानी महाराणा ने अपने रक्त से सींचकर उसे हमेशा हरा-भरा रखने का वरदान दे दिया हो!

□

श्यामजी कृष्ण वर्मा, जिन्होंने इंग्लैंड में क्रांति का बिगुल फूँका

श्यामजी कृष्ण वर्मा एक प्रखर पत्रकार थे और उन्होंने आजीवन विदेश में रहकर भारत की स्वतंत्रता की मुहिम छेड़ी।

इंग्लैंड में रहते हुए भारत के स्वाधीनता आंदोलन में सक्रिय भूमिका निभाने, वहाँ अध्ययन करनेवाले भारतीय छात्रों में देशभक्ति जगाने और उन्हें भारत की आजादी के लिए प्रेरित करनेवाले थे मनीषी श्यामजी कृष्ण वर्मा।

श्यामजी कृष्ण वर्मा का जन्म 4 अक्तूबर, 1857 को गुजरात के मांडवी कस्बे में श्रीकृष्ण वर्मा के यहाँ हुआ था। यह कस्बा अब कच्छ क्षेत्र में मांडवी लोकसभा क्षेत्र के रूप में विकसित हो चुका है। श्यामजी मूल रूप से विद्या-प्रेमी व्यक्ति थे। वे एक सिद्धहस्त पत्रकार भी थे। उन्होंने वर्षों तक परिश्रम कर गुजराती, संस्कृत व अंग्रेजी भाषाओं में महारत हासिल की थी। उनका उद्‌देश्य विदेश में संस्कृत साहित्य का भरपूर प्रचार करना रहा।

उनके पिता का मुंबई में बड़ा व्यापार था, अतः उन्होंने मुंबई में रहकर पढ़ाई पूरी की। उनके पिता चाहते थे कि बेटा व्यावसायिक कामकाज में रुचि ले, लेकिन श्यामजी ने पिता को जीवन का ध्येय स्पष्ट रूप से बता दिया। जब उनके पिता को

मालूम हुआ कि उनका बेटा विद्या व ज्ञान का उपयोग रुपए-पैसे कमाने में नहीं, बल्कि समाज-सेवा के लिए करना चाहता है तो उन्हें अपार प्रसन्नता हुई।

इसके बाद श्यामजी ने शास्त्रों का इतना गहन अध्ययन किया कि उनके व्याख्यानों व लेखों ने तत्कालीन विद्वानों का ध्यान अपनी ओर आकर्षित किया, जिनमें दयानंद सरस्वती भी शामिल थे। जब ऑक्सफोर्ड विश्वविद्यालय में एक संस्कृत के प्राध्यापक की जरूरत महसूस हुई तो उसके प्रधान ने दयानंद सरस्वती को मदद के लिए पत्र लिखा। उस समय भारत में संस्कृत के कई उच्च स्तरीय विद्वान् थे, लेकिन दयानंद सरस्वती ने श्यामजी को इस काम के लिए उपयुक्त माना और उनका नाम प्रस्तावित कर दिया।

इस प्रस्ताव को श्यामजी ने अच्छा अवसर माना। ऑक्सफोर्ड पहुँचकर श्यामजी अध्यापन व अध्ययन दोनों कार्यों में व्यस्त हो गए। इसी विश्वविद्यालय से उन्होंने बी.ए. की उपाधि प्राप्त की। वे प्रथम भारतीय थे, जिन्हें ऑक्सफोर्ड से एम.ए. और बार-एट-लॉ की उपाधियाँ मिली थीं।

श्यामजी लंदन-प्रवास में मैक्समूलर सहित कई विद्वानों के संपर्क में आए। उन्होंने मैक्समूलर में भारतीय धर्म के प्रति जिज्ञासा देखी, लेकिन उन्होंने पाया कि भारतीय धर्म के प्रति उनकी जिज्ञासा अधिक स्पष्ट नहीं है। इसका कारण यह था कि मैक्समूलर के इस प्रकार के अध्ययन का आधार विदेशी भाषाएँ थीं। इस कमी को दूर करने के लिए उन्होंने मैक्समूलर की रुचि संस्कृत में उत्पन्न की और उसके फलस्वरूप मैक्समूलर वैदिक धर्म के प्रशंसक व संस्कृत के विद्वान् बन गए।

वेदों के संबंध में मैक्समूलर की खोजें संसार में सर्वाधिक प्रमाणिक मानी जाती हैं। श्री श्यामजी की प्रेरणा से मैक्समूलर ने जो वैदिक ज्ञान प्राप्त किया, उसका उन्होंने इंग्लैंड में बहुत प्रचार-प्रसार किया।

श्यामजी वापस भारत लौटे और वकालत के क्षेत्र में उतर गए। बंबई हाईकोर्ट के बाद वे कुछ समय तक अजमेर में वकालत करते रहे। फिर उन्होंने मध्य प्रदेश के रतलाम व गुजरात की जूनागढ़ जैसी दूसरी देशी रियासतों में दीवान व प्रशासक के पदों पर काम किया।

जब उन्होंने पाया कि पर्याप्त रकम एकत्र हो गई है तो वे लोक-हितकारी कार्यों के लिए सन् 1897 में पुनः इंग्लैंड चले गए। भारत में राजनैतिक सुधारों के लिए श्यामजी कृष्ण वर्मा ने जब प्रयत्न आरंभ किए तो इंग्लैंड के भारत-विरोधी तत्त्वों ने उन्हें हतोत्साहित करने की भरपूर कोशिश की। उन्हें पराधीन देश का नागरिक कहकर अपमानित किया गया।

श्यामजी ने अपने उद्देश्य पर एक बार पुनः विचार किया और गहन चिंतन के बाद वे इस नतीजे पर पहुँचे कि यदि देश पराधीन है तो उसकी बुद्धि, बल व नैतिकता को कोई मान्यता नहीं मिल सकती। देश की गुलामी एक अभिशाप है। इसलिए वे देश की स्वाधीनता के कार्य में प्रवृत्त हो गए। श्यामजी अपनी कोई योजना चलाने के पूर्व दादाभाई नौरोजी व कांग्रेस के संस्थापक ह्यूम से संपर्क करते थे, लेकिन उन्होंने पाया कि उनके कार्यक्रम मंद व समझौतावादी हैं।

श्यामजी को महसूस हुआ कि आवश्यकता शस्त्र क्रांति की है। उन्हें अपने विचारों पर बड़ा विश्वास इसलिए था, क्योंकि उन्होंने देखा था कि अधिकांश देश शस्त्र क्रांति से ही आजादी प्राप्त कर सके थे। दादाभाई नौरोजी व ह्यूम से निराश श्यामजी ने भारतीय छात्रों में उत्तम भावनाएँ भरने के लिए 'क्रांति सभा' का सूत्रपात किया।

छात्रों को आकर्षित करने के लिए उन्होंने दयानंद, स्पेनर, महाराणा प्रताप व छत्रपति शिवाजी के नाम पर चार छात्रवृत्तियाँ चलाईं, लेकिन छात्रवृत्ति पानेवाले छात्रों को यह संकल्प करना पड़ता था कि वे पढ़-लिखकर अंग्रेजों की नौकरी नहीं करेंगे और आजीवन देश की स्वाधीनता के लिए अपनी योग्यता को उपयोग में लाएँगे।

उन्हीं दिनों वीर सावरकर को ब्रिटिश हुकूमत द्वारा क्रांतिकारी गतिविधियों के लिए गिरफ्तार किया गया था, लेकिन वे किसी तरह उनके हाथों से निकल गए। बाद में फ्रांस सरकार ने सावरकर को गिरफ्तार कर लिया और अंग्रेज सरकार को सौंप दिया।

श्यामजी ने फ्रांस सरकार के इस कार्य को अंतरराष्ट्रीय न्यायालय में चुनौती दी। इसके लिए उन्हें काफी विरोध सहना पड़ा। सन् 1918 के बर्लिन और इंग्लैंड में हुए 'विद्या सम्मेलनों' में उन्होंने भारत का प्रतिनिधित्व किया था। उन्होंने इंग्लैंड में जब वहाँ के समाज का राजनीतिक, साहित्यिक अध्ययन किया तो पाया कि अंग्रेजों में प्रगतिशीलता, परिश्रम, समय-पालन आदि ऐसे गुण हैं, जिनका प्रसार भारतीयों में होना अत्यंत आवश्यक है।

अपने देहावसान का आभास होने के एक दिन पहले श्यामजी ने पत्नी को बुलाया और कहा कि मेरे बाद मेरे पुस्तकालय की पुस्तकों को पेरिस विश्वविद्यालय को दान कर दिया जाए और मेरी अधिकांश धनराशि को भी शिक्षण संस्थाओं में वितरित कर दिया जाए। उनके निधन के बाद उनकी पत्नी ने वैसा ही किया।

वे भारत की स्वतंत्रता के लिए किसी-न-किसी तरह से प्रयासरत रहे और अंततः शारीरिक अस्वस्थता के कारण 31 मार्च, 1930 को जिनेवा में उनका निधन हो गया। श्यामजी का दाह-संस्कार कर उनकी अस्थियों को जिनेवा की सेंट जॉर्ज सीमेट्री में सुरक्षित रख दिया गया। बाद में उनकी पत्नी भानुमती कृष्ण वर्मा का निधन हो गया तो उनकी अस्थियाँ भी उसी सीमेट्री में रख दी गईं। अंतरराष्ट्रीय कानूनों के कारण उनका पार्थिव शरीर भारत नहीं लाया जा सका था।

□

सुभाषचंद्र बोस : नफरत की धुलाई कैसे हुई?

देश-सेवा का सुभाषचंद्र बोस जैसा जोश, जज्बा और जुनून उस दौर में भी अकल्पनीय था। वे छात्र-जीवन से ही अपनी हिम्मत के बल पर छात्रों के सिरमौर बन गए थे।

नफरत को भावना से भरपूर उस बत्तीस वर्षीय अंग्रेज प्रो. एडसर्ड फर्ले ओटेन का यह सबसे प्रिय वाक्य था—

"जिस तरह यूनानियों ने संपर्क में आए बर्बर लोगों को अपने जैसा बना दिया था, ठीक उसी तरह अंग्रेजों का अभियान भारतीयों को सभ्य बनाना है।"

जहाँ दो भारतीय टकरा जाते, वहाँ मौका-बेमौका वह अंग्रेज इस जुमले को उछाल मारता था। यह जुमला स्वाभिमानी भारतीयों के हृदय में शूल-सा जा धँसता था। कोलकाता के प्रेसीडेंसी कॉलेज में इस जुमले से परेशान और लहूलुहान छात्र तड़पकर रह जाते थे।

एडसर्ड फर्ले भारत विरोधी अंग्रेज था और इतिहास का

प्रोफेसर था। पता नहीं इतिहास की किस पुस्तक में भारतीयों की बर्बरता से वह रू-बरू हुआ था। दुनिया की एक सबसे प्राचीन सभ्यता, जिसने न किसी को लूटा और न किसी को गुलाम बनाया, जहाँ की मुख्यधारा संस्कृति पूरे संसार को एक परिवार मानने का स्वप्न दिन-रात देखती हो। उस देश को कोई बर्बर माने, तो फिर क्या कहा जा सकता है ? दुनिया में इतिहास खँगालनेवाला कौन व्यक्ति होगा, जो कहेगा कि उसका मिशन भारतीयों को सभ्य बनाना है ? अगर किसी को ऐसा कहने की लत लग जाए, तो इस धरती के सपूतों का खून खौलना लाजिमी है।

कहते हैं कि अगर किसी नफरत की नकेल न कसी जाए, तो वह बढ़ती चली जाती है। ठीक उसी तरह उस अंग्रेज प्रोफेसर की नफरत भी बढ़ती चली जा रही थी। वह छात्रों पर किसी मामूली बहाने से भी अर्थदंड लगाने लगा।

उसके हाथ भारतीय छात्रों के गिरहबान तक पहुँचने लगे थे। तब छात्रों ने पहली बार कॉलेज में हड़ताल का फैसला लिया। दो दिन बाद हड़ताल टूटी, लेकिन कॉलेज प्रशासन और उस प्रोफेसर के तेवर में कोई कमी न आई। तब कुछ छात्रों ने फैसला लिया कि मामृभूमि को नीचा दिखानेवाले को अचानक कुछ-न-कुछ सबक सिखाना पड़ेगा।

उस दिन नोटिस बोर्ड पर एक नोटिस चिपकाने के बाद वह बदजुबान प्रोफेसर मुड़ने ही वाला था कि एक छात्र ने एक मुक्का उसके कंधे पर रसीद कर दिया, प्रोफेसर को धक्के मारकर गिरा दिया गया। मुँह के बल गिरे अंग्रेज पर चारों ओर से लातों की बौछार हो गई। वह मदद के लिए चिल्लाने लगा। जैसे ही कोई अन्य प्रोफेसर मौके पर पहुँचता, महज चालीस सेकंड में छात्र अपना काम करके नदारद हो गए।

अंग्रेज को झाड़कर सीधा किया गया। उसकी नाक पर चोट लगी थी और शरीर पर खरोंच थीं। उसे तत्काल अस्पताल पहुँचाया गया, जहाँ उसने माना कि ज्यादा चोट नहीं लगी। वह सोचने लगा कि शुक्र है, भारतीय छात्र बूट नहीं पहनते। पिटाई का अर्थ वह अंग्रेज अच्छी तरह समझता था।

मात्र चालीस सेकंड में उसके नफरती विचार को मुँहतोड़ जवाब मिल चुका था। उसकी नजरें तो झुक गईं, लेकिन छात्रों के बीच सिरमौर बन उभरे छात्र सुभाषचंद्र बोस की नजरें हमेशा के लिए गर्व से खिल उठीं। उन्होंने आगे बढ़कर जिम्मेदारी ली।

पिटाई से शर्मिंदा प्रो. एडसर्ड फर्ले ओटेन ने किसी छात्र को पहचानने से भी मना कर दिया। वह औपचारिक शिकायत से भी पीछे हट गए।

बदले में अंग्रेजों को कुछ तो करना ही था। स्नातक कक्षा के छात्र सुभाषचंद्र बोस को कॉलेज से निकाल दिया गया। उनकी जिंदगी हमेशा के लिए बदल गई और देश को अपना एक निडर सेनापति हासिल हुआ। दो साल के लिए पढ़ाई थमी, लेकिन इसी छात्र ने आगे चलकर लंदन में अंग्रेजों की प्रशासनिक सेवा परीक्षा में चौथा स्थान हासिल किया और देश-सेवा के लिए उस दौर की सबसे शानदार नौकरी को ठुकरा दिया। देश-सेवा का सुभाष जैसा जोश, जज्बा और जुनून उस दौर में भी अकल्पनीय था।

पिटाई के चालीस सेकंड में ही अंग्रेज प्रो. ओटेन भी पूरी तरह धुल गए थे। बाद में उनमें भारतीय ज्ञान, संस्कृति और भाषा पर प्रेम उमड़ने लगा था। नेताजी बोस के प्रति उनके मन में बहुत सम्मान था। जब विमान हादसे में नेताजी के शहीद होने की खबर आई, तब ओटेन भी भावुक हो गए थे।

ओटेन ने यूरोप के प्राचीन प्रिय चरित्र इकारस से तुलना करते हुए श्रद्धांजलि में नेताजी सुभाष के लिए कुछ पंक्तियाँ लिखी थीं, जो इस प्रकार हैं—

'क्या मुझे एक बार तुम्हारे हाथों कष्ट हुआ था, सुभाष?
शांत हुआ तुम्हारा देशभक्त हृदय, मैं भूल जाऊँगा!
पर अभी मुझे याद करने दो वो पल,
ऊँचे स्वर्ग की प्राचीर पर, अपने दावे के लिए,
आजादी के बकाए की सीधी और साफ माँग के लिए।
हाँ, मिल गया ऊँचा स्वर्ग, पूरी गरिमा में,
इकारस की तरह, तुम सागर की ओर बढ़े।
तुम्हारे पंख सूरज ने पिघला दिए,
मिलनसार, देशभक्त ज्वाला, जो चमकती थी
भारत के पराक्रमी हृदय में, प्रज्ज्वलित और प्रवाहित
उसकी सेनाओं की हजारों विजय से भी आगे एक विजय''' ।'

□

राजा राममोहन राय : कुरीतियों के विरोधी

सती प्रथा उन्मूलन हो अथवा आधुनिक शिक्षा का प्रचार-प्रसार, अभिव्यक्ति की स्वतंत्रता का समर्थन हो या मतांतरण के विरुद्ध सामाजिक एकीकरण, राजा राममोहन राय भारतीय इतिहास में 'संपूर्ण पुनर्जागरण के अग्रदूत' के रूप में सदैव याद किए जाएँगे।

राजा राममोहन राय का जन्म 22 मई, 1772 को एक संपन्न, किंतु परंपरावादी ब्राह्मण परिवार में हुआ था, जो धार्मिक कर्तव्यों का सख्ती से पालन करने का आदी था। उस समय की प्रचलित परंपराओं के चलते कम उम्र में ही उनकी शादी भी कर दी गई।

14 साल की ही उम्र में रामोहन ने भिक्षु बनने की इच्छा व्यक्त की। माँ के जोरदार विरोध के कारण इस विचार को उन्होंने छोड़ दिया, लेकिन उनके मन में गृहस्थ होते हुए भी संन्यास की लौ लग ही चुकी थी।

राममोहन के पिता चाहते थे कि उनका बेटा उच्च शिक्षा प्राप्त करे। इसके लिए उन्होंने हरसंभव व्यवस्था भी की। इसके परिणामस्वरूप राममोहन संस्कृत-अरबी-फारसी

के अतिरिक्त हिब्रू-लैटिन-ग्रीक, अंग्रेजी तथा फ्रेंच के अच्छे जानकार हो गए थे। उन्होंने राहुल सांकृत्यायन से बहुत पूर्व तिब्बत की यात्रा करके लामाओं से बौद्ध धर्म की जानकारी प्राप्त करने का प्रयत्न किया। जीवन के दो दशक पूरा होते-होते वे उपनिषद् के साथ-साथ पाश्चात्य दार्शनिकों की रचनाओं से भी परिचित हो गए, जिससे उनकी आध्यात्मिक और तार्किक विवेक की शक्ति विकसित हुई।

शिक्षा पूरी करने के बाद राममोहन ने ईस्ट इंडिया कंपनी में क्लर्क के रूप में प्रवेश किया। उनकी असाधारण प्रतिमा को देखकर उन्हें दीवान के रूप में पदोन्नति दी गई।

18वीं शताब्दी के अंत तक बंगाल का समाज कई तरह के बेकार रीति-रिवाजों के बोझ तले दब चुका था। अनुष्ठानों और सख्त नैतिक संहिताओं के मकड़जाल में समाज बुरी तरह फँस चुका था। प्राचीन परंपराओं की मनमानी व्याख्या की जा रही थी। धर्म के नाम पर गलत मानसिकता को प्रतिष्ठित करनेवालों का बोल-बाला था।

इसी कारण बाल विवाह, बहुविवाह और सती जैसी प्रथाएँ समाज में अपना स्थान बना चुकी थीं। इन रीति-रिवाजों में सबसे क्रूर सती प्रथा थी। इस प्रथा से राममोहन राय का सामना अपने घर में ही हुआ। तमाम कोशिशें करने के बावजूद भी वे अपने भाभी को नहीं बचा सके।

इस घटना ने उनके मन में समाज में व्याप्त कुप्रथाओं के प्रति वितृष्णा को पैदा कर दिया। उनका तार्किक मन इसका हल तलाश करने के लिए बेचैन हो उठा। 1814-15 में उन्होंने सुधारवादी आदर्शों से प्रेरित होकर 'आत्मीय सभा' की स्थापना की। उन्होंने सती प्रथा, वर्ण-व्यवस्था, मूर्तिपूजा आदि को हटाकर ब्रह्मवादी दृष्टि की पुनर्स्थापना के लिए उपनिषदों की बांग्ला व्याख्या प्रस्तुत की। यहाँ तक कि जहाँ कहीं भी सती होने की खबर मिलती थी, वे वहाँ उस महिला की जान बचाने के लिए चले जाते थे।

यह काम करना बहुत कठिन था। अपने अध्ययन-चिंतन से राममोहन समाज के भीतर गहरी पैठ बना चुकी कुरीतियों की जड़ता से पूर्णतया परिचित थे। वे समझ गए थे कि इस पर चौतरफा हमला जरूरी है। उनकी दृष्टि में इससे मुकाबले के लिए सर्वप्रथम आधुनिक शिक्षा का प्रचार-प्रसार जरूरी था। इस प्रकार उन्होंने अपना ध्यान शैक्षिक सुधार की ओर केंद्रित किया।

वैज्ञानिक और तर्कसंगत शिक्षा की कमी को दूर करने के लिए उन्होंने देश में गणित, भौतिकी, रसायन विज्ञान और वनस्पति शास्त्र जैसे विषयों को पढ़ानेवाली अंग्रेजी शिक्षा प्रणाली की शुरुआत करने को लेकर वकालत की। 1817 में डेविड

हरे के साथ 'हिंदू कॉलेज' की स्थापना करके भारत में शिक्षा प्रणाली में क्रांतिकारी बदलाव का मार्ग प्रशस्त किया, जो बाद में देश के सर्वश्रेष्ठ शैक्षणिक संस्थानों में से एक बन गया। कुछ समय बाद उन्होंने वर्ष 1822 में 'एंग्लो-वैदिक स्कूल' की भी स्थापना की।

राममोहन राय अभिव्यक्ति की स्वतंत्रता के कट्टर समर्थक थे। वर्नाकूलर प्रेस अधिकारों के लिए उनके द्वारा छेड़ी गई लड़ाई प्रेस की स्वतंत्रता के लिए मीेल का पत्थर है।

उन्होंने फारसी में 'मिरात-उल-अखबार' नामक समाचार-पत्र और 'संवाद कौमुदी' नामक बंगाली साप्ताहिक भी निकाला। उन दिनों समाचारों और लेखों को प्रकाशित करने से पहले सरकार द्वारा अनुमोदित किया जाना जरूरी था। राममोहन ने इस नियंत्रण का विरोध करते हुए तर्क दिया कि समाचार-पत्रों को स्वतंत्र होना चाहिए और सच्चाई को केवल इसलिए दबाया नहीं जाना चाहिए, क्योंकि सरकार को यह पसंद नहीं था!

राममोहन राय ने देखा कि डिरोजियों के 'यंग बंगाल आंदोलन' की उच्छृंखलता और ईसाई मिशनरियों का कुप्रचार शीघ्रता से समाज में अपनी पैठ बना रहा है तो उन्होंने एक महती सभा की आवश्यकता को समझा और 'आत्मीय समाज' भंग करके वर्ष 1828 में वृहद् दायरे में 'ब्रह्म समाज' की स्थापना की।

इसमें अन्य लोगों के साथ उन्हें राजा द्वारकानाथ टैगोर तथा महर्षि देवेंद्रनाथ टैगोर का सहयोग प्राप्त था, जो क्रमशः कवींद्र रवींद्र के पितामह और पिता थे।

राजा राममोहन राय द्वारा चलाए गए 'ब्रह्म समाज' की देन देश के लिए अभूतपूर्व है। राष्ट्रीय आंदोलन का प्रारंभिक रूप, प्रजातंत्र एवं संविधान के आदर्शों की आधारशिला की पृष्ठभूमि इसी 'ब्रह्म समाज' ने तैयार की थी। इसने अपनी तत्कालीन मर्यादा में समाज व्यवस्था, राजनीति, साहित्य, धर्म अर्थात् जीवन के प्रत्येक अंग पर पुनर्विचार किया। आधुनिक भारत की रचना इसी वर्ग ने की है। सनातन जागरण का कार्य संपन्न कर हिंदू समाज में विलीन हो जाना ब्रह्म समाज की सबसे बड़ी सफलता और सिद्धि है। आज यह आवश्यक है कि हम राजा राममोहन राय द्वारा स्थापित मूल्यों को ठीक से समझें और 'पुनर्जागरण के अग्रदूत' के रूप में उन्हें याद करें।

□

स्वामी श्रद्धानंद : स्वाधीनता और स्वाभिमान के पोषक

स्वामी श्रद्धानंद स्वाधीनता आंदोलन के ऐसे क्रांतिकारी संन्यासी थे, जिन्होंने देश में सनातन संस्कृति, स्वधर्म व स्वाभिमान की ज्योति जलाई। वे राष्ट्र व मानवता के ऐसे रक्षक थे, जिनमें निडरता, सहिष्णुता, करुणा, न्याय और उदारता जैसे मूल्य समाहित थे।

पंजाब में जन्म लेनेवाले मुंशीराम आगे चलकर 'स्वामी श्रद्धानंद' के नाम से जाने गए। उन्होंने आर्य समाज के संस्थापक स्वामी दयानंदजी से मानव समाज के समग्र कल्याण के सूत्र प्राप्त किए थे। वे इन्हीं मूल्यों के लिए जीवन पर्यंत संघर्षरत रहे। उन्होंने कांग्रेस में रहकर दलितों, वंचितों और महिलाओं के लिए कार्य किया, वैदिक शिक्षा का प्रसार किया। अंग्रेजों के छल-कपट, क्रूरता व भेदभाव के विरुद्ध वे खड़े हुए।

उनकी दृढ़ता के सामने ब्रिटिश सत्ता किंकर्तव्यविमूढ़ रह जाती थी। उनका रोम-रोम 'स्व'

से अनुप्राणित होकर स्वाधीनता और स्वाभिमान का पोषक बना। स्वधर्म, स्व-संस्कृति, स्वभाषा और स्वदेश की अवधारणा ने उन्हें 'स्व' से 'पर' तक जोड़ा। इसी के बल पर उन्होंने अन्याय, शोषण, गुलामी, अनैतिकता, पाखंड और अंधविश्वास का निडरता और प्रखरता से विरोध किया।

वे वैदिक धर्म और सनातन संस्कृति के रक्षक बनकर उभरे। स्वामीजी ने गुरुकुल काँगड़ी विश्वविद्यालय और अन्य शिक्षा संस्थानों की स्थापना कर भारतीय संस्कृति को मूर्त रूप दिया और संस्कृति के विकास में सहयोग दिया।

कांग्रेस छोड़ने के बाद उन्होंने अपना पूरा ध्यान 'शुद्धि आंदोलन' में लगा दिया। उन्होंने जबरन मुसलिम और ईसाई बनाए गए हिंदुओं के पुन: हिंदू बनने का रास्ता साफ कर दिया, जिसकी सराहना मदन मोहन मालवीय व वीर सावरकर ने भी की।

दिल्ली में सांप्रदायिक सद्भाव और एकता को संबल देने के उद्देश्य से उन्होंने गोरखा सिपाहियों द्वारा सभा न करने की चेतावनी के बावजूद भाषण दिया। उन्होंने साबित कर दिया कि देश का स्वाभिमान जाग चुका है और देश के लिए जीवन की आहुति देने से बढ़कर दूसरा कोई सौभाग्य नहीं। वे सीना तानकर कहते हैं—"लो चलाओ गोली, मैं तैयार हूँ।" इस तरह की घटनाएँ एक संन्यासी के सत्साहस, अभय और पवित्रता की याद दिलाती हैं।

सत्य और स्वधर्म के विरोधी व्यक्ति अब्दुल रशीद ने दिल्ली के चाँदनी चौक में 23 दिसंबर, 1926 को स्वामीजी को गोली मार दी। ऐसे धर्म व देशरक्षक संन्यासी को हम शत-शत नमन करते हैं।

□

राजाराम भारतीय : मातृभूमि पर न्योछावर क्रांतिकारी

शाहजहाँपुर के राजाराम भारतीय अदम्य साहस से परिपूर्ण व्यक्ति थे। विद्यार्थी जीवन से ही उन्होंने क्रांति का पथ चुन लिया। राजाराम भारतीय छात्र जीवन से ही क्रांतिकारी गतिविधियों में शामिल हो गए थे। वे 'मैनपुरी षड्यंत्र' केस के अभियुक्त भी थे।

क्रांतिकारी गतिविधियों के लिए धन एकत्र करने के उद्देश्य से राजाराम भारतीय ने संडा खेड़ा और परेली में डकैती डाली। उन पर क्रांतिकारी इतिहास में प्रसिद्ध 'मैनपुरी षड्यंत्र' केस चला और सजा भी हुई।

राजाराम भारतीय शाहजहाँपुर की पुवायाँ तहसील के देवकली ग्राम में पं. मुरलीधर वाजपेई के घर जनमे थे। उनकी गिरफ्तारी मिशन हाईस्कूल में सी.आई.डी. इंस्पेक्टर जगन्नाथ द्वारा हुई थी। मुखबिर द्वारा दी गई गवाही के बाद हेडमास्टर के सामने राजाराम की तलाशी ली गई। उनके पास से ढेर सारा क्रांतिकारी साहित्य मिला।

टोपी से एक कागज निकालकर

उन्होंने फाड़कर फेंक दिया था, जिसे बाद में पुलिस ने जोड़ा। उसमें लिखा था—

“हमारा शरीर अंग्रेजों को मार डालने के काम आए। यह नश्वर शरीर मातृभूमि को स्वतंत्र कराने हेतु अर्पित है। अंग्रेजों के सिर काट दो और उन्हें बता दो कि यह उनके अन्याय का परिणाम है।”

घर में उनके कमरे से अस्त्रों के टुकड़े और 'स्वदेशी शपथ' की प्रतियाँ मिलीं। इस घटना ने अशफाकुल्ला खान में देशभक्ति का जज्बा भरने का काम किया था। दरअसल, जब उनकी यह गिरफ्तारी हुई, तब अशफाकुल्ला उसी स्कूल में सातवीं कक्षा के विद्यार्थी थे।

इस घटना का जिक्र अशफाक ने अपनी डायरी में किया है—“वर्ष 1918 में जब मैं मिशन हाईस्कूल के सातवें दरजे में पढ़ रहा था, स्कूल में एकाएक पुलिस आ गई। 'मैनपुरी षड्यंत्र' का मुकदमा चल रहा था और स्कूल में इस केस का अप्रूवर शिनाख्त के लिए लाया गया था। उसने 10वें दरजे के राजाराम भारतीय को गिरफ्तार कराया।

“यह एक नई बात थी कि स्कूल का विद्यार्थी इस तरह गिरफ्तार हुआ। स्कूल पर अजीब दहशत व खौफ छाया हुआ था। मास्टर साहब ने डरकर बताया कि एक लड़के राजाराम ने कहीं डाका डाला है और वह गिरफ्तार हुआ है। अब मुझे राजाराम की फिक्र हुई कि यह कौन है? मेरी उससे मुलाकात उसकी रिहाई के बाद हुई तो मुझे यकीन नहीं आता था कि ऐसा भोला लड़का क्रांतिकारी भी हो सकता है!”

स्वतंत्रता संग्राम सेनानी श्याम सिंह 'बागी' अपनी पुस्तक 'राम प्रसाद बिस्मिल' में लिखते हैं—“राजाराम ने अपने मित्र गंगा सिंह चंदेल को इलाहाबाद से बुलाकर बिस्मिल से मिलवाया और बिस्मिल 'मातृवेदी' संस्था के सदस्य बने।”

'मातृवेदी' एक गुप्त संगठन था, जिसकी शाखाएँ उत्तर भारत के प्रमुख नगरों में फैली थीं। 'मैनपुरी षड्यंत्र' केस में राजाराम भारतीय की कम उम्र को देखते हुए उन्हें तीन वर्ष के कठोर कारावास की सजा दी गई थी। रिहाई के बाद वे फिर से स्वाधीनता आंदोलन में सक्रिय हो गए। 22 अप्रैल, 1987 को वे इस संसार को छोड़कर परलोक सिधार गए।

□

रमादेवी : स्वाधीनता आंदोलन की देशभक्त सेनानी

रमादेवी चौधरी स्वाधीनता आंदोलन में ऐसी सेनानी रही हैं, जिन्होंने स्वतंत्रता के पहले भी और देश के स्वतंत्र होने के बाद भी अपने कार्यों से भारतीय समाज को प्रभावित किया।

रमादेवी ने किशोरावस्था में ही पति के साथ देश की स्वाधीनता का स्वप्न देखा और उसको साकार करने में जुट गईं। रमादेवी जब 15 वर्ष की थीं, तब उनकी शादी हो गई थी। पति सरकारी अधिकारी थे, पर बाद में उन्होंने इस्तीफा दे दिया और स्वाधीनता आंदोलन में शामिल हो गए।

रमादेवी के स्वाधीनता आंदोलन में शामिल होने की कहानी दिलचस्प है। महात्मा गांधी देश के दौरे पर थे। इसी क्रम में वे कटक पहुँचे और वहाँ के बिनोद विहारी मंदिर में महिलाओं के साथ एक बैठक की। इस बैठक में रमादेवी भी थीं। बैठक के बाद उनके मन पर गहरा प्रभाव पड़ा और वे पति के साथ कांग्रेस में शामिल हो गईं। उन्होंने 1922 के कांग्रेस के गया अधिवेशन में हिस्सा लिया था।

उसके बार्द वर्ष 1930 में गांधीजी ने जब नमक सत्याग्रह का

आह्वान किया तो रमादेवी अपने क्षेत्र की महिलाओं को संगठित करने में जुट गईं। उन्होंने महिलाओं को स्वाधीनता आंदोलन में शामिल करने का अभियान भी आरंभ किया। उनका यह अभियान अंग्रेजों को नागवार गुजरा और 1930 के अंत में उन्हें गिरफ्तार कर जेल भेज दिया गया।

वर्ष 1931 में 'गांधी-इरविन समझौता' हुआ तो उसके कई महीने बाद रमादेवी की रिहाई हुई। जेल से बाहर आने के बाद रमादेवी ने अस्पृश्यता के खिलाफ जागरूकता आंदोलन चलाया। इसके लिए उन्होंने 'अस्पृश्यता निवारण संघ' बनाया। रमादेवी मानती थीं कि समाज में कोई भी बदलाव स्त्रियों की सक्रिय भूमिका के बिना संभव नहीं है।

उन्हीं दिनों उन्होंने पति के साथ मिलकर 'सेवाघर' नाम से एक आश्रम की स्थापना की। इस आश्रम के माध्यम से उन्होंने स्वदेशी को बढ़ावा देना और महिलाओं को शिक्षित करने का काम शुरू किया।

वर्ष 1942 के 'भारत छोड़ो' आंदोलन के समय रमादेवी को गिरफ्तार कर फिर जेल में डाल दिया गया और उनके आश्रम को अंग्रेजों ने गैर-कानूनी घोषित कर बंद कर दिया। दो वर्ष बाद जब वे जेल से बाहर आईं तो फिर महिलाओं को आर्थिक रूप से आत्मनिर्भर बनाने में जुट गईं।

1947 में जब देश आजाद हुआ, तब रमादेवी ने विनोबा भावे के 'सर्वोदय आंदोलन' में सक्रिय हिस्सेदारी निभाई। स्वतंत्रता के बाद महिलाओं की सार्वजनिक जीवन में भागीदारी कम थी। इसके लिए उन्होंने 'उत्कल खादी मंडल' की स्थापना कर महिलाओं को रोजगार दिया। उन्होंने उड़ीसा के आदिवासियों की बेहतरी के लिए भी काम किया।

तत्कालीन प्रधानमंत्री इंदिरा गांधी ने जब देश में इमरजेंसी लगाई तो वे इसके खिलाफ थीं। उन्होंने हरेकृष्ण महताब और नीलमणि राउतराय के साथ 'ग्राम सेवक प्रेस' नामक एक समाचार-पत्र निकाला। उसको इंदिरा सरकार ने प्रतिबंधित कर दिया और रमादेवी को जेल भेज दिया। देश की आजादी के लिए जेल जानेवाली सेनानी स्वतंत्र भारत में फिर से जेल में डाल दी गईं।

इमरजेंसी के बाद जब जेल से उनकी रिहाई हुई तो वे शिक्षा और स्वास्थ्य के क्षेत्र में काम करने लगीं। बच्चों की शिक्षा के लिए उन्होंने 'शिशु विहार स्कूल' आरंभ किया। उनकी देखरेख में कटक में एक कैंसर अस्पताल की स्थापना की गई। वर्ष 1985 में निधन के पहले तक रमादेवी महिलाओं और बच्चों की बेहतरी के लिए पूरे जीवन भर काम करती रहीं।

□

स्वामी दयानंद सरस्वती : स्वाभिमान व स्वराज की कल्पना

राजनीतिक परतंत्रता तथा पराधीनता के कारण विचलित भारतीय जनमानस को महर्षि दयानंद सरस्वती ने आत्मबोध, आत्मगौरव, स्वाभिमान एवं स्वाधीनता का मंत्र प्रदान किया। उस समय भारत की उत्कृष्ट वैदिक संस्कृति एवं सभ्यता की गरिमामयी विरासत मध्यकाल में लुप्तप्राय हो गई थी। कहा जा सकता है कि स्वामी दयानंद 19वीं सदी के नवजागरण के सूर्य थे, जिन्होंने अंधकार को दूर कर आत्मगौरव के पुनरुत्थान का अभूतपूर्व कार्य किया और आध्यात्मिक स्वाभिमान जाग्रत् किया।

भारतीय संस्कृति का किया पुनरुत्थान

ऋषि-मुनियों की पावन-पुण्य धरा पर गुजरात के टंकारा प्रांत में फाल्गुन मास के कृष्ण पक्ष की दशमी तिथि को (वर्ष 1824 में) स्वामी दयानंद सरस्वती का जन्म हुआ। मूल नक्षत्र में जन्म लेने के कारण उनका नाम 'मूल शंकर' रखा गया।

शाश्वत सत्य की खोज के लिए एवं सत्य व शिव की प्राप्ति हेतु मूल शंकर वर्ष 1846 में 21-22 वर्ष की आयु में समृद्ध घर-परिवार, मोह-ममता के बंधनों को त्यागकर संन्यासी जीवन की ओर बढ़ गए। उन्होंने 1859 में गुरु

विरजानंदजी से व्याकरण व योग दर्शन की शिक्षा प्राप्त की। 1875 में स्वामी दयानंद ने बंबई में 'आर्य समाज' की स्थापना की।

उन्होंने वेदों को समस्त ज्ञान एवं धर्म के मूल स्रोत और प्रमाण ग्रंथ के रूप में स्थापित किया। अनेक प्रचलित मिथ्या धारणाओं को तोड़ा और अनुचित पुरातन परंपराओं का खंडन किया।

उस अंधकार के युग में महर्षि दयानंद ने सर्वप्रथम उद्घोषित किया कि, 'वेद सब सत्य विद्याओं की पुस्तक है। वेद का पढ़ना-पढ़ाना और सुनना-सुनाना आर्यों का परम धर्म है।' संपूर्ण भारतीय जनमानस को उन्होंने वेदों की ओर लौटने का आह्वान किया। वेद के प्रति उनकी यह दृष्टि ही स्वामी दयानंद की विलक्षणता है। महर्षि दयानंद ने मनुष्य मात्र के लिए वेदों के अध्ययन के द्वार खोले थे, जिसके माध्यम से उन्होंने भारतीय संस्कृति के पुनरुत्थान का मार्ग प्रशस्त किया।

महर्षि दयानंद के प्रादुर्भाव के समय भारत धार्मिक, सामाजिक, आर्थिक एवं राजनीतिक दृष्टि से अति जर्जर और छिन्न-भिन्न हो गया था। ऐसे विकट समय में महर्षि ने देश के आत्मगौरव के पुनरुत्थान का अभूतपूर्व कार्य किया। अपने मोक्ष के आनंद को वरीयता न देकर उन्होंने वेद के प्रचार-प्रसार के साथ लोक-कल्याण के लिए जनजागरण करते हुए अंधविश्वासों का खंडन किया। अज्ञान, अन्याय और अभाव से ग्रस्त लोगों का उद्धार करने हेतु वे जीवन पर्यंत संघर्ष करते रहे।

स्वामी दयानंद पहले ऐसे धर्माचार्य थे, जिन्होंने धार्मिक विषयों को केवल आस्था व श्रद्धा के आधार पर मानने से इनकार कर उन्हें बुद्धि-विवेक की कसौटी पर कसने के उपरांत ही मानने का सिद्धांत दिया। उन्होंने मनुष्य को अपनी बुद्धि, विवेक शक्ति तथा चिंतन प्रणाली का उपयोग करने के लिए प्रेरित किया। दयानंदजी ने राष्ट्रवाद के सभी प्रमुख सोपानों, जैसेकि स्वदेश, स्वराज, स्वधर्म और स्वभाषा के उत्थान के लिए महत्त्वपूर्ण योगदान दिया। वे स्वराज के सर्वप्रथम उद्घोषक और संदेशवाहक थे।

अंग्रेजों की दासता में आकंठ डूबे देश में राष्ट्र-गौरव, स्वाभिमान व स्वराज की भावना से युक्त राष्ट्रवादी विचारों की शुरुआत करने तथा उपदेशों, लेखों और अपने कृत्यों से निरंतर राष्ट्रवादी विचारों को पोषित करने के कारण महर्षि दयानंद आधुनिक भारत में 'राष्ट्रवाद के जनक' माने जाते हैं। वर्ष 1876 में स्वामी दयानंद ने ही 'स्वराज' का नारा दिया था, जिसे बाल गंगाधर तिलक ने आगे बढ़ाया।

वीर सावरकर ने दयानंदजी के विषय में लिखा था—"स्वतंत्रता संग्राम के प्रथम योद्धा निर्भीक संन्यासी स्वामी दयानंद ही थे।"

बिखरे हुए तत्कालीन भारतवर्ष को स्वामी दयानंद ने एकता के सूत्र में पिरोने का कार्य किया था। गुजराती पृष्ठभूमि से होने के बावजूद उन्होंने आर्य भाषा हिंदी को राष्ट्र की भाषा बनाने का प्रयास किया। संस्कृत के प्रकांड विद्वान् होने पर भी उन्होंने अपने उपदेशों का माध्यम हिंदी भाषा को ही बनाया।

स्वामी दयानंदजी स्वाधीनता और स्वराज्य के प्रबल समर्थक थे। उन्होंने विदेशियों के आगे निर्भीकता से अपना पक्ष रखा। कलकत्ता में 1873 में तत्कालीन अंग्रेज अधिकारी नॉर्थब्रुक ने स्वामी दयानंद से कहा कि 'अंग्रेज राज्य सदैव रहे, इसके लिए भी ईश्वर से प्रार्थना कीजिएगा।' स्वामी दयानंद ने निर्भीकता के साथ उत्तर दिया कि 'स्वाधीनता और स्वराज्य मेरी आत्मा और भारतवर्ष की आवाज है और यही मुझे प्रिय है। मैं विदेशी साम्राज्य के लिए प्रार्थना नहीं कर सकता।'

स्वामी दयानंदजी परम योगी, अद्वितीय ब्रह्मचारी व ओजस्वी वक्ता थे। वे जानते थे कि सशक्त भारत के निर्माण के लिए युवाओं को श्रेष्ठ शिक्षा के माध्यम से ही राष्ट्र के स्वर्णिम स्वाभिमान और स्वाधीनता के मार्ग को प्रशस्त किया जा सकता है। इसके लिए स्वामीजी ने गुरुकुल पद्धति का विधान किया, ताकि राष्ट्र का प्रत्येक युवा शारीरिक, मानसिक और आत्मिक शक्तियों से परिपूर्ण होकर वैदिक संस्कृति की रक्षा के लिए तत्पर हो। महर्षि ने वेद के उपदेशों के माध्यम से भारतीय समाज को एक नया जीवन दिया।

उन्होंने बाल विवाह, परदा प्रथा, जाति प्रथा, छुआछूत जैसी अनेक सामाजिक बुराइयों के विरुद्ध जीवन पर्यंत संघर्ष किया। उन्होंने समाज में दलितों और शोषितों को समानता का अधिकार देकर सामाजिक एकता, समरसता और सद्भावना की नींव रखी।

फ्रेंच लेखक रोम्या रोलाँ ने महर्षि दयानंद के अछूतोद्धारक कार्यों की प्रशंसा करते हुए लिखा—"महर्षि दयानंद ने वेद के दरवाजे संपूर्ण मानव जाति के लिए खोले थे। उनके लिए समस्त मानव एक ही ईश्वर की संतान हैं। दलितों का उनके जैसा प्रबल समर्थक कोई नहीं हुआ।" उनका चिंतन था कि सत्य को ग्रहण करने और असत्य को त्यागने में मनुष्य को सर्वदा तैयार रहना चाहिए। उन्होंने तत्कालीन राजा, महाराजाओं एवं अंग्रेजी साम्राज्य के भय, लोभ, लालच की परवाह न करते हुए सत्य का उपदेश दिया।

वेद-मंत्रों के प्रमाण देकर स्वामी दयानंद ने राष्ट्रीय स्वाभिमान से परिपूर्ण युवा शक्ति को तैयार किया। व्यक्ति, समाज, परिवार या राष्ट्र के विकास का मूलाधार उसकी स्वाधीनता है। स्वामी दयानंद कहा करते थे कि 'आर्यावर्त (भारत) ही वह

भूमि है, जो रत्नों को उत्पन्न करती है।' वेद-मंत्रों के प्रमाण देकर स्वामी दयानंद ने राष्ट्रीय स्वाभिमान से परिपूर्ण युवा शक्ति को तैयार किया। उनके अनुसार, व्यक्ति, समाज, परिवार या राष्ट्र के विकास का मूलाधार उसकी स्वाधीनता है।

महर्षि अरविंद घोष ने स्वीकार किया था कि वैदिक ग्रंथों के उद्धार के कार्य के माध्यम से स्वामीजी ने भारतवर्ष के आध्यात्मिक स्वाभिमान को जाग्रत् किया है।

स्वामीजी ने बताया कि वेदों के उपदेशों से ही मनुष्य की व्यक्तिगत, पारिवारिक, सामाजिक उन्नति का मार्ग प्रशस्त होता है और भौतिक व आध्यात्मिक उन्नति की प्राप्ति होती है। महर्षि दयानंद का स्वप्न था कि भारत ही नहीं, अपितु संसार का जनमानस श्रेष्ठता से परिपूर्ण हो—'कृण्वंतो विश्वमार्यम्।'

महर्षि का संपूर्ण जीवन वैदिक संस्कृति हेतु समर्पित रहा। महर्षि दयानंदजी का जीवन एक संत का था, उनकी प्रवृत्ति सत्यान्वेषण की थी और दृष्टि वैज्ञानिक व प्रजातांत्रिक थी। उनके चिंतन ने पराधीन भारत की सुप्त पड़ी आध्यात्मिक स्वाभिमान एवं स्वराज की भावना को जाग्रत् किया।

स्वामीजी ने अपने शरीर का त्याग 30 अक्तूबर, 1883 (कार्तिक अमावस्या, दीपावली) को किया।

□

महिला, जिसने पूर्वोत्तर में स्वाधीनता की मशाल जलाई : रानी गाइडिन्ल्यू

मणिपुर में पैदा हुई रानी गाइडिन्ल्यू ब्रिटिश औपनिवेशिक शासन के खिलाफ विद्रोह करनेवाली नागा नेता थीं। वे मात्र 13 वर्ष की थीं, जब अंग्रेजों द्वारा लोगों का शोषण देखकर आंदोलन में कूद पड़ी थीं और अंग्रेजों की आँखों में खटकने लगी थीं।

स्वतंत्रता आंदोलन की मजबूती से स्वाभिमान की रीढ़ देश में हर दिशा से मजबूत हो रही थी। इसमें उत्तर-पूर्वी क्षेत्र भी था। वहाँ भी भगत सिंह और चंद्रशेखर सरीखे आजादी के मतवालों की भाँति बाजुओं में दम भरनेवाली रानी गाइडिन्ल्यू थीं, जिन्होंने मात्र 13 वर्ष की उम्र में अंग्रेजों के हर अत्याचार का इस कदर विरोध किया कि वे कुछ ही दिन में उनकी आँखों की किरकिरी बन गई थीं।

रानी गाइडिन्ल्यू ब्रिटिश औपनिवेशिक शासन के खिलाफ विद्रोह करनेवाली एक आध्यात्मिक और राजनीतिक नागा नेता थीं। हेराका पंथ के भीतर उन्हें देवी चेराचमदिनलिउ के अवतार के रूप में माना जाता

था। रानी का जन्म 26 जनवरी, 1915 को मणिपुर में हुआ था। वे केवल 13 वर्ष की थीं, जब अंग्रेजों द्वारा जनजातीय लोगों और नागाओं के शोषण को देखकर अशांत हुईं। जंगल में रहनेवाले आदिवासियों के अधिकार छिन रहे थे। इससे उनका जीवन भयभीत और दयनीय हो रहा था। यह वह समय था, जब भारत स्वतंत्रता आंदोलन की हुँकार के साथ आगे बढ़ रहा था।

रानी द्वारा जलाई गई स्वाधीनता की मशाल का उजियारा सिर्फ एक जगह तक सीमित नहीं था। बीसवीं सदी के दूसरे दशक के दौर में युवा, बुजुर्ग, पुरुष और महिलाएँ, हर कोई गाइडिन्ल्यू के साथ हो चला था। संघर्ष और अखंडता के उनके जीवन ने उन्हें एक ऐसी प्रतिभा का रूप दिया कि पूरा पूर्वोत्तर उनसे प्रेरित हुआ और स्वतंत्रता आंदोलन के लिए स्वाभिमान जाग्रत् होता गया।

बीसवीं सदी के दूसरे दशक के अंतिम वर्षों में ब्रिटिश अधिकारियों ने रानी के आंदोलन को गहरे संदेश के साथ देखना शुरू किया, क्योंकि उन्होंने पाया कि यह आंदोलन उनके अधिकारों को कमजोर कर रहा है।

रानी द्वारा चलाया गया आंदोलन ब्रिटिश नीतियों के खिलाफ एक लोकप्रिय विद्रोह बन गया। उस वक्त अंग्रेज न केवल लोगों को मजबूर कर श्रम करवा रहे थे, बल्कि उनका उत्पीड़न भी कर रहे थे। इसके साथ ही स्वतंत्रता संग्राम में भाग लेनेवाला हर शख्स भी अंग्रेजों के अत्याचार का शिकार हो रहा था। रानी गाइडिन्ल्यू को भी कुचलने की कोशिश हुई, लेकिन जिसके साथ आजादी के सैकड़ों मतवाले हों, उस प्रेरणास्पद नारी को अंग्रेजों के षड्यंत्र भला कैसे छू पाते?

अंग्रेजों को उम्मीद नहीं थी कि रानी जैसी एक लड़की स्वतंत्रता आंदोलन का नेतृत्व कर सकती है! रानी ने ब्रिटिश हितों के खिलाफ काम कर रहे सशस्त्र गुरिल्ला बल का नेतृत्व किया और आजादी की माँग की। यह हुंकार सिर्फ उत्तर-पूर्वी क्षेत्रों में मणिपुर या जनजातीय क्षेत्र तक नहीं थी। अपितु यह पूरे देश के लिए आजादी के साथ संयोजन के रूप में थी।

रानी गाइडिन्ल्यू ने अंग्रेजों द्वारा लगाए गए करों का भी खुला विरोध किया। इससे पूर्वोत्तर के लोग उनसे बहुत प्रेरित हुए और उन्होंने ब्रिटिश सरकार के लिए काम करने से मना किया। इससे परेशान अंग्रेजों ने जब उनकी खोज शुरू की तो वे भूमिगत हो गईं।

वह लोगों में जागरूकता फैलाने के लिए चुपचाप मणिपुर और नागा पहाड़ी क्षेत्रों में विभिन्न स्थानों का दौरा करती रहीं। वे लोगों को समझातीं कि लोग कैसे अंग्रेजों का विरोध कर सकते हैं? काफी खोजने के बाद भी जब अंग्रेजों को रानी नहीं मिलीं तो उन पर 500 रुपए का पुरस्कार घोषित किया गया। उन दिनों यह एक

बड़ी राशि थी, लेकिन लोग इसके प्रलोभन में नहीं पड़े।

रानी जिस गाँव में होतीं, वहाँ ब्रिटिश सैनिकों के आने पर पूरा गाँव उनकी रक्षा के लिए खड़ा हो जाता था। हताश-निराश अंग्रेज जब रानी को नहीं खोज सके तो उन्होंने एक गाँव के लिए दस साल के करों से मुक्ति भी घोषित की, ताकि रानी के बारे में कोई जानकारी सामने आए, लेकिन उनकी यह चाल और छलावा भी नहीं चल सका।

गाँवों व जंगलों में छिपते-छिपाते और आंदोलन के विस्तार की योजना बनाते हुए पूर्वोत्तर के ही एक गाँव पुलोमी में 17 अक्तूबर, 1932 को ब्रिटिश सेना ने एक षड्यंत्र के तहत रानी को गिरफ्तार कर लिया। हालाँकि, रानी जेल में भी आराम से नहीं बैठीं और स्वतंत्रता आंदोलन के एक अनुभवी नेता के रूप में उभरीं।

रानी ने मणिपुर क्षेत्र में गांधीजी के संदेश को भी फैलाया और लोगों को आगे आने और आंदोलन में योगदान देने के लिए प्रोत्साहित किया। वे सिर्फ जेल से ही अपने आंदोलन को पोषित नहीं कर रही थीं। इतने वर्षों में उन्हें जो जन-सहयोग मिला था, वह उनके जेल जाने पर आजादी के संघर्ष को और मजबूत बनाता रहा।

रानी के कारावास के दौरान भी उनकी लोकप्रियता को कम नहीं किया जा सका, बल्कि वे और लोकप्रिय हो गईं।

उनकी लोकप्रियता इस तथ्य से आँकी जा सकती है कि उनके कारावास का मुद्दा ब्रिटिश हाउस ऑफ कॉमन्स में उठाया गया था। जवाहरलाल नेहरू ने वर्ष 1937 में शिलांग जेल का दौरा किया और उनकी रिहाई के लिए प्रयास करने का वादा किया। रानी देश की आजादी के लिए लड़ रही थीं। कई बार 'हाँ' करने के बावजूद उन्हें अंग्रेजों द्वारा रिहा नहीं किया गया और जब तक उनकी रिहाई होती, तब तक देश आजादी हो चुका था।

स्वाभिमान की लौ जलाकर स्वाधीनता प्राप्त करने के बाद स्वालंबन को बनाए रखना भी जरूरी था, वरना जो आंदोलन सैकड़ों वर्ष चला था, वह निराधार रहता। इसलिए रानी देश के भीतर पारंपरिक नागा रीति-रिवाजों, मान्यताओं और परंपराओं की सुरक्षा के लिए निरंतर काम करती रहीं।

एक खास बात यह भी है कि नेहरू ने ही उन्हें 'रानी' का खिताब दिया था। 17 फरवरी, 1993 को रानी गाइडिन्ल्यू का मणिपुर में निधन हुआ। उन्हें कई सम्मान और पुरस्कार भी मिले। यही नहीं, 'हिंदुस्तान शिपयार्ड लिमिटेड' ने 6 नवंबर, 2010 को विशाखापत्तनम में 'रानी गाइडिन्ल्यू' नामक एक गश्ती जहाज का उनके नाम पर लोकार्पण किया।

□

स्वामी विवेकानंद : भारतीय स्वाभिमान के स्वर

भारतीय चिंतन परंपरा के प्रतीक-पुरुष स्वामी विवेकानंदजी ने अनेक बार स्वाभिमान की बात की, क्योंकि स्वाभिमान ही उस स्वावलंबन से जोड़ता है, जो ऐसी स्वाधीनता रचता है कि वह अपनी पूर्णता में मुक्ति बन जाती है। व्यक्ति का सोया हुआ ब्रह्म जाग उठना ही वह स्वाभिमान है, जो मनुष्य को अमृत-पुत्र बना देता है।

काफी लंबे समय तक पश्चिमी जगत् में भारत के प्रति यह अवधारणा रही कि भारत 'विचारमग्न पूर्व' के केंद्र में है। इस बात का आशय यह था कि भारत मात्र सोचता है, करता कुछ नहीं। औद्योगिक क्रांति, विज्ञान और प्रौद्योगिकी के नवाचार से संयुक्त पश्चिमी जगत् आश्चर्यजनक रूप से पूरी दुनिया पर छा गया था। ऐसे में चिंतन संपन्न भारत को 'विचारमग्न पूर्व' कहकर उसे निरस्त कर देना उनके उपेक्षापूर्ण व्यवहार का ही एक हिस्सा था।

भारत ने कठिन-से-कठिन समय में भी अपने स्वाभिमान को ऐसा स्वर दिया है, जो काल के प्रवाह से परे जाकर अमिट छाप छोड़ गया है। पराधीन भारत में भारतीय स्वाभिमान के एक अमर

स्वर हैं स्वामी विवेकानंद, जिन्होंने विचारमग्न पूर्व के प्रभाव को जिस गौरव के साथ साझा किया, वह अद्‌भुत है।

लंदन में घटित एक छोटी सी घटना उनके स्वर की दृढ़ता को बहुत हद तक स्पष्ट करती है। स्वामी विवेकानंदजी लंदन में भारतीय चिंतन की गौरव-गाथा अपने भाषणों के माध्यम से पश्चिमी जगत् के सामने रख रहे थे। ऐसे में वहाँ के एक बुद्धिजीवी अकसर उनसे बहस किया करते थे। वे कहा करते थे कि यदि भारत के पास हजारों वर्षों से ज्ञान की अमूल्य उपलब्धियाँ थीं, तो भारत कभी उन्हें साझा करने के लिए इंग्लैंड क्यों नहीं आया? स्वामी विवेकानंदजी ने जो उत्तर उन्हें दिया, वह बेहद सार्थक है।

स्वामीजी ने हँसते हुए उन्हें कहा—"भारत तो हजारों वर्ष पूर्व अपना ज्ञान साझा करने के लिए इंग्लैंड आ जाता, लेकिन मेरे मित्र, यह तो बताओ कि हजारों वर्ष पूर्व इंग्लैंड था कहाँ? जो इंग्लैंड आज है, वहाँ तो हजारों वर्ष पूर्व केवल जंगल था। जब इंग्लैंड का अस्तित्व ही नहीं था तो भारत ज्ञान देने के लिए आता कहाँ?"

उनके इस उत्तर को सुनकर वे पश्चिमी बुद्धिजीवी निरुत्तर हो गए, लेकिन स्वामी विवेकानंदजी ने सदैव पश्चिम के पुरुषार्थ को सराहा और वे उससे प्रेरणा लेने की बात भी सदैव करते रहे। उनके हृदय में जो विश्वबंधुत्व की भावना थी, वह भावना भारत के चिंतन की प्रतिनिधि ही है।

न्यूयॉर्क में रहनेवाले श्री ई.टी. स्टर्डी को लिखे एक पत्र में उन्होंने लिखा—"मेरे निजी अनुभव की एक बात सुनो। जब मेरे गुरुदेव ने शरीर त्यागा था, तब हम लोग 12 निर्धन और अज्ञात नवयुवक थे। हमारे विरुद्ध अनेक शक्तिशाली संस्थाएँ थीं, जो हमारी सफलता को शैशवकाल में ही नष्ट करने का भरसक प्रयास कर रही थीं।

"श्री रामकृष्ण देवजी ने हमें एक बड़ा दान दिया था। वह दान था—केवल बातें ही न करके, यथार्थ जीवन की इच्छा, आजीवन उद्योग और विरामहीन साधना के लिए अनुप्रेरणा। आज सारा भारत मेरे गुरुदेव को जानता है और पूज्य मानता है। दस वर्ष पूर्व उनका जन्म उत्सव मनाने के लिए मैं सौ लोगों को भी इकट्‌ठा नहीं कर सकता था और अब स्थिति यह है कि पिछले वर्ष पचास हजार लोग आए थे।"

स्वामी विवेकानंदजी ने सरला घोषालजी को एक पत्र लिखा था, जो स्वाभिमान जाग्रत् होते ही होनेवाले परिवर्तन के बारे में था। स्वामीजी ने लिखा—"न्यूयॉर्क में मैं आयरिश उपनिवेशवासी को आते हुए देखा करता था। पद दलित, कांतिहीन निस्संबल और अति दरिद्र। साथ में एक लाठी और उसके सिर पर लटकती हुई फटे

कपड़ों की एक छोटी सी गठरी। उसकी चाल में भय और आशंका होती थी, लेकिन छह महीने बाद यही दृश्य बिल्कुल दूसरा हो जाता था। अब वह तनकर चलता था, उसका वेश बदल गया था, उसकी चाल और चित्त में डर कहीं दिखाई नहीं पड़ता था। ऐसा इसलिए हुआ, क्योंकि उसके अपने देश में उसे गुलाम होने का विश्वास था, परंतु, जब अमेरिका में उसने पैर रखा तो चारों ओर से ध्वनि उठी कि 'तू भी वही आदमी है, जो हम लोग हैं।' बस उसके अंदर सोया हुआ ब्रह्म जाग उठा और सारा परिवर्तन संभव हुआ।"

यह पत्र इसलिए बेहद महत्त्वपूर्ण है, क्योंकि यह स्वावलंबन की अनूठी सूत्र रचना है।

स्वामी विवेकानंदजी को उनके गुरु रामकृष्ण परमहंसजी ने जो सूत्र दिया, उसकी तीन प्रमुख बातें हैं—यथार्थ जीवन की इच्छा, आजीवन उद्योग और विरामहीन साधना। ये तीनों बातें किसी के भी जीवन में सम्मिलित हो जाएँ तो ये स्वावलंबन का वह पथ प्रदान करेंगी, जो सफलता का उच्चतम आयाम रचकर शिखर तक पहुँचा दे।

स्वामी विवेकानंदजी हमारी चिंतन परंपरा के एक ऐसे प्रतीक हैं, जिन्होंने पराधीन भारत में भी वह गौरव-गाथा समस्त संसार को सुनाई, जिसने पूर्व के उन्नत मस्तक का हिमालय सर्व पूज्य बना दिया।

□

भारतीय सनातन संस्कृति को समर्पित महामना

ऊर्जा से ओत-प्रोत भाषणों के जरिए भारतवासियों को एकता के सूत्र में पिरोकर ब्रिटिश हुकूमत के खिलाफ क्रांति की अलख जगानेवाले महामना, सनातन संस्कृति-सभ्यता को संरक्षित कर भारत को दुनिया का सिरमौर बनाने के लिए मदन मोहन मालवीय जीवन पर्यंत प्रयत्नशील रहे। सरल स्वभाव, वाणी में सच्चाई, कर्तव्य के प्रति निष्ठा, साहस और धैर्य का परिचय थे भारत रत्न महामना मदन मोहन मालवीय।

मदन मोहन मालवीय का जीवन सेवा और राष्ट्रभक्ति से ओत-प्रोत था। वे उदारवादी राष्ट्रभक्त थे, इसलिए महात्मा गांधी ने उन्हें 'महामना' की उपाधि प्रदान की। शिक्षक, क्रांतिकारी, पत्रकार, कवि, वकील, नेता, समाज-सेवी जैसे विभिन्न स्वरूपों में उन्होंने अमिट छाप छोड़ी।

प्रयागराज के अहियापुर मोहल्ला (अब मालवीय नगर) में 25 दिसंबर, 1861 को महामना मदन मोहन मालवीय का जन्म हुआ।

तब भारत में ब्रिटिश शासन था। धर्म व संस्कृति को अपनाने की खुली छूट नहीं थी। उस विपरीत परिस्थिति में

महामना ने अपने गुरु महामहोपाध्याय आदित्यराम भट्टाचार्य की प्रेरणा से 'हिंदू महासभा' की स्थापना की। संगठन का उद्देश्य समाज सुधार के काम को प्रोत्साहित करने के साथ हर क्षेत्र में हिंदुओं की सहभागिता बढ़ाना था। महामना ने इसके जरिए 'अखंड हिंदुस्तान की स्थापना' का संकल्प लिया था। रॉलेट ऐक्ट, साइमन कमीशन, रिफॉर्म ऐक्ट के साथ सिंध प्रांत को बंबई से अलग करने की योजना पर 'हिंदू महासभा' ने जमकर विरोध किया था।

मालवीयजी ने अंग्रेजों के खिलाफ भारतीयों को एकजुट करने के लिए राष्ट्रव्यापी दौरे किए। वे हर जगह अंग्रेजों की नीतियों का खुलकर विरोध करते। उन्होंने 27 दिसंबर, 1890 को लाहौर में हुई सभा में विदेशी सामानों का बहिष्कार कर स्वदेशी अपनाने को प्रेरित किया। वहीं 27 दिसंबर, 1895 को पूना में हुए कांग्रेस के अधिवेशन में महामना के अंग्रेजों के खिलाफ दिए भाषण से माहौल तेजी से बदलने लगा था।

महामना कुशल नेतृत्वकर्ता थे। राष्ट्र को अंग्रेजों की गुलामी से मुक्त कराने के लिए उन्होंने कांग्रेस से जुड़कर सक्रिय भूमिका निभाई। वे 1909, 1918, 1931 और 1933 में कांग्रेस के अध्यक्ष निर्वाचित हुए।

महामना 'ऑल इंडिया सेवा समिति' के भी अध्यक्ष थे। समिति के जरिए प्रयागराज में माघ व कुंभ मेला में श्रद्धालुओं की सेवा होती व क्रांतिकारियों का संदेश जन-जन तक पहुँचाने की मुहिम चलाई जाती। 1910 में ब्रिटिश हुकूमत 'प्रेस ऐक्ट' बनाकर प्रेस की स्वाधीनता समाप्त करने की योजना बना रही थी। महामना ने देश भर में इस ऐक्ट से खिलाफ सभाएँ कर जागरूकता फैलाई। मुहिम से समाज का हर वर्ग जुड़ने लगा तो ब्रिटिश हुकूमत अंदर से हिलने लगी। विरोध का स्वर मुखर होने से 'प्रेस ऐक्ट' पारित नहीं हुआ।

4 फरवरी, 1922 को गोरखपुर जिले में चौरी-चौरा कांड हुआ। क्रुद्ध जनता ने पुलिस थाने में आग लगा दी। इसमें 170 लोगों को अभियुक्त बनाकर फाँसी की सजा सुनाई गई। उन्हें बचाने के लिए महामना ने इलाहाबाद हाईकोर्ट में प्रभावी पैरवी की। हालाँकि, तब तक महामना वकालत छोड़ चुके थे, लेकिन क्रांतिकारियों को बचाने के लिए बिना कोई फीस लिये उनका केस लड़ा। उन्होंने कोर्ट में अकाट्य तथ्य प्रस्तुत कर 153 लोगों को सजा से मुक्त करवाया।

मालवीयजी का हिंदी से आत्मीय लगाव था। उनका कहना था कि 'हिंदी समस्त भारतीय भाषाओं की बड़ी बहन है।' महामना का मकसद था कि देश के युवा भारतीय संस्कृति के संवाहक बनकर आजादी की लड़ाई में अग्रणी भूमिका निभाएँ। इसी उद्देश्य से उन्होंने 4 फरवरी, 1916 को 'काशी हिंदू विश्वविद्यालय'

की स्थापना की। हिंदी के प्रचार-प्रसार के लिए उन्होंने 1 मई, 1919 को 'काशी नागरी प्रचारिणी सभा', वाराणसी में 'हिंदी साहित्य सम्मेलन' की स्थापना कराई। महामना ने वर्ष 1932 के 'गोलमेज सम्मेलन' में भारत का प्रतिनिधित्व किया और इसके बाद विदेशी सामानों का बहिष्कार तेज हो गया।

वर्ष 1937-1938 में इलाहाबाद विश्वविद्यालय में दीक्षांत समारोह में भाषण देने के लिए महामना को आमंत्रित किया गया। समारोह का भाषण अंग्रेजी में देने की परंपरा थी। महामना ने उस परंपरा को तोड़कर हिंदी में भाषण दिया था।

महामना के विशाल हृदय में समाज के सभी वर्गों के लिए सम्मान व प्रेम था। उन्होंने दलित नेता पी.एन. राजभोज के साथ सैकड़ों दलितों का मंदिर में प्रवेश कराया। वे अपने धर्म व संस्कृति से किसी कीमत पर समझौता नहीं करते थे, लेकिन दूसरे मत का भी सम्मान करते थे। वे हिंदू-मुसलिम एकता के पक्षधर थे। उनका विरोध तुष्टीकरण की नीति से था।

महामना ने 1922 में लाहौर व 1931 में कानपुर में सांप्रदायिक सौहार्द पर प्रभावशाली भाषण देकर हिंदू व मुसलिमों को एक करने में अहम भूमिका निभाई थी। 1932-1933 में काशी में सांप्रादायिक दंगों के दौरान हिंदू कमेटी के अध्यक्ष बन मदद व राशन पहुँचाया, साथ ही जैसे ही खबर मिली कि कुछ मुसलिम भूख से बेहाल हैं, उन्होंने तुरंत अनाज उनके घरों में भिजवा दिया था।

महामना स्वयं में पत्रकारिता के आदर्श मानदंड थे। उन्होंने 1907 में 'साप्ताहिक अभ्युदय' और 1909 में 'दैनिक लीडर' अखबार निकलकर लोगों में राष्ट्रीय भावना का संचार किया। अपने लेखों के जरिए वे लोगों में राष्ट्रभक्ति व एकता की भावना का संचार करते रहे।

अपनी योग्यता के बल पर वायसराय की काउंसिल, इंपीरियल लेजिस्लेटिव काउंसिल और सेंट्रल लेजिस्लेटिव असेंबली के सदस्य बने। ब्रिटिश हुकूमत ने 1913 में हरिद्वार के पास भीम गौड़ा में बाँध बनाने का काम शुरू किया। महामना ने मौके पर पहुँचकर इसके खिलाफ आंदोलन कर दिया। तब शासन ने उन्हें भरोसा दिया कि 'गंगा को हिंदुओं की अनुमति के बिना बाँधा नहीं जाएगा।'

महामना गोवध के खिलाफ भी मुखर आवाज उठाते रहे। गोवध रोकने, गायों की सेवा व रक्षा करने के लिए 1941 में उन्होंने 'गोरक्षा मंडल' की स्थापना की थी। महामना की स्वतंत्रता संग्राम में अतुलनीय भागीदारी रही। उनके समर्पण की भावना को कभी भुलाया नहीं जा सकता।

□

पं. राजकुमार शुक्ल : जिन्होंने गांधीजी को प्रभावित किया

एक सामान्य किसान पं. राजकुमार शुक्ल ने अंग्रेजों को भगाने की ऐसी जिद ठानी कि मोहनदास करमचंद गांधी को गुजरात से चंपारण आना पड़ा था। चंपारण आंदोलन देश की स्वाधीनता के संघर्ष का मजबूत प्रतीक बन गया।

'चंपारण आंदोलन' के बाद भारतीय स्वाधीनता संग्राम का परिदृश्य ही बदल गया था। इसके बाद महात्मा गांधी का प्रभाव बहुत बढ़ गया। पं. राजकुमार शुक्ल ने इस ओर गांधीजी का ध्यान आकर्षित करने में अहम भूमिका निभाई थी।

पश्चिम चंपारण जिले में पंडई नदी के किनारे बसा मुरली भरहवा गाँव है। गौनाहा प्रखंड अंतर्गत इस गाँव के लोगों के खून में जिद्दी होने का स्वभाव है।

अंग्रेजों को भारत से खदेड़कर देश स्वतंत्र करानेवाले गांधीजी ने राजकुमार शुक्ल के राष्ट्र व समाज-हित की इस जिद की बदौलत उन्हें अपना 'तीसरा गुरु' माना। '1857 के सिपाही विद्रोह के बाद बिहार के सबसे बड़े जननेता पं. राजकुमार शुक्ल बने। गांधी को चंपारण आमंत्रित

करने में सफल होते ही भारत के स्वाधीनता आंदोलन का परिदृश्य ही बदल गया। 'सिपाही विद्रोह' के लगभग 60 वर्ष बाद 'चंपारण आंदोलन' ही देश के सबसे सफल आंदोलन के रूप में इतिहास में वर्णित है।'

गांधीजी ने लिखा—"राजकुमार शुक्ल सीधे-सादे, लेकिन जिद्दी शख्स थे। उन्होंने अपने इलाके के किसानों की पीड़ा और अंग्रेजों के शोषण की दास्तान बताई। मुझसे इसे दूर करने का आग्रह किया।"

पहली मुलाकात में गांधीजी उनसे प्रभावित नहीं हुए थे, इसलिए उन्होंने टाल दिया, मगर पं. राजकुमार शुक्ल ने हार नहीं मानी।

वे कम-पढ़े लिखे होने के कारण उस जमाने के विद्वान् लोगों से महात्मा गांधी के लिए पत्र लिखवाते थे। एक पत्र में उन्होंने लिखवाया—"किस्सा तो सुनते हो औरों का, आज मेरी दास्ताँ सुनो। जिस प्रकार भगवान् श्रीरामचंद्र के चरण स्पर्श से अहिल्या तर गईं, उसी प्रकार श्रीमान के चंपारण में पैर रखते ही हमारी प्रजा का उद्धार हो जाएगा।" इस पत्र ने गांधीजी को काफी प्रभावित किया।

लखनऊ में दिसंबर 1916 में कांग्रेस के राष्ट्रीय अधिवेशन में ब्रजकिशोर प्रसाद व राजकुमार शुक्ल ने चंपारण में किसानों की दुर्दशा पर अपनी बात रखी। इसके बाद कांग्रेस ने इसे लेकर प्रस्ताव पारित कर दिया, लेकिन राजकुमार शुक्ल गांधीजी को चंपारण ले चलने की जिद ठाने रहे। इस तरह राजकुमार शुक्ल के अनुरोध पर महात्मा गांधी चंपारण आने को तैयार हुए।

बापू 10 अप्रैल, 1917 को कोलकाता से पटना और मुजफ्फरपुर पहुँचे। यहाँ आंदोलन की रणनीति बनाने के बाद मोतिहारी आए। नील की फसल पर लागू तीनकठिया खेती के विरोध में गांधीजी ने चंपारण में सत्याग्रह का पहला सफल प्रयोग किया, जिसके बाद अंग्रेजों की तत्कालीन तीनकठिया व्यवस्था के तहत प्रति बीघे में से तीन कट्ठा जमीन पर नील की खेती करने की किसानों की विवशता को गांधीजी से समाप्त कराया।

'हर बीघे में तीन कट्ठा नील की खेती नहीं करने पर किसानों को दंडस्वरूप कई बार अंग्रेजों की प्रताड़ना का शिकार होना पड़ता था। गांधीजी चंपारण पहुँचे और यहाँ के किसानों के आंदोलन को जो धार मिली, उसने देश को स्वाधीनता के मुकाम तक पहुँचा दिया।'

चंपारण आने पर गांधीजी को पं. राजकुमार शुक्ल जैसे कई किसानों का भरपूर सहयोग मिला। पीड़ित किसानों के बयानों को कलमबद्ध किया गया। बिना

कांग्रेस का साथ लिये यह लड़ाई अहिंसक तरीके से लड़ी गई। इसका परिणाम यह हुआ कि अंग्रेज सरकार को झुकना पड़ा। इस तरह यहाँ 135 सालों से चली आ रही नील की खेती बंद हो गई। बाद में अंग्रेजों को भारत छोड़ने के लिए मजबूर होना पड़ा।

हालाँकि, पं. राजकुमार शुक्ल को भारत के राजनीतिक इतिहास में वह जगह नहीं मिल सकी, जो मिलनी चाहिए थी।

□

बाँका के क्रांतिकारी : जागो, पागो, रामेश्वर और लक्खी

बिहार के कचनसा गाँव के चार भाइयों की वीरता की गाथा को बाँका अब भी गर्व से गाता है। वे थे—जागो शाही, पागो शाही, रामेश्वर शाही और लक्खी शाही।

स्वतंत्रता संग्राम के दौरान बिहार के बाँका शहर के इन क्रांतिकारियों ने अंग्रेजों को काफी परेशान किया था। 1942 के आंदोलन में बाँका के सेनानियों का खौफ ब्रिटिश संसद् तक गूँजने लगा था। उन्हें रोकने के लिए अंग्रेज सेना ने निर्दयता की सारी हदें पार कर दी थीं।

परशुराम सिंह की प्रतिमा

क्रांतिकारी पागो शाही की पत्नी सुंदरी देवी

इन चार भाइयों की संगठन क्षमता से पूरे गाँव में अंग्रेजी हुकूमत के खिलाफ आजादी का बिगुल बजने लगा। इन भाइयों की लोकप्रियता का अंदाजा लगने पर 1942 में अंग्रेजों ने गाँव में सेना भेजी। सेना के साथ पहुँचे दो हाथियों की मदद से गाँव के कच्चे घरों को ढहवा दिया गया। इस घटना की चश्मदीद पागो शाही की पत्नी सुंदरी देवी (100 वर्षीया) की बूढ़ी आँखों में वह खौफनाक मंजर आज भी

जिंदा है। उनके अनुसार, '1942 के आंदोलन में परशुराम सिंह के नेतृत्व में जमदाहा में क्रांतिकारियों ने भारी उत्पात कर विरोध मचाया था। कई जगहों पर आगजनी की गई थी। इसके कुछ दिनों बाद अंग्रेज फौजी दो हाथी लेकर गाँव आए और सभी घरों को ढहवा दिया। किसी घर में खाने और दैनिक उपयोग की कोई चीज नहीं रहने दी थी। पूरा गाँव एक तरह से बरबाद हो गया।'

'परशुराम दल' के संस्थापक परशुराम सिंह के अनुयायी चारों भाई गाँव में नहीं थे। उनका ठिकाना तो मतवाला पहाड़ था। इसके बाद चारों भाइयों की तलाश में गोरी फौज गाँव आने लगी। गाँव के लोगों को प्रताड़ित किया गया कि वे चारों भाइयों के बारे में अंग्रेजों को कोई सुराग दे दें।

एक दिन जागो शाही, पागो शाही और लक्खी शाही कई क्रांतिकारियों के साथ पास के गाँव भुड़कुड़िया में बैठक कर रहे थे। इसी गाँव के एक मुखबिर की खबर पर अंग्रेजों ने 31 अक्तूबर को तीनों भाइयों को गिरफ्तार कर लिया।

जागो शाही और लक्खी शाही को 1945 में भागलपुर केंद्रीय कारागार में फाँसी दे दी गई। बड़े भाई की अंतिम इच्छा छोटे भाई पागो शाही से मिलने की थी। मिलने के दौरान पागो शाही खूब रोने लगे। इस पर बड़े भाई ने भरोसा दिया कि उन्हें फाँसी भले हो रही है, मगर वे अपना सपना पूरा करने जा रहे हैं। देश को स्वतंत्रता मिलने ही वाली है।

फाँसी के बाद दोनों भाइयों के शव भी दाह संस्कार के लिए परिवार को नहीं दिए गए थे। फाँसी से कुछ दिन पहले ही जागो शाही की शादी हुई थी, लेकिन उनकी नवविवाहिता पत्नी को भी फाँसी के वक्त अंग्रेजों ने पति के अंतिम दर्शन नहीं करने दिए थे। स्वतंत्रता के बाद तीसरे भाई पागो शाही जेल से छूटकर गाँव लौट गए। चौथे भाई रामेश्वर शाही भी आंदोलन में सक्रिय रहे। देश को स्वतंत्र कराने में बाँका गाँव ने बरबाद होकर भी सिर नहीं झुकाया।

कचनसा के भाइयों के अलावा स्वतंत्रता आंदोलन के दौरान 20 घरों वाली इस बस्ती में दो दर्जन सेनानी थे। कोई घर इससे अछूता नहीं रहा।

नई पीढ़ी के लोग उनके बलिदान को भी भूल चुके हैं। बलिदानी भाइयों की एक प्रतिमा या तसवीर तक लोगों को उपलब्ध नहीं हो सकी। दो सगे भाइयों को आजादी के आंदोलन में एक साथ फाँसी का यह देश में अनोखा मामला है। आनेवाली पीढ़ी निश्चित रूप से इसे भूल जाएगी। सरकार को इस इतिहास को यादगार बनाने की आवश्यकता है।

□

असहयोग व अहिंसा से जुड़ीं स्वाधीनता सेनानी : सरस्वती देवी

हजारीबाग की सरस्वती देवी ने वर्ष 1921 में न केवल परदा प्रथा के खिलाफ आंदोलन शुरू किया, बल्कि स्वाधीनता आंदोलन में बिहार से जेल जानेवाली पहली महिला भी वही थीं। देश की आजादी में बिहार के हजारीबाग (अब झारखंड में) का महत्त्वपूर्ण योगदान रहा है। यहाँ की सेंट्रल जेल में देश भर के बड़े-बड़े नेताओं को गिफ्तार कर रखा जाता था। जयप्रकाश नारायण अपने साथियों के साथ इसी जेल से फरार हुए थे।

सरस्वती देवी का जन्म बिहार के हजारीबाग जिले के बिहारी दुर्गा मंडप के पास 5 फरवरी, 1901 को हुआ था। उनके पिता राय विष्णु दयाल लाल सिन्हा संत कोलंबा महाविद्यालय, हजारीबाग में उर्दू, फारसी एवं अरबी भाषा के अध्यापक थे।

सरस्वती देवी का विवाह मात्र तेरह वर्ष की उम्र में हजारीबाग के दारू गाँव के केदारनाथ सहाय के साथ हुआ। विवाह के बाद सरस्वती देवी अपनी ससुराल आ गईं। केदारनाथ सहाय वकील थे। इसके साथ ही वे डॉ. राजेंद्र प्रसाद की 'बिहार स्टूडेंट वेलफेयर सोसाइटी' से भी जुड़े

थे। इस कारण वेलफेयर सोसाइटी के कई कार्यकर्ता उनके यहाँ आया-जाया करते थे।

सरस्वती देवी की इन लोगों से बराबर बातचीत होती रहती थी। सरस्वती देवी उस सोसाइटी के लोगों से देश की आजादी पर भी चर्चा करती रहती थीं। सरस्वती देवी ने स्वाधीनता आंदोलन में प्रवेश करने की इच्छा जताई और वे वर्ष 1916-17 में ही स्वाधीनता आंदोलन से जुड़ गई थीं। वर्ष 1921 में गांधीजी के आह्वान पर सरस्वती देवी ने असहयोग आंदोलन में हिस्सा लिया था।

उन्हें गिरफ्तार कर हजारीबाग सेंट्रल जेल भेज दिया गया। जेल से बाहर आने के बाद सरस्वती देवी हजारीबाग के कृष्ण बल्लभ सहाय, बजरंग सहाय, त्रिवेणी सिंह आदि स्वाधीनता सेनानियों के साथ कदम से कदम मिलाकर चलीं।

महात्मा गांधी को वर्ष 1925 में हजारीबाग लाने का श्रेय भी सरस्वती देवी को ही जाता है। गांधीजी राँची स्थित 'दरभंगा हाउस' में ठहरे थे। हजारीबाग से सरस्वती देवीजी के साथ बाबू राम नारायण सिंह और त्रिवेणी प्रसाद राँची आए। सूरत बाबू ने अपना वाहन उपलब्ध कराया। गांधीजी को लेकर सरस्वती देवी अपने निवास पर आईं।

उस वक्त उनका बड़ा बेटा टायफाइड से ग्रस्त था। सरस्वती देवी ने महात्मा गांधी से कहा कि आप इसके सिर पर हाथ रख दीजिए, यह ठीक हो जाएगा। इस पर गांधीजी ने कहा कि मैं कोई चमत्कारी बाबा नहीं हूँ, पर सरस्वती देवी के आग्रह पर गांधीजी ने उनके पुत्र के सिर पर हाथ रखा।

इसके उपरांत महात्मा गांधी ने रात्रि विश्राम सूरत बाबू के निवासस्थान पर किया। फिर मटवारी मैदान में आम सभा आयोजित की गई, जिसमें महात्मा गांधी ने लोगों को संबोधित किया और चरखा-स्वाधीनता का मतलब समझाया।

उन दिनों सरस्वती देवी देश की आजादी में पूरे प्राणपण से लगी थीं। उनका अहिंसक आंदोलन गति पकड़ रहा था। लोग उनसे जुड़ रहे थे। अंग्रेजी सत्ता को यह बरदाश्त नहीं हुआ और उन्हें वर्ष 1929 में गिरफ्तार कर भागलपुर सेंट्रल जेल भेज दिया गया। उस समय उनके साथ उनके छोटे पुत्र द्वारिका नाथ सहाय भी थे, जो एक वर्ष के थे। इसलिए वे अपने साथ बच्चे को भी जेल ले गई थीं। जेल से उन दोनों की रिहाई वर्ष 1931 में हुई।

जेल से बाहर आने के बाद वे फिर से खादी और चरखा के प्रचार में जुट गईं। 8 मार्च, 1931 को चैनपुर के डुमरी में सभा हुई, जिसे बजरंग सहाय, के.बी. सहाय और सरस्वती देवी ने संबोधित किया। इस सभा में करीब छह सौ संथाली मौजूद

थे। इस सभा में गाँव-गाँव कांग्रेस कमेटी के गठन पर बल दिया गया। फिर 9 मार्च, 1931 को लगभग तीन सौ लोगों की भीड़ में सरस्वती देवी ने भाषण दिया। इस सभा में छोटानागपुर के बाबू राम नारायण सिंह और बजरंग सहाय भी उपस्थित थे।

वर्ष 1940 में रामगढ़ कांग्रेस का अधिवेशन हुआ। इस अधिवेशन से लौटने के क्रम में डॉ. राजेंद्र प्रसाद बीमार पड़ गए थे और दो दिन तक सरस्वती देवी के निवासस्थान पर रहे थे।

दो साल बाद वर्ष 1942 में भारत छोड़ो आंदोलन के दौरान सभी राष्ट्रीय नेता गिरफ्तार कर लिये गए, किंतु सरस्वती देवी की गिरफ्तारी नहीं हो पाई थी।

सरस्वती देवी चुपके से संत कोलंबा महाविद्यालय, हजारीबाग पहुँचीं। महाविद्यालय जाकर उन्होंने छात्रों के बीच यह कहा कि सारे नेता जेल भेज दिए गए हैं और आप क्लास कर रहे हैं! और उन्होंने छात्रों के सामने चूड़ियाँ फेंक दीं। इस पर सभी छात्र उनके पीछे आ गए और दिन भर शहर में घूम-घूमकर नारेबाजी एवं हँगामा करते रहे।

शाम को सरस्वती देवी को भी गिरफ्तार कर भागलपुर जेल भेज दिया गया। जब वे जेल जा रही थीं, तब भागलपुर के छात्रों द्वारा काफी विरोध किया गया। इस पर ब्रिटिश प्रशासन ने उन्हें मुक्त कर दिया। मुक्त होने के तुरंत बाद सरस्वती देवी ने भागलपुर के एक मैदान में जोशीला भाषण दिया। इस पर वे यहाँ से फिर गिरफ्तार कर ली गईं।

उनके बड़े पुत्र रामशरण सहाय भी स्वतंत्रता आंदोलन में शामिल हो गए थे। इसलिए रामशरण को भी हजारीबाग से वर्ष 1942 में गिरफ्तार कर हजारीबाग सेंट्रल जेल में और फिर वर्ष 1943 में कैंप जेल, बाँकीपुर, पटना भेज दिया गया। सरस्वती देवी व उनके पुत्र वर्ष 1944 में जेल से रिहा हुए।

हजारीबाग में कांग्रेस का कार्यालय सरस्वती देवी के निवासस्थान पर ही चलता था। एक बार खान अब्दुल गफ्फार खान भी उनके निवास पर रुके थे। खान साहब हजारीबाग केंद्रीय जेल से रिहा किए गए। रिहाई के बाद उन्हें प्रशासन की तरफ से थर्ड क्लास का रेलवे का एक टिकट मुहैया कराया गया। उन्होंने उस टिकट को फाड़ दिया और सरस्वती देवी के यहाँ चार दिन रुके रहे।

इस बात की खबर तत्कालीन प्रदेश अध्यक्ष बाबू अनुग्रह नारायण सिंह को दी गई। इस पर उन्होंने खान साहब के लिए एक गाड़ी भेजकर उन्हें पटना बुलाया और वहाँ से दिल्ली भेज दिया। 15 अगस्त, 1947 को जब देश आजाद हुआ था तो सरस्वती देवी ने पूरे हजारीबाग में घूम-घूमकर मिठाइयाँ बाँटी थीं।

आजादी के बाद मोहम्मद अली जिन्ना की अगुवाई में देश का बँटवारा हो जाने के उपरांत पाकिस्तान स्थित पूर्वी बंगाल के नोआखाली में हिंदू-मुसलिम दंगा छिड़ गया था। इसमें हिंदुओं का व्यापक रूप से कत्लेआम हुआ था। इसकी खबर मिलते ही सरस्वती देवी दंगा शांत कराने के लिए नोआखाली के लिए चल पड़ीं। वहाँ जाने के क्रम से कलकत्ता में उनकी मुलाकात गांधीजी से हुई। गांधीजी ने उन्हें यह कहकर कि 'सरस्वती, तुम मेरी बेटी हो, मैं तुम्हें वहाँ जाने की इजाजत नहीं दूँगा। पहले मैं भी वहाँ पर रह चुका हूँ, लेकिन मुझ पर भी हमला हो सकता है।' इस पर वे कलकत्ता में ही रुक गई थीं ओर कलकत्ता के तारकेश्वर धाम, शिव मंदिर में शांति के लिए 21 दिन का उपवास रखा था।

स्वतंत्रता-प्राप्ति के पश्चात् वर्ष 1947 से 52 तक वे भागलपुर से एम.एल.ए. रहीं। बाद में वे भागलपुर से एम.एल.सी. भी चुनी गईं। स्वास्थ्य कारणों के चलते वर्ष 1952 में उन्होंने राजनीति से संन्यास ले लिया था। इसके बाद कुछ दिनों तक तीर्थाटन किया और मथुरा तथा अयोध्या की यात्रा की। 10 दिसंबर, 1958 को 57 वर्ष की उम्र में वे इस दुनिया से विदा हो गईं और देश पर अपनी अमिट छाप छोड़ गईं।

□

देशाभिमानी दुर्गाबाई देशमुख

दुर्गाबाई आंध्र प्रदेश से स्वाधीनता समर में सर्वप्रथम कूदनेवाली महिला थीं। आंध्र प्रदेश की दुर्गाबाई देशमुख बचपन से निडर और साहसी थीं। उन्हें कई उपलब्धियों और पुरस्कारों से सम्मानित किया गया।

महात्मा गांधी से दुर्गाबाई की भेंट भी कम दिलचस्प नहीं थी। गांधीजी ने हिंदी के प्रचार-प्रसार को राष्ट्रीय आंदोलन का अंग बनाया हुआ था। जिन दिनों बालिकाओं के लिए शिक्षा वर्जित मानी जाती थी, उन दिनों दुर्गाबाई ने एक पड़ोसी अध्यापक से हिंदी पढ़कर ऐसी योग्यता हासिल कर ली थी कि 12 वर्ष की उम्र में काकीनाडा में बालिकाओं के लिए एक हिंदी विद्यालय की शुरुआत कर दी थी, जिसमें उन्होंने पाँच सौ से अधिक महिलाओं को हिंदी लिखना और पढ़ना सिखाने के साथ कांग्रेस की स्वयंसेविका भी बनाया।

वर्ष 1921 में इसी पाठशाला का निरीक्षण करने कस्तूरबा, जमनालाल बजाज और सी.एफ. एंड्रयूज के साथ गांधीजी आए थे और फ्रॉक पहनी हुई नन्हीं मास्टरनी को देखकर अवाक् रह गए थे।

वर्ष 1923 में जब पं. जवाहरलाल नेहरू आंध्र प्रदेश

के राजमुंदरी जिले के काकीनाडा में कांग्रेस के अधिवेशन के दौरान 'दक्षिण भारत हिंदी प्रचार सभा' द्वारा आयोजित 'हिंदी साहित्य सम्मेलन' की प्रदर्शनी देखने आए हुए थे तो कांग्रेस की 14 वर्षीया वालंटियर दुर्गाबाई ने उनसे टिकट की माँग की थी। ऐसा नहीं था कि दुर्गाबाई उन्हें पहचानती नहीं थीं, पर उनका मानना था कि नियम तो नियम है!

15 जुलाई, 1909 को आंध्र प्रदेश के राजमुंदरी जिले के काकीनाडा में रामाराव व कृष्णवेनम्मा के घर जनमी दुर्गाबाई ने जिंदगी मुश्किलों में बिताई। मात्र आठ वर्ष की उम्र में उनका विवाह जमींदार सुब्बाराव से हो गया, लेकिन गृहस्थ जीवन शुरू करने से पहले ही उन्होंने खुद को बाल विवाह के इस बंधन से आजाद कर लिया। तब उनकी उम्र थी केवल 15 वर्ष। दांपत्य का सुख उन्हें मिला, पर 44 की उम्र में, जब उन्होंने स्वतंत्र भारत के पहले वित्तमंत्री चिंतामणि देशमुख से सिविल मैरिज की, जिसमें गवाह के रूप में उपस्थित थे—प्रधानमंत्री पं. जवाहरलाल नेहरू।

बापू के सत्याग्रह, नमक आंदोलन और सविनय अवज्ञा आंदोलन में भाग लेने के दंडस्वरूप ब्रिटिश राज ने वर्ष 1930 से 1933 के बीच उन्हें तीन बार जेल में डाला। खूनी कैदियों के बीच जब वे वेल्लोर की जेल में थीं तो उन्होंने कुछ निरपराध महिला बंदियों की दुर्दशा देखी।

उन्हीं दिनों उन्होंने कानून की पढ़ाई करने की ठानी, ताकि इन महिलाओं को मुफ्त में कानूनी मदद दे पाएँ। दुर्गाबाई की सामाजिक गतिविधियों की शुरुआत अत्याचारी पतियों के सामाजिक बहिष्कार और देवदासी प्रथा के विरोध से शुरू हुई थी। वे कई समाज-सेवी और महिलाओं के उत्थान से संबंधित संस्थाओं की सदस्य रहीं। उन्होंने अनेक विद्यालय, कॉलेज, चिकित्सालय, नर्सिंग विद्यालय तथा तकनीकी विद्यालय स्थापित किए। उन्होंने 'ब्लाइंड रिलीफ एसोसिएशन' की अध्यक्ष के रूप में नेत्रहीनों के लिए विद्यालय, छात्रावास तथा तकनीकी प्रशिक्षण केंद्र खोले।

1958 में भारत सरकार द्वारा स्थापित 'राष्ट्रीय महिला शिक्षा परिषद्' की भी वे पहली अध्यक्ष बनीं, जिसमें उन्होंने लड़कियों के लिए मुफ्त शिक्षा और आरक्षण संबंधी सिफारिशें कीं। वंचितों और महिलाओं के लिए बजट संबंधी प्रावधान के लिए वे मंत्रियों को निरंतर सचेत करती थीं।

दुर्गाबाई देशमुख को अनेक पुरस्कार प्राप्त हुए। उन्हें पद्म विभूषण, नेहरू साक्षरता पुरस्कार, पॉल जी हाफमैन पुरस्कार, यूनेस्को पुरस्कार, जीवन गौरव सहित

बहुत से राष्ट्रीय और अंतरराष्ट्रीय पुरस्कार मिले। दिल्ली का 'दुर्गाबाई देशमुख मेट्रो स्टेशन' उन्हीं के नाम पर है।

जुझारूपन से 'लेडी ऑफ आयरन', वक्तृत्व कला से 'जोन ऑफ आर्क' और कृतित्व से 'सामाजिक कार्य की जननी' कहलानेवाली दुर्गाबाई की पुस्तक 'द स्टोन दैट स्पीकेथ' उनके जीवन संघर्ष का बयान है।

मदुरै जेल में कालकोठरी की सजा के दौरान उनकी मस्तिष्क की नसों पर आघात लगा था और मधुमेह के कारण आखिरी दिनों में नेत्रज्योति भी चली गई थी। 9 मई, 1981 को आंध्र प्रदेश के श्रीकाकुलम जिले के नरसनपेटा में उन्होंने अपना शरीर त्याग दिया और परलोक सिधार गईं।

□

अंग्रेजों के खिलाफ आदिवासी आंदोलनकर्ता मसीहा : बिरसा मुंडा

झारखंड के बिरसा मुंडा ने अंग्रेजों और जमींदारों के खिलाफ एक सशक्त आदिवासी आंदोलन चलाया और अपने समाज में मौजूद कुछ कुरीतियों को भी हटाने का काम किया।

अंग्रेजों के खिलाफ आंदोलन देश के हर प्रांत और हर क्षेत्र में चलाया गया था। हर भूखंड अंग्रेजों को भगाना चाहता था, भले ही वह भाग आज भारत में हो, पाकिस्तान या फिर बांग्लादेश में। ऐसा ही एक राज्य है झारखंड, जो पहले बिहार का हिस्सा था, लेकिन अब एक अलग राज्य है। बिरसा मुंडा यहीं जनमे थे।

बिरसा मुंडा का जन्म 15 नवंबर, 1857 को झारखंड के खूँटी जिले के उलीहातू गाँव में हुआ था। वे मुंडा जनजाति के संबंधित थे। मुंडा जनजाति ज्यादातर छोटानागपुर के पठारों में निवास करती है। बिरसा ने शुरुआती पढ़ाई के दौरान ही यह

समझ लिया था कि अंग्रेज यहाँ रहनेवालों का शोषण करते हैं। स्थानीय जमींदार भी इसमें पीछे नहीं रहते। ये आदिवासियों से बेगार करवाते हैं और अंग्रेज जबरन कर वसूलते हैं। इसलिए वे अपने समाज के लोगों में जागरूकता पैदा करने की कोशिश में लग गए।

साल 1894 में छोटानागपुर इलाके में मानसून की बारिश नहीं हुई। इसकी वजह से भारी अकाल पड़ा और महामारी फैली। तब बिरसा ने सामने आकर अपने समाज के लोगों की बहुत सेवा की।

बिरसा ने आदिवासियों के पिछड़ने का सबसे बड़ा कारण अंधविश्वास और अशिक्षा को माना। इसलिए उन्होंने मुंडाओं के बीच फैली झाड़-फूँक आदि को बेकार बताना आरंभ किया। उन्होंने सफाई से रहने पर जोर दिया। उन्होंने लोगों को बताया कि सफाई न रखने पर क्या नुकसान होता है! उन्होंने लोगों को शिक्षा के महत्त्व को समझाया और यह भी बताया कि अशिक्षित इनसान ही अकसर शोषण का शिकार होता है। इसके अलावा उन्होंने अपने समाज के लोगों में राजनीतिक चेतना जगाने का काम भी किया और उन्होंने लोगों को बताया कि इकट्ठे होकर काम करने से सफलता मिल जाती है।

आदिवासी नेता बिरसा मुंडा में लोगों को जोड़ने की अनूठी कला थी। उन्होंने लोगों को एकत्र किया और 1 अक्तूबर, 1894 को विद्रोह कर दिया। उन्होंने मिलकर लगान माफी के लिए आंदोलन किया। लोगों ने बेगार करना बंद कर दिया। इससे उस इलाके का काम पूरी तरह ठप्प हो गया।

अगले ही साल उन्हें गिरफ्तार कर लिया गया और 2 साल की सजा हुई। लेकिन इस सजा से भी कोई फर्क नहीं पड़ा।

बिरसा के शिष्यों ने अकाल के वक्त भी लोगों की भरपूर सहायता की। इस काम ने उन्हें जीते-जी ही महापुरुष का दर्जा दे दिया। उस दौर में लोग उन्हें 'धरती बाबा' कहकर पुकारने लगे। अपने सामाजिक कार्यों और उनसे जुड़ी चमत्कारी कहानियों की वजह से बिरसा एक पैगंबर बन चुके थे। लोगों को यह विश्वास था कि उनके छूने मात्र से कहीं लगी चोट ठीक हो जाती है।

बिरसा ने बलि प्रथा का विरोध किया और एक नए धर्म का सृजन किया, जिसे 'बिरसाइत धर्म' कहा जाता है। झारखंड में बिरसा न सिर्फ सामाजिक व राजनीतिक चेतना के प्रतीक हैं, बल्कि वे धार्मिक चेतना के भी अग्रणी माने जाते हैं।

बिरसा मुंडा को बड़ा खतरा मानते हुए अंग्रेजों ने उन्हें जेल में डाल दिया और स्लो पॉइजन दिया। इस वजह से 9 जून, 1900 को बिरसा शहीद हो गए, लेकिन

सोच और नके काम हमेशा अमर रहेंगे। झारखंड और बिहार में उन्हें भगवान् की भाँति पूजा जाता है।

झारखंड राज्य का गठन 15 नवंबर, 2000 को हुआ था और झारखंड के सपूत बिरसा मुंडा का जन्म भी 15 नवंबर को हुआ था। ऐसे में यह समझा जा सकता है कि झारखंड के लिए बिरसा मुंडा की अहमियत क्या है! वे उनके लिए साक्षात् भगवान् थे।

□

राजा अर्जुन सिंह : सिंहभूम के शेर और विद्रोह की आग

1857 की क्रांति में सिंहभूम के राजा अर्जुन सिंह अपनी प्रजा का साथ और सीने में विद्रोह की आग लिये कूद पड़े थे। अपने साथी विद्रोहियों की मदद करने के साथ ही उन्होंने अंग्रेजों की नाक में दम कर दिया था।

1857 में क्रांतिकारी भूमिका निभानेवाले सिंहभूम के राजा अर्जुन सिंह की राजधानी चक्रधरपुर में थी। राँची एवं हजारीबाग में सिपाही फौजों की बगावत पर रामगढ़ बटालियन की टुकड़ी उन्हें दबाने के लिए भेजी गई, लेकिन ये भी विद्रोही हो गए। इस खबर से स्थिति कुछ ऐसी हुई कि चाईबासा का प्रधान सहायक आयुक्त कप्तान सिसमोर घबरा गया। वह चाईबासा छोड़कर सरायकेला के राजा चक्रधारी सिंह की शरण में चला गया और कुछ दिनों के बाद सिंहभूम राज्य का जिम्मा चक्रधारी सिंह को सौंपकर स्वयं कप्तान सिसमोर कलकत्ता भाग गया। कप्तान की भीरुता से चाईबासा के

सिपाही एवं सैन्यदल को रामनाथ सिंह और भगवान सिंह (दोनों सिपाही) की अगुवाई में उत्तेजना तथा हिम्मत मिली।

इस तरह झारखंड के कोल्हान में शांति का साम्राज्य स्थापित होने तथा कप्तान सर थॉमस विल्किंसन की चलाई प्रशासनिक 'मानकी मुंडा व्यवस्था' के फलीभूत होने के पहले ही सिंहभूम 'सिपाही विद्रोह' की चपेट में आ गया।

विद्रोहियों ने 3 सितंबर, 1857 को चाईबासा में सरकारी खजाने से 20 हजार रुपए लूट लिये। जेल का फाटक तोड़ दिया और लगभग 250 कैदी भाग निकले।

बागी कैदियों ने राँची स्थित बागियों से मिलने की इच्छा जाहिर की। वे सभी बंदूकें लेकर राँची की ओर बढ़े। उस दिन काफी वर्षा भी हो रही थी, इसलिए चक्रधरपुर की संजय नदी की बाढ़ ने फौज को आगे बढ़ने में बाधा डाल दी। दूसरी ओर इन बागी फौजों के खिलाफ सरायकेला के राजा चक्रधर सिंह और खरसावाँ के राजा ठाकुर हरि सिंह ने अपने-अपने क्षेत्र की सीमाओं में सैनिकों को रखकर चौकसी बढ़ा दी, ताकि ये बागी सिपाही उनके क्षेत्र में प्रवेश न कर जाएँ।

इस परिस्थिति में सिंहभूम के राजा अर्जुन सिंह को दया आ गई और उन्होंने सैनिकों को अपने यहाँ शरण देने के लिए दीवान जगबंधु पटनायक (जग्गू दीवान) को दो हाथियों के साथ जाने का निर्देश दिया। कई दिनों तक लगातार भारी वर्षा होने के कारण बागी फौज ने चैनपुर गाँव के बाबू घाट में दो हाथियों के सहारे पाँच दिन में संजय नदी पार कर ली। बागी फौज ने चैनपुर के बाबू (जमींदार) के घर में डेरा जमाया, जहाँ उनके भोजन की व्यवस्था की गई। कई फौजी बीमार पड़ चुके थे और राँची पहुँचने की स्थिति में नहीं थे, इसलिए राजा अर्जुन सिंह ने उन्हें अपने पास नौकरी देने का प्रस्ताव दिया।

फौजियों ने राजा के यहाँ नौकरी स्वीकार की और सरकारी खजाने से लूटे 20 हजार रुपए व बंदूकें भी राजा को सौंप दीं। राजा अर्जुन सिंह ने फौजियों की एक सभा की और बोले कि 'सबका स्वामी ईश्वर है और सारे सिंहभूम में राज करनेवाला अर्जुन सिंह है।'

16 सितंबर को मुख्य सहायक आयुक्त लोफ्टिनेंट आर.सी. वर्च को कप्तान सिसमोर के बदले नियुक्त किया गया। वर्च ने सिपाही घटनाओं की समीक्षा की और राजा अर्जुन सिंह को बागी करार देकर 'विद्रोही' घोषित कर दिया और उनकी गिरफ्तारी का आदेश दे दिया।

अंग्रेज शासकों की इस कारवाई पर राजा अर्जुन सिंह ने अपना गढ़ छोड़ दिया और अपनी प्रजा कोल-कुड़मी और स्थानीय जनता के साथ समय काटने लगे।

सरायकेला, खरसावाँ के राजा केरा ठाकुर और आनंदपुर के जमींदार अंग्रेज शासकों का साथ दे रहे थे। इस परिस्थितियों में राजा अर्जुन सिंह का सहारा सिर्फ जनता ही थी। वहाँ की जनता ने चक्रधरपुर से सात किलोमीटर दूर ओटार गाँव में एक सभा का आयोजन किया और अंग्रेजों के खिलाफ राजा अर्जुन सिंह का साथ देने का फैसला किया। इस तरह वे विद्रोही नेता ही नहीं, बल्कि जन आंदोलन के नेता बन गए।

17 जनवरी, 1858 को कर्नल फारस्टर के अधीन शेखावटी बटालियन चाईबासा पहुँची और तीन-चार दिन के बाद सैनिकों ने अर्जुन सिंह के चक्रधरपुर स्थित गढ़ को ध्वस्त कर दिया और बहुत से कोल-कुड़मी और स्थानीय लोगों का कत्ल कर दिया। अंतत: विद्रोही जंगलों तथा पहाड़ी भागों में शरण लेने को बाध्य हो गए। बागी फौजियों में अधिकतर पकड़े गए लोगों को फाँसी की सजा मिली तथा जो बूढ़े हो गए थे, उन्हें आजीवन कालापानी की सजा दी गई।

इन परिस्थितियों से भी राजा अर्जुन सिंह का विद्रोही मन नहीं पिघला। लेफ्टिनेंट वर्च अत्यंत क्रोधावेश में था और राजा अर्जुन सिंह के विद्रोही तेवर के विरुद्ध उसका रुख बहुत ही कठोर था। राजा अर्जुन सिंह को आत्मसमर्पण कराने के लिए उसने राजा अर्जुन के ससुर, मयूरभंज (अभी ओडिशा में) के महाराजा को माध्यम बनाया।

अंग्रेज शासकों ने उन्हें भी धमकी दी कि यदि वे अर्जुन सिंह से आत्मसर्मपण नहीं कराते हैं तो उनको भी अपने राज-पाट से हाथ धोना पड़ेगा। परिणामस्वरूप अर्जुन सिंह ने 15 फरवरी, 1858 को अपने अनुयायियों के साथ छोटानागपुर के आयुक्त डाल्टन के समक्ष चक्रधरपुर कैंप में आत्मसमर्पण करने के लिए हामी भर दी।

इसी बीच राजा के दो साथी विद्रोही नेता रघुदेव और शामचरण महतो पुलिस के हाथों मारे गए और सिंहभूम का 'सिपाही विद्रोह' बिल्कुल दब गया। मानभूम और सिंहभूम के विद्रोह के दमन के लिए करीब 80 गाँवों का ध्वंस किया गया था।

अंत में, राजा अर्जुन सिंह छोटानागपुर के आयुक्त डाल्टन से मिले और उन्होंने उसके समक्ष लूटे गए खजाने, बंदूकें आदि सुपुर्द कर दीं। राजा अर्जुन सिंह को राजबंदी बना लिया गया और अंग्रेज शासकों ने उन्हें बनारस जेल भेज दिया, जहाँ 32 साल गुजारने के बाद 1890 में उनकी मृत्यु हो गई।

राजा के आत्मसमर्पण के करीब एक साल बाद जग्गू दीवान भी अंग्रेज सैनिकों के हाथों पकड़ा गया। जग्गू दीवान को फाँसी दी गई।

राजा अर्जुन सिंह के शासन में सिंहभूम राज्य में प्रशासनिक परिवर्तन किया गया था। कुछ इलाकों को सरायकेला और खरसावाँ राज्य क्षेत्र में मिला दिया गया। कोल्हान के अस्तित्व में बिना हस्तक्षेप किए एक नए राज्य पोड़ाहाट का निर्माण किया गया। अर्जुन सिंह के एकमात्र पुत्र कुँवर नरपत सिंह को नवनिर्मित पोड़ाहाट राज्य का राजा घोषित किया गया।

□

सावित्रीबाई फुले : विरोध के बावजूद नारी शिक्षा की पहल

19वीं सदी के मध्य में जब नारी शिक्षा किसी पाप से कम नहीं समझी जाती थी, उस वक्त सावित्रीबाई फुले को लड़कियों को पढ़ाने-लिखाने पर दंड भुगतना पड़ा था।

सावित्रीबाई विद्यालय जाने के लिए जब निकलती थीं तो उनके थैले में एक और साड़ी होती थी, क्योंकि रास्ते में लोग खरी-खोटी सुनाने के साथ ही उन पर कीचड़ फेंकते थे। उन्होंने 17 नारी विद्यालय खोले और नारी शिक्षा के द्वार खोले। विरोध, प्रतिशोध और संत्रास का यह दौर काफी लंबे समय तक चला।

देश भर में दंपती के रूप में महात्मा गांधी और कस्तूरबा गांधी का जो स्थान है, वही महाराष्ट्र में फुले दंपती को प्राप्त है। 3 जनवरी, 1831 को सतारा जिले के नायगाँव नामक छोटे से गाँव में खंदोजी नेवसे और लक्ष्मी के घर जनमी थीं सावित्रीबाई। ज्योतिबा से विवाह के समय उनकी उम्र महज नौ वर्ष की थी।

सावित्रीबाई ने पति की तरह अपने जीवन को विधवा विवाह, बाल विवाह, महिला मुक्ति, सती प्रथा, विशेषकर वंचित वर्ग की

महिलाओं के शिक्षण और अंधविश्वास व अस्पृश्यता निवारण जैसे सामाजिक सुधारों को समर्पित कर दिया। धार्मिक संस्कारों में उच्च कुलों के एकाधिकरण को तोड़ने के लिए दोनों ने ब्राह्मण पुरोहित के बगैर ही विवाह संस्कार आरंभ कराया, जिसे मुंबई उच्च न्यायालय ने भी मान्य किया।

पति महात्मा ज्योतिबा फुले की तरह सावित्रीबाई फुले भी मशहूर कवयित्री थीं। मराठी की इस कवयित्री सावित्रीबाई की एक आरंभिक कविता है—

'जाओ, जाकर पढ़ो-लिखो,
और बनो मेहनती और आत्मनिर्भर।
काम करो,
धन और ज्ञान एकत्र करो,
क्योंकि ज्ञान के बिना खो जाता है सबकुछ।
ज्ञान के बिना हम बन जाते हैं पशु।
इसलिए खाली न बैठो।
जाओ, जाकर शिक्षा लो।
दमितों और त्याज्य के दुःखों का अंत करो।
सुनहरा मौका न गँवाओ सीखने का।'

सावित्रीबाई की बात मानकर अनेक महिलाएँ पढ़ने-लिखने चली जाती थीं; पर सवाल था—उन्हें पढ़ाता-लिखाता कौन? कोई भी महिलाओं को पढ़ाने-लिखाने के लिए शिक्षक बनने को तैयार नहीं था। ज्योतिबा ने नौ अस्पृश्य छात्राओं को इकट्ठा कर विद्यालय खोल तो दिया, पर शिक्षिकाएँ कहाँ से लाते? लिहाजा पहले पति, फिर मिसेज मिशेल से नॉर्मल स्कूल से प्रशिक्षण लेकर यह जिम्मेदारी खुद सावित्रीबाई को सँभालनी पड़ी।

पुणे के बुधवार पेठ में भारत में अपने ढंग का पहला बालिका विद्यालय 3 जनवरी, 1848 को खुला था। सावित्रीबाई को उसकी पहली शिक्षिका होने का श्रेय हासिल हुआ। उन्होंने बाद में 17 नारी विद्यालय खोले, पर पहला ही अनुभव विकट था।

फुले दंपती ने स्कूल की प्रेरणा सिंथिया फैरार नामक 31 वर्षीया अमेरिकी महिला द्वारा अहमदनगर के अमेरिकन मिशन में चलाए जा रहे लड़कियों के स्कूल से ग्रहण की थी, जो उन्होंने वर्ष 1827 में भारत आने के बाद खोला था। विरोधों के बावजूद वर्ष 1829 तक इस स्कूल में करीब 400 लड़कियाँ पढ़ रही थीं।

वर्ष 1830 के दौरान भी पुणे के शनिवार वाडा में गुप्त रूप से सात-आठ

लड़कियों के लिए स्कूल चलाए जाने का उल्लेख मिलता है। विरोधों के बीच भी फुले दंपती का विद्यालय डंके की चोट पर चल रहा था और उसमें पढ़नेवाली लगभग सभी लड़कियाँ वंचित वर्ग से थीं।

इसकी पराकाष्ठा तब हुई, जब द्वेषियों ने साजिश रचकर उन्हें उनके ही घर से निकलवा दिया। अपनी निष्ठा और निस्स्वार्थ सेवा के बल पर धीरे-धीरे फुले दंपती ने घोर विरोधियों को भी अपना बना लिया। एक दिन ऐसा आया, जब कुछ लोगों के उकसाने पर उन्हें जान से मारने की कोशिश करनेवाले घोंडीराव नामदेव कुम्हार और रोद्रे खुद उनके शिष्य हो गए थे और इनमें एक तो उनका अंगरक्षक भी बन गया था।

विट्ठल बालवेकर, पं. मोरेश्वर शास्त्री, विष्णुपंत शत्ते, मानाजी डेनाले, सखाराम यशवंत परांजपे, दादोबा पांडुरंग तरबंडकर, अण्णा साहब चिपलूणकर, सदाशिवराव बल्लाल गोवंडे, बापुराव मांडे सरीखे उनके सबसे घनिष्ठ मित्र और सहयोगी ब्राह्मण समुदाय से थे। गोवंडे और चिपलूणकर ने जहाँ स्कूल खोलने के लिए उन्हें जगह दी, वहीं मुसलिम भाई उस्मान शेख ने जगह के साथ पढ़ाने के लिए अपनी बहन फातिमा शेख को भी जिम्मेदारी सौंपी। उनके स्कूल में सभी मतों और जातियों की बालिकाएँ साथ में पढ़ने लगीं। इनमें वंचित वर्ग की लड़कियाँ ज्यादा थीं।

28 जनवरी, 1853 को दुष्कर्म पीड़ित गर्भवती स्त्रियों के लिए उन्होंने 'बाल हत्या प्रतिबंधक गृह' की स्थापना की। इसके साथ ही विधवा विवाह की परंपरा शुरू की। 24 सितंबर, 1873 को 'सत्यशोधक समाज' की स्थापना उन्हीं की देन है।

सावित्रीबाई को पहले 'किसान स्कूल' की संस्थापक होने का श्रेय भी जाता है। फुले दंपती के संगठित संघर्ष का ही नतीजा था कि उस समय सरकार को एक कृषि कानून पास करना पड़ा था।

एक बार आत्महत्या करने जा रही एक विधवा महिला काशीबाई का घर में ही प्रसव करवाकर सावित्रीबाई ने उसके बच्चे यशंवत को अपने दत्तक पुत्र के रूप में गोद लिया और पाल-पोसकर उसे डॉक्टर बनाया।

वर्ष 1897 की बात है। प्लेग के भीषण प्रकोप से बंबई वासी जब चूहों की तरह मर रहे थे, तब खुद की जान की परवाह किए बिना सावित्रीबाई ने प्लेग रोगियों की सेवा में दिन-रात एक किया हुआ था।

दुर्भाग्य से 10 मार्च, 1897 को इस महामारी में उनकी भी मृत्यु हो गई।

□

दुर्गावती देवी : अंग्रेजों के लिए साक्षात् दुर्गा

वह वीरांगना, जो अंग्रेजों से लोहा लेने में गोलियाँ चलाने से नहीं डरीं, वह क्रांतिकारी, जो आजादी के दीवानों को शस्त्र उपलब्ध कराती रहीं, वह महिला, जो भगत सिंह को अंग्रेजों के जाल से निकाल लाईं, यह दुर्गावती देवी थीं, जो दुर्गा भाभी के नाम से भी जानी जाती हैं। स्वाधीनता सेनानी भगवती चरण वोहरा की पत्नी और देशभक्त 'दुर्गा भाभी' की आजादी के प्रति दीवानगी देखते ही बनती थीं।

दुर्गावती का जन्म कौशांबी (तत्कालीन इलाहाबाद के सिराथू तहसील) के शहजादपुर गाँव में 7 अक्तूबर, 1907 को पं. बाँके बिहारी के घर में हुआ था। उनके पिता इलाहाबाद कलेक्ट्रेट में नाजिर थे।

दुर्गावती देवी मात्र 10 साल की उम्र में विवाह कर पति भगवती चरण वोहरा के घर आई थीं और केवल तीसरी कक्षा तक पढ़ी थीं। स्वाधीनता की चिनगारी को उन्होंने ससुराल में महसूस किया और उस क्रांति में कूद पड़ीं, जो अंग्रेजों से मुक्ति पाने के लिए छेड़ी जा रही थी।

क्रांतिकारी दुर्गा देवी पिस्तौल चलाना भी जानती थीं और बम बनाना भी। क्रांतिकारियों तक हथियार पहुँचाना उनका एक काम था। जयपुर के राजदरबार में एक राजवैद्य थे, जिनका नाम मुक्ति नारायण शुक्ल था। उनकी सहानुभूति क्रांतिकारियों के साथ थी। दुर्गा भाभी उनसे शस्त्र प्राप्त करने जयपुर गईं। घने जंगलों में उन्हें शस्त्र सौंपे गए, लेकिन वे उन्हें कैसे लेकर आएँ, यह सूझ नहीं रहा था। आखिर वैद्यराज ने सलाह दी कि दुर्गा भाभी शस्त्रों को अपने शरीर पर बाँध लें और ऊपर से ढीली-ढाली वेशभूषा पहन लें।

'क्रांतिकारी दुर्गा भाभी' पुस्तक में जिक्र है कि दुर्गा भाभी ने बताया था कि मैं दो बार जयपुर से शस्त्र लेकर आई। एक बार रिवॉल्वर की नली बहुत बड़ी थी, इसलिए गले पर दुपट्टा लपेटकर रातभर बैठे-बेठे ही रेलगाड़ी में सफर किया। इसी तरह से दुर्गा भाभी ग्वालियर से भी हथियार लेकर आईं।

ऐसा कहा जाता है कि चंद्रशेखर आजाद ने अंग्रेजों से लड़ते वक्त जिस पिस्तौल से खुद को गोली मारी थी, उसे दुर्गा भाभी ही लेकर आई थीं।

दुर्गा भाभी का एक किस्सा काफी मशहूर है। वे भगत सिंह की पत्नी बनकर उन्हें लाहौर, जो अब पाकिस्तान में है, से निकाल लाई थीं। 17 दिसंबर, 1928 को लाहौर में अंग्रेज पुलिस अधिकारी सांडर्स की हत्या कर दी गई। इसी अफसर ने लाला लाजपत राय पर लाठियाँ बरसाई थीं। हत्या के आरोप में अंग्रेज सरकार भगत सिंह और राजगुरु को लाहौर में ढूँढ़ रही थी। वहाँ से निकल भागने के लिए राजगुरु के दिमाग में एक योजना थी, लेकिन उसके लिए एक महिला की मदद की आवश्यकता थी। जब दुर्गा भाभी से मदद माँगी गई तो वे सहायता के लिए सहर्ष तैयार हो गईं।

अंग्रेजों से अपनी पहचान छिपाने के लिए भगत सिंह ने अपनी दाढ़ी कटवा दी और सिर पर अंग्रेजी हैट लगा लिया। 20 दिसंबर की सुबह लाहौर से कलकत्ता जानेवाली ट्रेन में भगत सिंह और उनकी पत्नी बनीं दुर्गा भाभी बच्चे के साथ पहले दरजे में बैठे और नौकर बने राजगुरु के लिए तीसरे दरजे का टिकट कटाया गया। भगत सिंह और दुर्गा भाभी के पास पिस्तौल थी। सूट-बूट और हैट में सजे भगत सिंह अंग्रेजों की नजरों से बच गए। फिर कलकत्ता में ही भगत सिंह की वह प्रसिद्ध तसवीर ली गई थी, जिसमें उन्होंने हैट पहन रखा है।

दुर्गावती देवी के पति भगवती चरण वोहरा 'हिंदुस्तान सोशलिस्ट रिपब्लिक एसोसिएशन' के सदस्य थे। शादी के बाद दुर्गावती भी इस दल की सदस्य बन गईं। दल के सदस्य उन्हें दुर्गा भाभी कहते थे, इसलिए वे 'दुर्गा भाभी' नाम से प्रसिद्ध गईं।

दुर्गावती के पति भगवती चरण वोहरा देश को अंग्रेजी राज से मुक्त कराने को सपना देखते रहते थे, इसलिए क्रांतिकारी भगवती चरण ने बम बनाने का प्रशिक्षण लिया और बम बनाकर रावी तट पर उसके परीक्षण का निर्णय लिया। दुर्भाग्य से वहाँ बम विस्फोट हो गया और इस परीक्षण में भगवती चरण तथा उनके कुछ साथी शहीद हो गए। दुर्गावती विधवा जरूर हुईं, लेकिन पति के जाने के बाद भी कमजोर नहीं पड़ीं, बल्कि दोगुनी शक्ति से सक्रिय हो गईं।

केंद्रीय असेंबली में बम फेंकने के बाद सरदार भगत सिंह गिरफ्तार हो गए तो चंद्रशेखर आजाद कोई ऐसा काम करना चाहते थे कि अंग्रेज सरकार यह समझे कि क्रांति की ज्वाला अभी थमी नहीं है। इस काम के लिए दुर्गा भाभी को चुना गया।

अभी इस कार्य की योजना बनाई जा ही रही थी कि 'दूसरे लाहौर षड्यंत्र केस' में 7 अक्तूबर, 1930 को भगत सिंह, सुखदेव और राजगुरु को फाँसी की सजा सुना दी गई। इस फैसले से नाराज दुर्गा भाभी उत्तेजित हो गईं और उन्होंने उस काम को जल्द-से-जल्द अंजाम देने की पहल की।

9 अक्तूबर को अपने साथियों के साथ दुर्गा भाभी ने गवर्नर हैली की गलतफहमी में गोलियाँ चलाईं, जिसमें अंग्रेज सार्जेंट टेलर और उनकी पत्नी मारे गए। इसके कारण अंग्रेज उनके पीछे पड़ गए। सभी साथी पकड़े गए, लेकिन दुर्गा भाभी फरार हो गईं। वे लाहौर से देहरादून आईं। फिर हरिद्वार व ऋषिकेश में रहने के बाद गाजियाबाद आ गईं और प्यारेलाल कन्या विद्यालय में अध्यापिका की नौकरी करने लगीं, लेकिन कुछ समय बाद दिल्ली चली गईं। वे कांग्रेस में शामिल हो गईं, लेकिन बाद में कांग्रेस छोड़ दी।

अब दुर्गा भाभी के सामने जीवनयापन का प्रश्न था। इसलिए वर्ष 1939 में मद्रास जाकर उन्होंने मोंटेसरी शिक्षा पद्धति का प्रशिक्षण लिया तथा 1940 में लखनऊ में एक मकान में सिर्फ पाँच बच्चों के साथ मोंटेसरी विद्यालय खोला। जब वे अस्वस्थ रहने लगीं तो उन्होंने स्कूल से अवकाश ले लिया और अपने एकमात्र पुत्र शचींद्र के साथ रहने लगीं।

दुर्गा भाभी के अंतिम दिनों में उनकी स्मृति काफी कमजोर हो गई थी। लाहौर के नेशनल कॉलेज में भगत सिंह, भगवती चरण वोहरा और सुखदेव के अध्यापक रहे उदयवीर सिंह शास्त्री बाद में गांधी नगर स्थित आर्य समाज संन्यास आश्रम, गाजियाबाद आ गए थे। 15 अक्तूबर, 1999 को गाजियाबाद में दुर्गा भाभी ने सबसे नाता तोड़ते हुए इस दुनिया को अलविदा कह दिया।

□

प्रतापसिंह बारहठ, जिन्होंने यातनाएँ सहकर भी मुँह न खोला

एक पुलिस अधिकारी और कुछ सिपाही उत्तर प्रदेश की बरेली जेल में हथकड़ियों और बेड़ियों से जकड़े एक तेजस्वी युवक को समझा रहे थे, "कुँअर साहब, हमने आपको बहुत समय दे दिया है। अच्छा है कि अब आप अपने क्रांतिकारी साथियों के नाम हमें बता दें। इससे सरकार आपको न केवल छोड़ देगी, अपितु पुरस्कार भी देगी। इससे आपका शेष जीवन सुख से बीतेगा।"

उस युवक का नाम था प्रताप सिंह बारहट। उनका जन्म राजस्थान के भीलवाड़ा जिले के शाहपुरा के पास देवपुरा गाँव में 24 मई, 1893 में हुआ था। वे राजस्थान की शाहपुरा रियासत के प्रख्यात क्रांतिकारी केसरी सिंह बारहठ के पुत्र थे। प्रारंभिक शिक्षा कोटा, अजमेर और जयपुर में हुई। क्रांतिकारी मास्टर अमीरचंद से प्रेरणा लेकर वे देश को स्वतंत्र करवाने में जुट गए।

प्रताप के चाचा जोरावर सिंह भी क्रांतिकारी गतिविधियों में सक्रिय थे। वे रासबिहारी बोस की योजना से

राजस्थान में क्रांति के कार्य कर रहे थे। इस प्रकार उनका पूरा परिवार ही देश की स्वाधीनता के लिए समर्पित था।

पुलिस अधिकारी की बात सुनकर प्रताप सिंह हँसे और बोले, "मौत भी मेरी जुबान नहीं खुलवा सकती। हम सरकारी फैक्टरी में ढले हुए सामान्य मशीन के पुरजे नहीं हैं। यदि आप मुझसे यह आशा कर रहे हैं कि मैं मौत से बचने के लिए अपने साथियों के गले में फंदा डलवा दूँगा, तो आपकी यह आशा व्यर्थ है। सरकार के गुलाम होने के कारण आप सरकार का हित ही चाहेंगे, पर हम क्रांतिकारी तो उसकी जड़ उखाड़कर ही दम लेंगे।"

पुलिस अधिकारी ने फिर समझाया, "हम आपकी वीरता के प्रशंसक हैं; पर यदि आप अपने साथियों के नाम बता देंगे, तो हम आपके आजन्म कालापानी की सजा पाए पिता को भी मुक्त करा देंगे और आपके चाचा के विरुद्ध चल रहे सब मुकदमे भी उठा लेंगे। सोचिए, इससे आपकी माता और परिवारजनों को कितना सुख मिलेगा!"

प्रताप ने सीना चौड़ाकर उच्च स्वर में कहा, "वीर की मुक्ति समरभूमि में होती है। यदि आप सचमुच मुझे मुक्त करना चाहते हैं तो मेरे हाथ में एक तलवार दीजिए। फिर चाहे जितने लोग आ जाएँ, आप देखेंगे कि मेरी तलवार कैसे काई की तरह अंग्रेजी नौकरशाहों को फाड़ती है! जहाँ तक मेरी माँ की बात है, अभी तो वे अकेले ही दुःख भोग रही हैं; पर यदि मैं अपने साथियों के नाम बता दूँगा, तो उन सबकी माताएँ भी ऐसा ही दुःख पाएँगी।"

प्रताप सिंह रासबिहारी बोस का अनुसरण करते हुए क्रांतिकारी आंदोलन में सम्मिलित हुए। रासबिहारी बोस का प्रताप पर बहुत विश्वास था। 23 दिसंबर, 1912 को लॉर्ड हार्डिंग पर बम फेंकने की योजना में वे भी सम्मिलित थे। वे लॉर्ड हार्डिंग की शोभायात्रा पर फेंके गए बमकांड में पकड़े गए थे। इस कांड में उनके साथ कुछ अन्य क्रांतिकारी भी थे। पहले उन्हें आजीवन कालापानी की सजा दी गई; पर फिर उसे मृत्युदंड में बदल दिया गया। फाँसी के लिए उन्हें बरेली जेल में लाया गया था। वहाँ दबाव डालकर उनसे अन्य साथियों के बारे में जानने का प्रयास पुलिस अधिकारी कर रहे थे।

जब जेल अधिकारियों ने देखा कि प्रताप सिंह किसी भी तरह मुँह खोलने को तैयार नहीं हैं तो उन पर दमनचक्र चलने लगा। उन्हें बर्फ की सिल्ली पर लिटाया गया। मिर्चों की धूनी उनकी नाक और आँखों में दी गई। बेहोश होने तक कोड़ों के निर्मम प्रहार किए गए। होश में आते ही फिर यह सिलसिला शुरू हो जाता।

लगातार कई दिन तक उन्हें भूखा-प्यासा रखा गया। उनकी खाल को जगह-जगह से जलाया गया, फिर उसमें नमक भरा गया; पर आन के धनी प्रताप सिंह ने मुँह नहीं खोला।

लेकिन 25 वर्षीय उस युवक का शरीर यह अमानवीय यातनाएँ आखिरकार कब तब सहता? 27 मई, 1918 को उनके प्राण इस देहरूपी पिंजरे को छोड़कर अनंत में विलीन हो गए।

□

अंग्रेजों के छक्के छुड़ानेवाले वीर : नीलांबर-पीतांबर

नीलांबर-पीतांबर ने अपनी वीरता से अंग्रेजों के छक्के छुड़ा दिए थे। पराक्रमी व गुरिल्ला युद्ध में माहिर उन भाइयों के नेतृत्व में काफी संख्या में ग्रामीण अंग्रेजों के खिलाफ हो गए थे। उनके बलिदान की स्मृति में डालटनगंज में नीलांबर-पीतांबर विश्वविद्यालय की स्थापना की गई है। प्रस्तुत है इन दो जाँबाज भाइयों की बेमिसाल कहानी।

1857 का 'सिपाही विद्रोह' वस्तुत: ब्रिटिश साम्राज्यवाद के विरुद्ध भारत का पहला स्वतंत्रता महासंग्राम था। नवीनतम शोध और दस्तावेजी सच्चाइयों से यह रहस्य उद्घाटित होने लगा है कि 1857 के संघर्ष के दो वर्ष तक पलामू की जनजातियाँ लगभग हारी हुई लड़ाई को लड़ती रही थीं। इस जनयुद्ध के नायक भोगता थे। भोगता जनजाति के दो नेता सहोदर भाई पीतांबर साही और नीलांबर साही थे।

मंगल पांडेय की फाँसी की खबर जब झारखंड तक पहुँची तो लोगों में क्रोध की ज्वाला सुलग उठी। हजारीबाग जेल ढहा दी गई।

बड़कागढ़ के विश्वनाथ शाहदेव और भँवरी के पांडेय गणपत राय के नेतृत्व में हुए 'हटिया युद्ध' में अंग्रेजी पलटन की अपराजेयता का मिथक टूट चुका था। अंग्रेजी राजसत्ता का मान, शक्ति, सम्मान और अहंकार सबकुछ छोटानागपुर खास में मटियामेट हो चुका था। छोटानागपुर में अंग्रेजी सत्ता ध्वस्त हो चुकी थी और कानून व्यवस्था विश्वनाथ शाहदेव के हाथों में आ गई थी।

उस वक्त पलामू के 12 गाँवों की छोटी सी जागीर 'चेमो-सनेया' के भोगता जागीरदार पीतांबर साही राँची में थे। सूचना थी कि विद्रोह का यह चक्रवात राँची तक ही नहीं रुकने वाला था। हजारीबाग जेल से मुक्त हुए कैदियों की स्वतंत्र पलटन राँची विजय के बाद बाबू कुँवर सिंह की सेना से जुड़ने के लिए रोहतास कूच करनेवाली थी। पीतांबर भी अविलंब चेमो सनेया के लिए निकल पड़े।

पीतांबर के पिता भोगता के मुखिया चेमू सिंह की 12 गाँवों की पुश्तैनी जमींदारी थी। 'कोल विद्रोह' में अंग्रेजी सरकार के विरुद्ध सक्रियता के आरोप में अंग्रेजों ने चेमू सिंह की जमींदारी जब्त कर उन्हें निर्वासन में धकेल दिया था। इसी दौरान चेमू सिंह का निधन हो गया।

पिता की अपमानजनक मृत्यु और अब फिरंगियों की गुलामी पीतांबर-नीलांबर के कलेजे में शूल की भाँति धँस चुकी थी।

भोगता समाज के भीतर अंग्रेजी दासता के प्रति आक्रोश और प्रतिशोध का लावा उबलता रहता था। अंग्रेजों ने पलामू के चेरो राजा चुरामन राय को राजगद्दी से धकेलकर पलामू परगना को नीलाम कर खरीद लिया था। चेरो लोग भी औपनिवेशिक व्यवस्था की हड़प नीति के कारण भीतर-भीतर उबल रहे थे, परंतु अंग्रेजी राज के विरुद्ध मुँह खोलने का साहस नहीं था।

तब नीलांबर-पीतांबर ने चेरो लोगों के साथ मिलकर खरवार लोगों को भी अपने साथ जोड़ा और इस तरह अंग्रेजी सत्ता के विरुद्ध पलामू में चेरो-खरवार भोगता गठबंधन तैयार हो गया।

फौज के बीच चतरा में घमासान युद्ध हुआ था, जिसमें देसी पलटन की करारी हार हुई थी। पलामू अभियान की कमर टूट चुकी थी, लेकिन नीलांबर-पीतांबर परचम उठाए लोगों में स्वाधीनता का स्वाभिमान जगाते अंग्रेजी सत्ता से दो-दो हाथ करने निकल पड़े थे।

नीलांबर के नेतृत्व में 10 हजार विद्रोहियों ने डालटनगंज से दो मील दक्षिण-पश्चिम स्थित ठकुराई रघुवर दयाल सिंह की चैनपुर स्थित हवेली को घेर लिया था। दोनों ओर से चार-पाँच घंटे तक बेनतीजा गोलाबारी के बाद आक्रोशित विद्रोहियों ने कोयल नदी के तट पर स्थित शाहपुर किले पर धावा बोल दिया। किले के आग्नेयास्त्र लूट लिये। शाहरपुर थाला जला दिया गया था।

नीलांबर के नेतृत्व में विद्रोही दल लेस्लीगंज पर कहर बनकर टूटा था। लेस्लीगंज के तमाम सरकारी भवन फूँक दिए गए। पलामू में नीलांबर-पीतांबर के आंदोलन की हाहाकारी शुरुआत हो चुकी थी। सीधी लड़ाई से बचते हुए नीलांबर-पीतांबर गुरिल्ला युद्ध लड़ रहे थे।

नीलांबर के बेटे कुमार शाही ने सरदार परमानंद और भोज-भरत के साथ पलामू किले पर भी कब्जा कर लिया था। तिलमिलाए अंग्रेजों ने पूरी ताकत के साथ पलामू किले पर हमला बोल दिया। पलामू किले पर पुनः कब्जा करने के बाद डाल्टन ने लेस्लीगंज को मुख्यालय बनाकर नीलांबर-पीतांबर के दमन की तैयारी की।

कर्नल टर्नर पलामू के जंगलों की खाक छानता रहा, पर नीलांबर-पीतांबर का कोई सुराग नहीं मिल रहा था। खीज और क्रोध से उबलते टर्नर ने चेमो-सनेया पर आक्रमण कर दिया, लेकिन गुरिल्ला लड़ाकों के सामने कोई टिक नहीं सका। मनिका, छतरपुर, लातेहार, महुआडांड़, छेछारी जैसे महत्त्वपूर्ण अंग्रेजी ठिकानों पर नीलांबर-पीतांबर के आक्रमण ने अंग्रेजी कानून व्यवस्था की धज्जियाँ उड़ा दी थीं।

विश्वनाथ शाहदेव और पांडेय गणपत राय को फाँसी हो चुकी थी। लाल किले पर अंग्रेजी ध्वज अभी भी था, परंतु पलामू में नीलांबर-पीतांबर की तूती बोल रही थी, जो अंग्रेजी राज के लिए बड़ी अपमानजनक थी।

अंग्रेजों ने 'फूट डालो, राज करो' की नीति अपनाई। सबसे पहले खरवारों को बरगलाया। भ्रमित खरवार आंदोलन से अलग हो गए। फिर अंग्रेजों ने चेरो जागीरदार भवानीबख्श राय को डरा-धमकाकर शपथ-पत्र पर हस्ताक्षर करवा लिये।

भवानीबख्श राय के टूटते ही पूरा चेरो समाज गठबंधन से अलग हो गया और दोनों भाई अकेले पड़ गए। अंग्रेजों ने अब चेमो-सेनेया की सख्त नाकेबंदी कर

एड़ी-चोटी का जोर लगा दिया, फिर भी दोनों भाई पकड़ में नहीं आए। सनेगा गाँव के भूखा साह और शिवचरण माँझी जैसे उनके विश्वस्त साथी अंग्रेजों के मुखबिर बन गए तो दोनों भाई टूट गए।

इसी बीच अंग्रेजों ने एक और चाल चली। उन्होंने सर्वक्षम-माफी और विस्मरण की घोषणा की। यह तय समय-सीमा के भीतर आत्मसमर्पण करनेवाले विद्रोहियों को क्षमा करने की नीति थी। पीतांबर और कुमार शाही ने आत्मसमर्पण कर दिया, जिसके बाद उद्विग्न नीलांबर ने भी समर्पण कर दिया।

लेस्लीगंज की अदालत में विद्रोहियों पर लूट, हत्या, आगजनी, राजद्रोह आदि आरोपों के लिए मुकदमे चलाए। अंग्रेजी सरकार एक भी महत्त्वपूर्ण गवाह नहीं जुटा सकी थी, फिर भी परिस्थितिजन्य सबूतों और खरीदी गई गवाहियों के आधार पर अभियुक्तों की सजाएँ निर्धारित की गईं।

पीतांबर के मामले में नरमी बरतते हुए आजीवन निर्वासन यानी कालापानी और कुमार शाही को 14 साल सक्षम कारावास की सजा मिली और नीलांबर को फाँसी की सजा हुई। मार्च 1859 में उन्हें फाँसी की सजा दे दी गई थी।

□

शिव वर्मा : भगत सिंह के सच्चे साथी

क्रांतिकारी शिव वर्मा किशोरावस्था में ही असहयोग आंदोलन में कूद पड़े थे। बाद के दिनों में भगत सिंह के सच्चे साथी साबित हुए और जिंदगी भर भगत सिंह को दिया वचन निभाया।

दुबला-पतला शरीर, गंभीर व्यक्तित्व, अल्पभाषी और ऊर्जावान शिव वर्मा की **लेखन व अध्ययन** कार्य में गहरी रुचि थी। वे कानपुर के सूटरगंज मोहल्ले के एक **मकान में प्रथम** तल पर रहते थे, जिसके भूतल पर 'समाजवादी साहित्य सदन' नाम **से प्रिंटिंग प्रेस** तथा प्रकाशन का कार्य होता था। यहाँ डॉ. लक्ष्मी सहगल, दुर्गा भाभी, बाबा पृथ्वी सिंह आजाद, डॉ. गयाप्रसाद जैसे अनेक क्रांतिकारियों का आना-जाना लगा रहता था।

जिला हरदोई के ग्राम खोतली निवासी आर्य समाजी कन्हैयालाल वर्मा के मझले पुत्र शिव वर्मा का जन्म एक मध्यम आय वर्गीय ग्रामीण परिवार में 9 फरवरी, 1904 को हुआ था। क्रांतिकारी साथियों के बीच उन्हें शिवदा उर्फ शिव उर्फ प्रभात नाम से जाना जाता था। वर्ष 1921 के दौरान विद्यार्थी जीवन में ही वे असहयोग आंदोलन में सम्मिलित हो गए थे।

हरदोई जिले में मदारी पासी के नेतृत्व में चलाए जा रहे किसान आंदोलन, जिसे 'एका आंदोलन' के नाम से भी जाना गया, में सक्रिय तौर पर भाग लिया। गणेश शंकर विद्यार्थी के समाचार-पत्र 'प्रताप' का नियमित पठन उन्हें स्वाधीनता संग्राम से जोड़ता चला गया और विद्यार्थीजी की प्रेरणा से वे 'कानपुर मजदूर सभा' से सक्रियता से जुड़ गए।

वर्ष 1926 में 'हिंदुस्तान रिपब्लिकन एसोसिएशन' की विधिवत् सदस्यता ग्रहण की और वायसराय के भारत आगमन पर उसे मारने में जयदेव कपूर, बटुकेश्वर दत्त और राजगुरु का साथ दिया। ब्रिटिश सत्ता को झकझोर देनेवाली कई क्रांतियों में शिवदा ने बढ़-चढ़कर हिस्सा लिया।

दिल्ली से स्थान बदलकर वह साथी डॉ. गयाप्रसाद व जयदेव के साथ सहारनपुर में बम बनाने का कार्य करने लगे। यहीं 13 मई, 1929 को सभी साथी बमों के साथ रंगे हाथों गिरफ्तार हुए और लाहौर के बोर्स्टल जेल में रखे गए। यहीं बाद में सुप्रसिद्ध 'लाहौर षड्यंत्र केस' के अभियुक्त बनाए गए।

इसी बहुचर्चित षड्यंत्र के मामले में सरदार भगत सिंह, सुखदेव व राजगुरु को फाँसी की सजा सुनाई गई थी। शिवदा व उनके साथियों को आजन्म कालापानी की सजा के चलते अंडमान भेज दिया गया था।

लाहौर केंद्रीय कारागार में शिवदा की सरदार भगत सिंह से आखिरी मुलाकात हुई थी। उस समय उन्होंने शिवदा से बड़े आत्मीयतापूर्ण शब्दों में कहा था—

"भावुक बनने का समय अभी नहीं आया है प्रभात। मैं तो कुछ ही दिनों में सारे झंझटों से छुटकारा पा जाऊँगा, लेकिन तुम लोगों को लंबा सफर पार करना पड़ेगा। मुझे विश्वास है कि उत्तरदायित्व के भारी बोझ के बावजूद उस लंबे अभियान में तुम थकोगे नहीं, पस्त नहीं होगे और हार मानकर रास्ते में बैठ नहीं जाओगे।"

इन्हीं शब्दों की प्रेरणा और वचन को निभाने में शिवदा कर्मनिष्ठ तपस्वी का जीवन जीते रहे। जेल में भूख हड़तालें कीं और पाशविक अत्याचार सहे। इस दौरान एक आँख में गलत दवा डाल दिए जाने से भी ताउम्र पीड़ित रहे।

14 वर्ष का आजीवन कारावास पूरा करने के बाद भी उन्हें हरदोई जेल में रखा गया और 21 फरवरी, 1946 को रिहा किया गया। रिहा होने के बाद भी वे विधिवत् कार्य करते रहे।

शिवदा पत्रकारिता व लेखन कार्य से जीवन भर जुड़े रहे। उन्होंने प्रयागराज से प्रकाशित होनेवाली 'चाँद' पत्रिका के 'फाँसी अंक' में विभिन्न नामों से

क्रांतिकारियों पर अनेक लेख लिखे। 'शहीद भगत सिंह की संकलित रचनाएँ' ग्रंथ की रचना की तथा 'मौत का इंतजार' में कैदियों के संस्करणात्मक रेखाचित्र प्रकाशित किए। भगत सिंह के सच्चे साथी शिव वर्मा 10 जनवरी, 1997 को परलोक सिधार गए।

□

बीना दास : स्वतंत्रता के युद्ध में शामिल वीरांगना

यदि वक्त के पहिए को घुमाया जाए तो हम पाएँगे कि परतंत्रता की बेड़ियों को तोड़ने में भारतीय वीरांगनाएँ न सिर्फ पुरुषों के साथ-साथ कंधे-से-कंधा मिलाकर चलीं, बल्कि अपना सर्वस्व अर्पित कर एक नया मुकाम हासिल किया। बंगाल की वीरांगना क्रांतिकारी बीना दास ने महज 21 वर्ष की आयु में बंगाल के गवर्नर स्टेनली जैक्सन पर गोली चला दी थी।

वीरांगना क्रांतिकारी बीना दास का जन्म बंगाल में हुआ था। यहाँ के गवर्नर को विश्वविद्यालय में दीक्षांत समारोह में आमंत्रित किया गया। यह सूचना प्राप्त होते ही बीना दास ने गवर्नर को मारने की योजना बनाई। हालाँकि, इसी समारोह में उन्हें अपनी डिग्री भी लेनी थी, लेकिन उन्होंने निर्णय लिया कि डिग्री लेते समय वे गवर्नर को गोली का निशाना बनाएँगी।

बीना दास का जन्म 24 अगस्त, 1911 को बंगाल के कृष्णा नगर में हुआ था। बीना के पिता बेनी माधव दास सुप्रसिद्ध अध्यापक थे,

उनके शिष्यों की फेहरिस्त में नेताजी सुभाषचंद्र बोस का नाम भी सम्मिलित था। उनकी माता सरला दास सामाजिक कार्यों में संलग्न रहती थीं, साथ ही वे निराश्रित महिलाओं के लिए 'पुण्याश्रम' नामक एक संस्था की संचालिका भी थीं। इस आश्रम का मुख्य कार्य क्रांतिकारियों के लिए शस्त्रों का भंडारण करना था, जिससे ब्रिटिश सरकार को उसी की भाषा में जवाब दिया जा सके। बीना दास ने अपनी प्रारंभिक शिक्षा पूर्ण करने के पश्चात् आगे की पढ़ाई करने के लिए बेथ्यून कॉलेज में दाखिला लिया।

वर्ष 1926 में शरत चंद्र चट्टोपाध्याय ने 'पाथेर दाबी' नामक एक उपन्यास लिखा। इस उपन्यास को लिखने का मूल उद्देश्य भारतीय जनमानस को अंग्रेजों के खिलाफ एकजुट करना था। यही कारण रहा कि ब्रिटिश शासन द्वारा इस उपन्यास को प्रतिबंधित कर दिया गया, लेकिन प्रतिबंध लगने के कारण भारतीय युवकों में 'पाथेर दाबी' को पढ़ने की उत्सुकता और बढ़ गई।

इसका प्रथम संस्करण महज सात दिन में ही गुप्त रूप से बिक गया। क्रांति की ज्वाला अपने हृदय में जलाए हुए बीना दास भला इसको पढ़ने से कैसे पीछे रह सकती थीं? अतएव, प्रतिबंधित होने के बावजूद उन्होंने गुप्त रूप से उपन्यास की एक प्रति प्राप्त कर ली।

बीना दास ने अपनी मैट्रिक की पढ़ाई में ध्यान न देकर उपन्यास को पढ़ना ज्यादा उचित समझा। इससे उनकी परीक्षा पर बहुत प्रभाव पड़ा। उन पर उपन्यास का प्रभाव इस कदर था कि जब उनसे अंग्रेजी की परीक्षा में पसंदीदा उपन्यास के बारे में पूछा गया तो उन्होंने 'पाथेर दाबी' का विस्तार से वर्णन कर दिया। इसके परिणामस्वरूप उन्हें बहुत कम अंक प्राप्त हुए।

दो वर्ष पश्चात् वे सुभाषचंद्र बोस द्वारा स्थापित 'बंगाल वालंटियर कॉर्पस' में सम्मिलित हो गईं। वहीं पर कार्य करते हुए वे सहपाठी रहीं क्रांतिकारी सुहासिनी गांगुली की सहायता से 'बंगाल रिवॉल्यूशनरी पार्टी' में शामिल हुईं। यह पार्टी गुप्त रूप से अंग्रेजों के विरुद्ध कार्य कर रही थी। इससे जुड़े क्रांतिकारियों ने अंग्रेजों की नाक में दम कर रखा था।

6 फरवरी, 1932 को बंगाल के गवर्नर स्टेनली जैक्सन को विश्वविद्यालय में दीक्षांत समारोह में आमंत्रित किया गया। यह सूचना प्राप्त होते ही बीना दास ने जैक्सन को मारने की योजना बनाई। उसी दीक्षांत समारोह में उन्हें अपनी डिग्री भी लेनी थी।

उन्होंने अपने 'युगांतर पार्टी' के क्रांतिकारियों से राय-मशविरा करके यह

निर्णय लिया कि डिग्री लेते समय वे जैक्सन को गोली का निशाना बनाएँगी। जैसे ही गवर्नर जैक्सन भाषण देने के लिए खड़ा हुआ, बीना दास ने तुरंत ही उस पर रिवॉल्वर से गोली चला दी। गोली उसके कान को छूकर निकल गई और वह बच गया। साहसी बीना दास को वहीं गिरफ्तार कर लिया गया। उन पर मुकदमा चलाकर अगले दिन नौ वर्ष की जेल की सजा सुना दी गई।

1937 में प्रांतीय सरकार के गठन के पश्चात् राजबंदियों को जेल से मुक्त कराने का आदेश दिया गया। इससे वे भी जेल से रिहा हुईं। फिर वे 'भारत छोड़ो' आंदोलन में सम्मिलित हो गईं, किंतु अंग्रेजों में उनके नाम का भय इस कदर व्याप्त था कि उन्हें तीन साल तक नजरबंद रखा गया।

इसके पश्चात् उन्होंने 'युगांतर' के सदस्य रहे ज्योतिष भौमिक से विवाह किया। फिर बीना दास राजनीति में सक्रिय हो गईं। वे वर्ष 1946 से 1951 तक बंगाल विधानसभा के सदस्य के रूप में भी चुनी गईं।

पति की मृत्यु के पश्चात् वे कलकत्ता छोड़कर ऋषिकेश के एक आश्रम में आकर रहने लगीं। अपने स्वाभिमानी स्वभाव के कारण उन्होंने सरकार द्वारा दी जानेवाली पेंशन लेने से भी इनकार कर दिया और जीवन-निर्वाह करने के लिए अध्यापन का कार्य प्रारंभ कर दिया।

स्वाधीनता के लिए सर्वस्व समर्पित करनेवाली इस वीरांगना के जीवन का अंतिम दौर बहुत कष्टप्रद रहा। कहते हैं कि उनका मृत शरीर 26 दिसंबर, 1956 को छिन्न-भिन्न अवस्था में सड़क के किनारे मिला।

पुलिस द्वारा लगभग एक माह तक छानबीन के पश्चात् पुष्टि की गई कि यह शव बीना दास का ही है। महान् क्रांतिकारी के जीवन का अंत इतना दुःखदायी होगा, इसकी किसी ने कल्पना भी नहीं की थी।

स्वतंत्र भारत में बीना दास जैसी अनेकानेक वीरांगनाओं के योगदान को भुला दिया गया। आज आवश्यकता है इतिहास का पुनर्लेखन करने की, ताकि हमारी आनेवाली पीढ़ियाँ बीना दास जैसी वीरांगनाओं के त्याग और समर्पण को स्मरण रख सकें।

स्वतंत्रता के बाद हमारा दुर्भाग्य रहा कि हम इतिहास में दफन उन वीरांगनाओं की शौर्यगाथाओं को जनमानस तक नहीं पहुँचा पाए और इतिहास चंद कहानियों में सिमटकर रह गया।

□

भोगेश्वरी देवी : झंडे के लिए अंग्रेज की पिटाई

भोगेश्वरी देवी ऐसी वीरांगना थी, जिन्होंने जान दे दी, लेकिन ध्वज को झुकने नहीं दिया। भारत के स्वातंत्र्य संग्राम में प्राणों की आहुति देनेवाली महान् क्रांतिकारी वीरांगना भोगेश्वरी देवी फुकनानी ने भारतीय झंडे का अपमान करनेवाले अंग्रेज अधिकारी की झंडे के डंडे से ही पिटाई कर दी थी।

भोगेश्वरी फुकनानी का जन्म भारत के पूर्वोत्तर में, असम के नौगाँव जिले के तोली गाँव में वर्ष 1885 में हुआ था। वे असम के प्रसिद्ध त्योहार 'भोगाली बीहू' के दिन जनमी थीं, अत: पिता आत्माराम और माता मालेश्वरी देवी ने बेटी का नाम भोगेश्वरी रखा। यद्यापि भोगेश्वरी तीसरी कक्षा के बाद स्कूली शिक्षा प्राप्त नहीं कर पाईं, परंतु अपने प्रदेश की परंपरागत संस्कृति के अनुसार उनको कपड़ा बुनने में दक्षता प्राप्त थी। कम उम्र में ही उनका विवाह भूपति फूकन के पुत्र भोगेश्वर से हुआ। शादी के बाद उनके दो बेटियाँ और छह बेटे हुए।

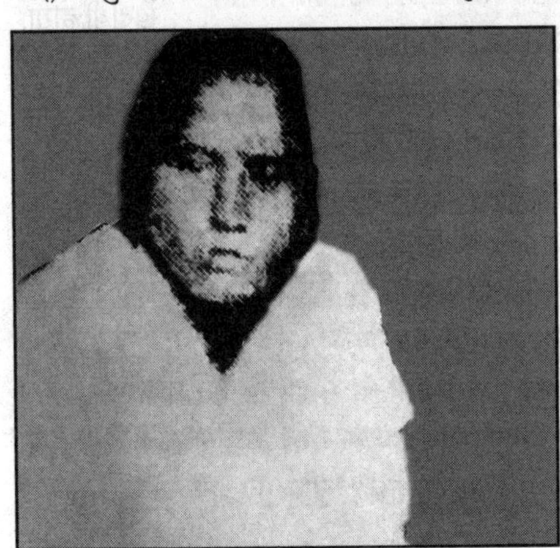

उनका परिवार गांधीवादी विचारों को माननेवाला था। गांधीजी के आह्वान पर उनका परिवार विदेशी वस्तुओं का पूर्ण बहिष्कार कर स्वदेशी वस्तुओं का ही प्रयोग करता

था। वर्ष 1930 में असहयोग आंदोलन के समय ब्रिटिश सरकार के विरोध में धरना देने और आंदोलन में सक्रिय भूमिका निभाने के कारण भोगेश्वरी को गिरफ्तार भी किया गया था।

इसके पश्चात् वर्ष 1942 के 'भारत छोड़ो आंदोलन' में संपूर्ण देश की जनता ब्रिटिश शासन को समाप्त करने का संकल्प लेकर जुट गई थीं। इस दौरान भोगेश्वरी ने अपने प्रदेश की 'शांति वाहिनी' के संगठन का कार्यभार सँभाला। उस संगठन में 12 पुरुष और 500 महिला स्वयंसेवक थे।

इस 'शांति वाहिनी' का मुख्यालय बहरामपुर में था। उस समय पूरे असम में अंग्रेजी शासन के विरुद्ध क्रांति के शोले भड़क उठे थे। बहरामपुर में 'शांति वाहिनी' का एक विशेष शिविर लगाया गया और एक रैली का आयोजन किया गया। इस रैली में हजारों लोगों ने भाग लिया।

इस रैली की अध्यक्षता जिला कांग्रेस अध्यक्ष हलधरजी ने की थी। इसमें भावी संघर्ष की रणनीति भी तय की गई। लोगों को अनुशासित तरीके से स्वतंत्रता संग्राम चलाने का प्रशिक्षण दिया गया। बहरामपुर अधिवेशन के बाद पूरे असम में ब्रिटिश शासन विरोधी आंदोलन की लहर फैल गई थी। सभी राजकीय कार्यालयों पर स्वयंसेवक धरना दे रहे थे। जन आंदोलन ने प्रचंड आँधी का रूप ले लिया था। इससे ब्रिटिश सरकार बौखला उठी थी।

इस आंदोलन में कोलाइकोच, गुनाभिराम बरदलै, तिलक डेका, हेमाराम बरा, हेमाराम पतार जैसे राष्ट्र को समर्पित स्वयंसेवक पुलिस की गोलियों से शहीद हो गए। उनकी शहादत के विरोध में 16 सितंबर, 1942 को 'पंचवीर दिवस' के रूप में मनाने का निर्णय लिया गया। भोगेश्वरी देवी के अथक प्रयासों से नौगाँव में प्रार्थना सभा और प्रभात फेरियों का आयोजन करने का निश्चय किया गया।

ब्रिटिश सरकार राष्ट्रवादी आंदोलनकारियों के इस कार्य से और अधिक क्रोधित हो गई। अंग्रेज पुलिस ने 'शांति वाहिनी' के शिविरों पर छापेमारी की और उन पर अधिकार कर लिया।

18 सितंबर, 1942 को पुलिस की ज्यादती के विरोध में प्रभात फेरी निकाली गई और राष्ट्रभक्ति के गीत गाए गए। पूरा वातावरण 'वंदे मातरम्' एवं 'अंग्रेजो भारत छोड़ो' के नारों से गूँज रहा था। शिविर में ममाईचंद्र अधिकारी ने तिरंगा फहराया। 'शांति वाहिनी' के शांतिपूर्ण कार्यक्रम के बीच अचानक लोगों ने देखा कि ब्रिटिश सैनिक गाड़ियों में भरकर शिविर तक पहुँच गए और उन्होंने शिविर को घेर लिया।

प्रताप शर्मा नामक प्रसिद्ध नेता को एक पुलिस अधिकारी ने घसीटकर पुलिस की गाड़ी में डाल दिया। शिविर में मौजूद सारे सामान को पुलिसकर्मियों ने तहस-नहस कर दिया। कई कार्यकर्ताओं और स्वयंसेवकों को पकड़कर थाने पहुँचाया गया।

इस सबके बीच ब्रिटिश अधिकारी फिनिश ने भोगेश्वरी की बेटी रत्नमाला के हाथ से तिरंगा झंडा छीनने का प्रयास किया, परंतु रत्नमाला ने झंडा नहीं छोड़ा। गोरा कप्तान क्रोध से लाल-पीला हो रहा था।

काफी खींचतान के बाद उसने रत्नमाला को धक्का मारा। वे झंडे सहित भूमि पर गिरतीं, इससे पहले ही तिरंगे को भोगेश्वरी ने थाम लिया और आनन-फानन में कैप्टन फिनिश पर झंडे के डंडे से प्रहार कर दिया। इससे फिनिश की बंदूक कीचड़ में गिर पड़ी।

दूसरे गोरे सैनिक भोगेश्वरी पर आग-बबूला हो रहे थे। फिनिश ने अपनी बंदूक उठाई और वीरांगना भोगेश्वरी पर तान दी। भोगेश्वरी के नेत्रों में तिरंगे का अपमान करनेवालों के प्रति क्रोध की ज्वाला धधक रही थी। वे ब्रिटिश सैनिकों के सामने अटल चट्टान सी दृढ़ता लिये खड़ी रहीं।

अचानक बर्बर ब्रिटिश कप्तान ने भोगेश्वरी पर गोली चला दी। वीरांगना भोगेश्वरी का रक्तरंजित शरीर भूमि पर आ गिरा, लेकिन तिरंगा उनके हाथ में ऊँचा ही उठा रहा। इस नृशंस अत्याचार को देखकर स्वयंसेवक क्रोध से भर उठे। वे निहत्थे ही अंग्रेज सैनिकों से जूझने लगे।

अंग्रेजों की आग उगलती बंदूकों से अनेक स्वयंसेवक घायल हुए। इस दौरान लाखी हजारिका और दो अन्य स्वयंसेवक गोली लगने से शहीद हो गए। स्वयंसेवकों ने तीनों शहीदों के शवों को सँभाला और रघुनाथ ने घायल भोगेश्वरी को कंधे पर उठा लिया। घायल भोगेश्वरी को बचाने के लिए चिकित्सकों ने अनथक परिश्रम किया, परंतु 20 सितंबर, 1942 को, ठीक उसी दिन, जिस दिन तिरंगा फहराने के प्रयास में असम की ही 17 वर्षीया कनक लता शहीद हुई थीं, भोगेश्वरी ने भी अपने प्राण त्याग दिए।

भोगेश्वरी फुकनानी के आत्मोत्सर्ग ने जनता के बीच पहले से सुलग रही राष्ट्रभक्ति की ज्वाला को और तीव्रता प्रदान करने का कार्य किया। वे स्वतंत्रता संग्राम के इतिहास में सदैव अमर रहेंगी।

□

गौहर जान, गंगूबाई हंगल, अजीजन बाई तवायफों ने गाए आजादी के तराने

तवायफों का राष्ट्रवादी गतिविधियों में महत्त्वपूर्ण योगदान रहा, लेकिन उन्हें कठिनाइयों का भी सामना करना पड़ा। स्वतंत्रता संग्राम में महत्त्वपूर्ण भागीदारी होने के बावजूद उन्हें इतनी पहचान नहीं मिली, जितनी मिलनी चाहिए थी। तमाम तवायफों ने अपने तानपुरे, तबले, सारंगी आदि बनारस में गंगा में बहा दिए और अपने घर में चरखा कातना शुरू कर दिया। यह निर्णय बहुत बड़ा था, क्योंकि वे अपना आर्थिक आधार छोड़ रही थीं। कई तवायफों ने महफिल में सिर्फ देशभक्ति के गीत गाने का फैसला किया।

अजीजन बाई

तबले की थाप पर घुँघरुओं की छन-छन, मधुर स्वर और खुशबू की लहरियाँ जब खिड़की-दरवाजों की ओट से बाहर निकलकर आती थीं तो अंग्रेज यही सोचते थे कि कोठे कहलाए जानेवाले इन ठिकानों पर जानेवाला हिंदुस्तानी शराब और शबाब में घायल हो रहा होगा। उन्हें कहाँ पता था कि यहाँ आजादी

के गीत गाए जा रहे हैं और संघर्ष की रणनीतियाँ बन रही हैं! वे ऐसा सोच भी नहीं सकते थे।

समाज की सोच के चलते तवायफों को भेदभाव भी झेलना पड़ा। राष्ट्रवादी आंदोलन की सार्वजनिक बैठकों में तवायफों की उपस्थिति को भद्र महिलाएँ अच्छा नहीं मानती थीं।

कांग्रेस के एक सत्र में गौहर जान का आना कुछ महिलाओं को पसंद नहीं आया था और इस महान् गायिका को बाहर ही रहने को कह दिया गया था। किराना घराने की गायिका गंगूबाई हंगल वर्ष 1924 में जब बेलगाम कांग्रेस अधिवेशन में गईं तो उसमें गांधीजी भी आए हुए थे। तब उनसे अलग खाना खाने के लिए कहा गया था।

अजीजन बाई जैसी योद्धा एक तवायफ थीं। उन्होंने खतरा मोल लेकर अंग्रेजों के खिलाफ खड़े हिंदुस्तानी देशभक्तों को सहयोग दिया।

उनके जैसी कई तवायफ वीरांगनाएँ ऐसी हुई हैं, जिन्होंने अपने गायन, आर्थिक सहयोग और मुश्किल कोशिशों से आजादी के आंदोलन में बढ़-चढ़कर भाग लिया। उन्हें 'कोठेवालियाँ' कहा गया। उनके मिशन में लाख कठिनाइयाँ आई होंगी, लेकिन न तो वे रुकीं और न ही पीछे हटीं।

समाज का भेदभावपूर्ण रवैया और हीन नजरें भी उन्होंने झेलीं, लेकिन वे सभी बाधाएँ उन्हें उनके मकसद से दूर न कर सकीं। यदि हम उनके सहयोग का जिक्र न करें तो आजादी की लड़ाई की कहानियाँ अधूरी रह जाएँगी।

एक महिला पुरुष वेश में, सीने पर मेडल से आभूषित, घोड़े की पीठ पर सवार, पिस्तौल लिये मैदान-ए-जंग में उतर गई और ब्रिटिश सैनिकों से खूब बहादुरी से लड़ी। यह थीं अजीजन बाई, जिनका नाम 1857 की क्रांति में उभरकर सामने आया था।

अजीजन बाई ऐसी तवायफ थीं, जो देश की आजादी के लिए बहादुरी से लड़ीं, कभी परदे में रहकर तो कभी बिना परदे के। कहते हैं कि अजीजन बाई एक जासूस, खबरी और योद्धा थीं। उनका जन्म लखनऊ में हुआ था। उनकी माँ भी तवायफ थीं, लेकिन देश के प्रति प्रेम अजीजन को लखनऊ से कानपुर ले आया।

अजीजन बाई के यहाँ हिंदुस्तानी सिपाहियों की बैठकें हुआ करती थीं। बताया जाता है कि अजीजन बाई ब्रिटिश इंडियन आर्मी के सैनिकों के काफी नजदीक थीं। उनके कोठे में स्वतंत्रता संघर्ष की रणनीति बनाई जाती थी। 1 जून, 1857 को

क्रांतिकारियों ने कानपुर में एक बैठक की। इसमें नाना साहब, तात्या टोपे के साथ सूबेदार टीका सिंह, शमशुद्दीन खान और अजीमुल्ला खान के अलावा अजीजन बाई ने भी शिरकत की थी। इन सबने अंग्रेजों की हुकूमत को जड़ से उखाड़ फेंकने का संकल्प लिया था।

भारत की आजादी के संघर्ष में तवायफों का बहुत योगदान रहा। 1857 की क्रांति में कानपुर से अजीजन बाई के संघर्ष का उल्लेख मिलता है। उन्होंने महिलाओं का एक ऐसा समूह बनाया था, जो स्वतंत्रता सेनानियों का साथ देने, हथियारों से लैस सिपाहियों का मनोबल बढ़ाने, उनके घावों की मरहम-पट्टी करने और हथियारों को वितरित करने को तैयार रहता था।

स्वाधीनता सेनानी वीर सावरकर ने भी अपने राष्ट्रवादी लेखों में अजीजन बाई के बारे में लिखा है कि इस नाचनेवाली को सिपाही बहुत प्यार करते हैं। वह बाजार में पैसों के लिए अपना प्यार नहीं बेचती है। उसका प्यार देश से प्यार करनेवालों के लिए है।

'फुलगेंदवा न मारो…' जैसे गीत से मशहूर हुईं रसूलन बाई ने महात्मा गांधी के स्वदेशी आंदोलन से प्रेरित होकर गहने पहनना छोड़ दिया था। उन्होंने गहने तभी पहने, जब देश आजाद हो गया।

अपने प्रण के मुताबिक रसूलन बाई ने देश के आजाद होने के बाद ही शादी भी की। बाद में रसूलन बाई को 'संगीत नाटक अकादमी पुरस्कार' से भी सम्मानित किया गया था। बनारस की प्रसिद्ध गली दालमंडी में भी कभी कोठे हुआ करते थे। यहाँ से गूँजनेवाली घुँघरुओं की झनकार ने अंग्रेजी हुकूमत को हिलाकर रख दिया था।

उस क्रांति के दौर में राजेश्वरी बाई, जद्दन बाई से लेकर रसूलन बाई तक के कोठों पर सजनेवाली महफिलें महज मनोरंजन का केंद्र ही नहीं होती थीं, बल्कि अंग्रेजों को देश के निकालने की रणनीति भी यहीं से तय होती थी।

ठुमरी गायिका राजेश्वरी बाई तो हर महफिल में 'अंतिम बंदिश भारत कभी न बन सकेगा गुलाम…' गाना नहीं भूलती थीं।

मशहूर अभिनेत्री नर्गिस दत्त की माँ जद्दन बाई के दालमंडी कोठे पर भी आजादी के दीवानों का आना-जाना रहता था। अंग्रेजों ने कई बार उनके कोठे पर छापा मारा। प्रताड़ना से तंग आकर जद्दन बाई को दालमंडी की गली तक छोड़नी पड़ी थी। इन सबके बावजूद महफिल से मिलनेवाले पैसों को तवायफें क्रांतिकारियों को दे दिया करती थीं।

एक जिक्र यह भी आता है कि इस आंदोलन में आर्थिक सहयोग देने हेतु जब तवायफों ने गांधीजी से आग्रह किया तो उन्होंने तवायफों के नैतिक रूप से पतित होने की बात कहकर उनके इस आग्रह को ठुकरा दिया। जब तवायफों ने यह बात सुनी तो उन्हें बहुत दुःख पहुँचा और बहुत सी तवायफों ने नाचना-गाना बंद कर दिया।

'स्वर जीवनी' कही जानेवाली सिद्धेश्वरी देवी भी महफिलों में देशभक्ति के गीत जरूर गाती थीं। ऐसी ही एक और तवायफ थीं गौहर जान, जिन्होंने स्वतंत्रता आंदोलन का समर्थन करने के लिए 'स्वराज कोष' में सक्रिय रूप से राशि जमा की थी।

गांधीजी के आंदोलन में हुस्ना बाई, विद्याधरी बाई ने बढ़-चढ़कर हिस्सा लिया था। वर्ष 1920 से लेकर 1922 तक के२२ असहयोग आंदोलन के दौरान वाराणसी के समूह ने स्वतंत्रता संघर्ष को आगे बढ़ाने के लिए एक 'तवायफ सभा' भी बनाई। इस सभा की कमान हुस्ना बाई ने सँभाली और सदस्यों को एकता के साथ विदेशी वस्तुओं का बहिष्कार करने और गहनों की जगह लोहे की हथकड़ी पहनने के लिए प्रोत्साहित किया।

दालमंडी में कोठों पर क्रांति की कहानियाँ लिखनेवाली तवायफों की सूची में दुलारी बाई का नाम सबसे ऊपर है।

इतिहासकार वीना तलवार ओल्डनबर्ग ने करीब 35 तवायफों के साक्षात्कार के जरिए उनकी जिंदगी में झाँकने की कोशिश की। उनके अनुसार, भारत की स्वतंत्रता की पहली लड़ाई में तवायफों की महत्त्वपूर्ण भूमिका रही। बागियों का दमन करने के बाद अंग्रेजों ने जो संपत्ति जब्त की, उस सूची में उनके नाम प्रमुख थे।

अनेक तवायफों ने बढ़-चढ़कर देशभक्ति की मिसाल पेश की और स्वतंत्रता संग्राम में पूर्ण सहयोग दिया।

□

गांधीवादी मातंगिनी हाजरा, जो 'बूढ़ी गांधी' कहलाईं

मातंगिनी हाजरा की गांधीजी के असहयोग आंदोलन, सविनय अवज्ञा आंदोलन, भारत छोड़ो आंदोलन और नमक सत्याग्रह में सक्रिय भूमिका रही। उनकी उम्र बेशक अधिक थी, लेकिन स्वाधीनता के आंदोलन में उनकी सक्रियता और उत्साह युवाओं को मात देता था। उन्होंने अपने क्षेत्र में आंदोलन की कमान थामी, तिरंगा हाथ में लिया और देश के लिए जान की बाजी लगा दी।

एक राष्ट्रवादी के रूप में वे बहिष्कार और प्रतिरोध की रणनीति के साथ गांधीवादी कार्य पद्धति में पूर्ण आस्था रखती थीं। उनके आह्वान पर हजारों महिलाएँ घर से निकलकर मार्च में शामिल हो जाती थीं। ऐसी महान् विभूति बलिदानी मातंगिनी के बारे में जानना बेहद आवश्यक है।

स्वदेशी को स्थापित करने को कटिबद्ध मातंगिनी हाजरा पूरी तरह से गांधीवादी बन गईं, एक चरखा ले लिया, खादी पहनने लगीं और तन-मन से लोगों की सेवा

में जुट गईं। महिलाओं का स्वाभिमान जगानेवाली मातंगिनी को लोगों द्वारा इतना सम्मान मिला कि वे 'बूढ़ी गांधी' के नाम से मशहूर हो गई थीं।

पूर्वी बंगाल (वर्तमान बांग्लादेश) के मिदनापुर जिले के होगला ग्राम में एक अत्यंत निर्धन परिवार में 19 अक्तूबर, 1870 को मातंगिनी ने जन्म लिया। उन्हें बाल विवाह का दंश झेलना पड़ा। उनका विवाह मात्र 12 वर्ष की आयु में 62 वर्षीय विधुर त्रिलोचन हाजरा से कर दिया गया। वे 18 वर्ष की उम्र में निस्संतान बाल विधवा हो गईं। सौतेले बच्चों ने उन्हें कभी स्वीकार नहीं किया।

वे नजदीकी शहर तामलुक में एक झोंपड़ी बनाकर रहने लगीं और मजदूरी कर जीवनयापन करने लगीं। ऐसे ही अकेले रहते-रहते उनको 44 साल और बीत गए। अपने गाँव और घर से बाहर की उनकी जिंदगी बड़ी सीमित थी।

62 साल की उम्र तक तो मातंगिनी हाजरा को यह भी पता नहीं था कि स्वाधीनता आंदोलन है क्या? लेकिन जब उन्हें अंग्रेजी हुकूमत का अत्याचार दिखा और लोगों से गांधीजी के बारे में पता चला तो वे इस ओर अग्रसर हुईं।

वर्ष 1932 में जब एक दिन 'वंदे मातरम्' का उद्घोष करते हुए सविनय अवज्ञा आंदोलन का एक जुलूस उनके घर के पास से निकला तो 62 वर्षीय मातंगिनी ने बंगाली परंपरा के अनुसार शंख ध्वनि से उनका स्वागत किया और जुलूस के साथ चल दीं।

तामलुक के कृष्णगंज बाजार में हुई एक सभा में मातंगिनी ने सबके साथ स्वाधीनता संग्राम में तन-मन-धन से संघर्ष करने की शपथ ली। उन्होंने नमक बनाकर नमक विरोधी क़ानून तोड़ा, गिरफ्तार हुईं और कई किलोमीटर तक नंगे पैर चलने की सजा भी काटी।

अनपढ़ मातंगिनी पर जल्दी ही देशभक्ति का रंग पूरी तरह चढ़ गया। उनका अपना कोई परिवार नहीं था तो वे दुःख-दर्द में हर महिला की सहायता करने लगीं। उसी वक्त इलाके में चेचक, हैजा जैसी बीमारियाँ फैल गईं। बिना बच्चोंवाली मातंगिनी सबके लिए माँ बन गईं और महिलाओं को स्वाधीनता आंदोलन से जोड़ने के काम में जुट गईं। धीरे-धीरे अन्य महिलाएँ भी उनके साथ प्रदर्शनों में हिस्सा लेने लगीं।

जनवरी 1933 में 'करबंदी आंदोलन' को दबाने के लिए बंगाल के तत्कालीन गवर्नर एंडरसन तामलुक आए तो उनके विरोध में प्रदर्शन हुआ। वीरांगना मातंगिनी हाजरा सबसे आगे काला झंडा लिये डटी थीं। वे ब्रिटिश शासन के विरोध में नारे लगाने लगीं। इस पर पुलिस ने उन्हें गिरफ्तार कर लिया और छह माह की सश्रम

कारावास की सजा देकर मुर्शिदाबाद जेल में बंद कर दिया। जेल में वे अन्य गांधीवादियों के संपर्क में आ गईं। जेल से बाहर आकर उन्होंने एक चरखा ले लिया और खादी पहनने लगीं तो लोग उन्हें 'बूढ़ी गांधी' के नाम से पुकारने लगे।

जब उनकी उम्र 72 पार कर चुकी थी, तब उन्होंने तामलुक में 'भारत छोड़ो आंदोलन' की कमान सँभाल ली। तय किया गया कि मिदनापुर के सरकारी कार्यालयों और थानों पर तिरंगा फहराकर अंग्रेजी राज खत्म किया जाए। सितंबर 1942 में एक दिन बड़ा जुलूस तामलुक की कचहरी और पुलिस लाइन पर कब्जा करने के लिए आगे बढ़ा।

इस जुलूस में ज्यादातर महिला स्वयंसेवक थीं, जिनका नेतृत्व मातंगिनी ने किया, लेकिन जैसे ही जुलूस आगे बढ़ा, अंग्रेजी सेना ने बंदूकें तान लीं और प्रदर्शनकारियों को रुक जाने का आदेश दिया। इससे जुलूस में खलबली मच गई। ठीक इसी समय जुलूस के बीच से निकलकर मातंगिनी सबसे आगे आ गईं। वे लोगों का उत्साह कम होते नहीं देखना चाहती थीं। उन्होंने तिरंगा झंडा अपने हाथ में ले लिया और कहा, "मैं फहराऊँगी तिरंगा।"

'वंदे मातरम्' के उद्घोष के साथ वे आगे बढ़ीं और पुलिस की चेतावनी पर भी नहीं रुकीं। लोग उनकी ललकार सुनकर फिर से एकत्र हो गए। इस पर अंग्रेजी सेना ने चेतावनी दी और फिर गोली चला दी। पहली गोली मातंगिनी के पैर में लगी। फिर भी वे आगे बढ़ती गईं तो उनके हाथ को निशाना बनाया गया, लेकिन उन्होंने तिरंगा नहीं छोड़ा। इस पर तीसरी गोली उनके सीने पर मारी गई। इस प्रकार आजादी के आंदोलन की यह गांधीवादी वीरांगना भारतमाता के चरणों में शहीद हो गईं। वे झंडा ऊपर किए ही देश के लिए बलिदान हो गईं।

□

अंग्रेजों का सामना चेत सिंह से और तलवारों से लैस बनारसी लोगों की बहादुरी

काशी केदार खंड क्षेत्र के शिवाला घाट की पथरीली सीढ़ियों के शीर्ष पर मौजूद चेत सिंह किले की आन निराली है। यह बनारस की शान को बढ़ा देती है। इस दुर्ग की हर शिला भोजपुर क्षेत्र के प्रथम विद्रोह (वर्ष 1781) की अमर गाथा की गवाह है। पहली बार अंग्रेजों को बनारसी तलवार (असि) की धार से परिचित करानेवाले योद्धाओं का शौर्य काबिल-ए-तारीफ है। देसी अस्त्र-शस्त्र से लैस बनारसवासियों ने अंग्रेजों के इरादों को मिट्टी में मिला दिया था।

4 जुलाई, 1775 को नवाब आसफुद्दौला से हुई संधि के बाद बनारस के जमींदार चेत सिंह राजा बनाए गए। बदले में बनारस राज्य की ओर से 23,40,249 रुपए की सालाना रकम मासिक किस्तबंदी के रूप में कंपनी के खजाने में जमा करने का समझौता हुआ। लेकिन यह बात जुलाई 1778 में बिगड़ गई, जब फ्रांस व इंग्लैंड के बीच युद्ध छिड़ा। कंपनी ने इसी बहाने राजा पर बार-बार अतिरिक्त राशि की वसूली का दबाव बनाना शुरू किया।

एक-दो बार तो उन्होंने माँग पूरी की, पर बाद में रुपया देने से साफ इनकार कर दिया। मामला सुलझाने के लिए गवर्नर जनरल वारेन हेस्टिंग्स ने 7 जुलाई, 1781 को कलकत्ते से जलमार्ग द्वारा बनारस के लिए प्रस्थान किया। उसने कबीर चौरा स्थित माधवराव के बगीचे (अब स्वामीबाग) में डेरा डाला।

जहाँ से उसने तत्कालीन रेजीडेंट को आदेश दिया कि 16 अगस्त, 1781 को शिवाला किला (राजा चेत सिंह का नगर आवास) पहुँचकर उन्हें गिरफ्तार कर लिया जाए। बात फैलते-फैलते बनारसवालों तक पहुँच गई।

चेत सिंह का किला

फिर क्या था, 16 अगस्त की आधी रात से लाठी और तलवारों से लैस नागरिकों व राजकीय सैनिकों की भीड़ शिवाला किले की गलियों में घुस आई। योजना के मुताबिक, रेजीडेंट मार्कहम भोर में मेजर फोफम के नेतृत्व में सेना की टुकड़ियाँ लेकर शिवाला किला पहुँचा तो देसी अस्त्र-शस्त्र से लैस बनारसवासियों व राजा के कारिंदों की हजारों की भीड़ देखकर हक्का-बक्का रह गया।

गवर्नर का संदेश लेकर किले पहुँचे कंपनी के सूबेदार केतराम ने जैसे ही अभद्र भाषा में राजा को गवर्नर का पैगाम सुनाया तो बनारस के लोगों की तलवार चमक उठी और लोगों ने केतराम का कटा हुआ सिर किले के पथरीले आँगन में जमीन पर पाया।

बाबू मनियार सिंह, बाबू नन्हकू सिंह गिरफ्तार करने की मंशा से राजा की ओर बढ़ रहे थे। बनारस के लोगों ने लेफ्टिनेंट स्टारकर और साइम्स के सिर को भी तलवार की धार पर लिया और देखते-ही-देखते दोनों के सिर काटे गए। बाहर गजब का संग्राम था। बनारसियों व राजसैनिकों ने पलक झपकते कंपनी की सेना के 200 से भी अधिक सिपाही मार गिराए थे।

इस बीच लोगों ने पगड़ियों को जोड़कर रस्सी बनाई और राजा चेत सिंह को

किले के पीछे गंगा घाट की ओर उतार दिया। पहले से तैयार बैठे नाविकों ने पतवार सँभाली और तेजी से दौड़ती नौका ने कुछ ही क्षणों में राजा को सुरक्षित गंगापार रामनगर दुर्ग तक पहुँचा दिया।

काशी की इस घटना की सूचना ने भारत से इंग्लैंड तक कंपनी के सिंहासन की चूलें हिला दीं। वारेन हेस्टिंग्स को कतिपय चाटुकारों की सहायता से 31 अगस्त की रात जनाना पार्टी में छिपकर चुनार भागना पड़ा। अगली सुबह पहले ही रात के इस पलायन की कहानी शहर की सड़कों तक पहुँच चुकी थी। टोले-मोहल्ले शाम ढलने तक काशी के पारंपरिक 'हर हर महादेव' के जयघोष से गूँजते रहे। नौजवानों, किशोरों व बच्चों की टोलियाँ उत्सव माहौल में 'घोड़े पर हौदा और हाथी पर जीन डालकर पूरे शहर में घूम रही थी।

□

रानी अवंतीबाई : मातृभूमि के लिए लड़ी वीरांगना

भारत की धरा पर अनेक ऐसे वीर और वीरांगनाओं का जन्म हुआ, जिन्होंने सन् 1857 के प्रथम स्वाधीनता संग्राम से लेकर संपूर्ण स्वाधीनता संघर्ष में अग्रणी भूमिका का निर्वहन किया। एक ऐसी ही वीरांगना थीं रानी अवंतीबाई, जिन्होंने उस दौर में अंग्रेजों से लोहा लिया, जब महिलाएँ राजनीति से अनभिज्ञ थीं।

मध्य प्रदेश के सिवनी जिले में जनमी रानी अवंतीबाई लोधी भारत के प्रथम स्वाधीनता संग्राम में महत्त्वपूर्ण भूमिका निभानेवाली वीरांगना थीं। उनके पति बहुत धार्मिक प्रवृत्ति के थे, अतः राज्य का संचालन रानी ही करती थीं। अंग्रेजों से कई बार युद्ध करनेवाली रानी को एक बार जब अहसास हुआ कि अब बचना मुश्किल है तो उन्होंने अपनी ही तलवार से अपने प्राण अर्पित कर दिए।

इनका जन्म 16 अगस्त, 1931 को मध्य प्रदेश के सिवानी जिले के मनकेहणी ग्राम में हुआ था। उनके पिता राव जुझार सिंह 187 गाँवों के जमींदार थे। अवंतीबाई की संपूर्ण शिक्षा घर पर ही हुई। कम आयु में ही वे युद्ध कौशल में पूर्णरूपेण दक्ष हो गई थीं।

अवंतीबाई का विवाह रामगढ़ के राजा लक्ष्मण सिंह लोधी के पुत्र विक्रमादित्य के साथ संपन्न हुआ। विक्रमादित्य का मन राज-काज की अपेक्षा धार्मिक कार्यों में अधिक लगता था। यही कारण था कि राज्य के सारे निर्णय रानी अवंतीबाई ही करती थीं। विक्रमादित्य के पुत्र अमर सिंह एवं शेर सिंह अभी शैशवावस्था में ही थे कि राजा मानसिक रूप से विक्षिप्त हो गए। अब दोनों पुत्रों और रामगढ़ की संपूर्ण जिम्मेदारी रानी अवंतीबाई के कंधों पर आ गई।

राजा के विक्षिप्त होने की खबर जैसे ही ब्रिटिश अधिकारियों को हुई, उन्होंने कोर्ट ऑफ वार्ड्स के तहत कार्यवाही करके राज्य का प्रशासन अपने अधिकार क्षेत्र में ले लिया और प्रतिनिधि के रूप में शेख मोहम्मद और मोहम्मद अब्दुल्ला को नियुक्त करके रामगढ़ भेज दिया।

अंग्रेजों की 'राज्य-हड़प नीति' से रानी भलीभाँति परिचित थीं। अतएव, उन्होंने अंग्रेजों के दोनों प्रतिनिधियों को राज्य से बाहर खदेड़ दिया। कुछ समय पश्चात् राजा विक्रमादित्य का स्वास्थ्य और खराब हो गया और उनका देहावसान हो गया।

अब राज्य की सारी जिम्मेदारी रानी के सिर आ गई थी। वहीं दूसरी ओर अंग्रेजों की 'राज्य-हड़प नीति' के चलते सतारा, नागपुर और झाँसी सहित कई रियासतों का विलय ब्रिटिश साम्राज्य में जबरन कर लिया गया। जब बात रामगढ़ की रियासत पर आई तो रानी अवंतीबाई ने इस फरमान का पुरजोर विरोध किया।

अंग्रेजों की इस कुटिल नीति के विरुद्ध मंडला के गोंड राजा शंकर शाह की अध्यक्षता में आसपास के सभी राजाओं एवं जमींदारों का एक सम्मेलन बुलाकर एकजुट होने का संदेश दिया गया।

रानी अवंतीबाई ने पड़ोसी राज्यों के राजाओं एवं जमींदारों को पत्र के साथ काँच की चूड़ियाँ भी भिजवाईं और पत्र में लिखा—'देश की रक्षा के लिए या तो कमर कस लो या काँच की चूड़ियाँ पहनकर बैठो, तुम्हें अपने धर्म-ईमान की सौगंध, जो इस कागज में लिखा पता बैरी को दिया।' इस पर आसपास के सभी राजा अंग्रेजों के विरुद्ध एकजुट हो गए।

वर्ष 1857 का महासमर आरंभ हो चुका था। गोंड राजा शंकर शाह ने अंग्रेजों के विरुद्ध क्रांति का उद्घोष किया। 18 सितंबर, 1857 को अंग्रेजों ने राजा शंकर शाह और उनके पुत्र रघुनाथ शाह को तोप में बाँधकर आग लगा दी। इन दोनों वीरों के बलिदान से बहुत से राजाओं में आक्रोश की ज्वाला और धधक उठी। रानी अवंतीबाई के नेतृत्व में रामगढ़ के सेनापति ने भुआ बिछिया थाने पर धावा बोलकर उसे अपने अधिकार में ले लिया, साथ ही घुघरी क्षेत्र पर भी अपना कब्जा कर लिया।

विद्रोह की चिनगारी मंडला और रामगढ़ के संपूर्ण क्षेत्र में फैल गई। इस चिनगारी ने अंग्रेज डिप्टी कमिश्नर वाडिंग्टन की नींद उड़ा दी। मंडला के राजा शंकर शाह की वीरगति के पश्चात् यहाँ की रक्षा का दायित्व भी रानी अवंतीबाई ने बखूबी निभाया। 23 नवंबर, 1857 को मंडला की सीमा में स्थित खैरी नामक गाँव में रानी और अंग्रेजों के मध्य भयंकर युद्ध हुआ।

इस युद्ध में डिप्टी कमिश्नर वाडिंग्टन बुरी तरह परास्त हुआ और उसे मंडला से भागना पड़ा। इस पराजय से खिसियाए हुए अंग्रेजों ने रानी अवंतीबाई से प्रतिशोध लेने के लिए रीवा के राजा की सहायता से अचानक रामगढ़ पर हमला कर दिया।

अंग्रेजों की विशाल सेना का रानी अवंतीबाई ने साहस के साथ मुकाबला किया, किंतु तत्कालीन परिस्थितियों का आकलन करके वे किले से प्रस्थान कर देवहारगढ़ की पहाड़ियों में जा पहुँचीं। एक बार फिर 20 मार्च, 1858 को अंग्रेजों की विशाल सेना से रानी अवंतीबाई ने अपने कुछ सैनिकों के साथ साहस और वीरता के साथ युद्ध किया।

जब रानी को ऐसा आभास हुआ कि उनकी मृत्यु निकट है तो उन्होंने अपनी ही तलवार से स्वयं के प्राण मातृभूमि के रक्षार्थ अर्पण कर दिए। धन्य है ऐसी वीरांगना, जिसने राष्ट्रहित में अपने प्राणों की आहुति दे दी! उन्होंने उसके साथ ही राष्ट्र की मातृशक्तियों को यह संदेश दिया कि विपरीत परिस्थितियों में भी कैसे अपने आत्मबल को जाग्रत् करके अपनी मातृभूमि की रक्षा की लड़ाई लड़ी जा सकती है।

मध्य प्रदेश के जबलपुर जिले में बने बरगी डैम को रानी अवंतीबाई लोधी का नाम दिया गया है। 20 मार्च, 1988 को भारत सरकार ने रानी अवंतीबाई के नाम एक 60 पैसे का डाक टिकट भी जारी किया था।

□

मंगल पांडे ने अंग्रेजों के खिलाफ पहली गोली दागी

मंगल पांडे का क्रांतिकारी रूप और अद्भुत बलिदान भारतीय स्वाधीनता संग्राम के विशालकाय भवन की नींव का वह आधार-स्तंभ है, जिस पर इसकी दीवारें टिकी हैं।

वह 29 मार्च, 1857 का दिन था और कारतूसों को लेकर भारतीय सिपाहियों में क्रोध था। 34वीं बंगाल नेटिव इन्फैंट्री में शामिल मंगल पांडे ने अंग्रेजों के खिलाफ पहली गोली दागी। वे भारत के स्वाधीनता संग्राम के पहले अध्याय का पहला पन्ना बन गए। कुछ दिनों बाद उनको फाँसी दे दी गई, लेकिन जो लड़ाई उन्होंने शुरू की, वह वर्ष 1947 में देश के स्वतंत्र होने तक चलती रही।

यह भारतीय इतिहास की ऐसी घटना है, जो ब्रिटिश शासन को ध्वस्त करने की यात्रा में मील का पत्थर बनी। मील का पत्थर इसलिए, क्योंकि यह भारतीय स्वाधीनता संग्राम का आरंभ नहीं था, हालाँकि, इसे स्वाधीनता के यज्ञ की प्रथम आहुति भले ही कह दिया जाए, वास्तव में इस यज्ञ की अग्नि तो बहुत पहले ही प्रज्ज्वलित हो चुकी थी। भारतीय जागरण की यह प्रक्रिया बहुत पहले ही आरंभ हो चुकी थी।

भारत में 'स्व' के जागरण एवं राष्ट्र के निर्माण की इस कथा के कई पक्ष हैं। बैरकपुर

में मंगल पांडे का विद्रोह और उसके पश्चात् मेरठ छावनी में हुए सैनिक विद्रोह की इस कथा का कथानक बहुत समय से तैयार हो रहा था। उस कथानक के आर्थिक पक्ष भी थे और राजनीतिक भी।

भारतीय स्वाधीनता संग्राम में विरोध की भावना के राजनीतिक एवं आर्थिक कारण सर्वाधिक महत्त्वपूर्ण हैं। ब्रिटिश सत्ता के द्वारा विभिन्न राजपरिवारों को पदच्युत कर उनके राज्य पर आधिपत्य जमाने से अनेक राजपरिवारों की जीविका समाप्त हुई और विदेशी शासकों से जनसाधारण भ्रमित हुआ।

डलहौजी द्वारा पंजाब के दिलीप सिंह की रियासत नीलाम कर उन्हें इंग्लैंड भेजा गया। 'राज्य-हड़प नीति' से भारतीय शासक वर्ग में आक्रोश बढ़ गया और अंग्रेजों का निरंतर विशाल होता साम्राज्य, भारतीय शासकों द्वारा सेना रखने पर पाबंदी लगा दी गई, जिससे अंग्रेजी सेना के रख-रखाव के लिए धन देने की मजबूरी के साथ-साथ रोजगार खो चुके भूतपूर्व सैनिकों और उनके परिवारों के रूप में जनता के एक बड़े वर्ग में बेरोजगारी बढ़ी।

मुगल शासकों से सत्ता के प्रतीकों का छीना जाना भी जनता में नेतृत्व के अभाव की व्याकुलता उत्पन्न कर रहा था। ऐसे परिवेश में विदेशी शासकों के अधीन भारतीय जनता की सामाजिक आस्थाओं पर प्रहार भी किए गए, कभी सती प्रथा निषेध और विधवा पुनर्विवाह के रूप में, तो कभी ईसाई मिशनरियों तथा अंग्रेजों शिक्षा के नाम पर।

जनमानस का यह आक्रोश तथा अपने परंपरागत समाज की ओर लौटने की यह जिजीविषा हमें बंगाल के 'संन्यासी एवं फकीर विद्रोह' के रूप में दिखाई देती है। पंजाब के वहाबी आंदोलन और कूका आंदोलन ने भी अंग्रेजी राज के विरुद्ध विरोध का शंखनाद कर दिया था। मीनापुर का 'चुआर विद्रोह' हो या 1820 में छोटानागपुर का कोल विद्रोह, संथाल विद्रोह, 1828 का अहोम विद्रोह या उसी समय का खासी विद्रोह, यह सब भारतीयों के अंग्रेजी राज को उखाड़ फेंकने की निरंतर बलवती होती इच्छा का ही प्रतीक थे। साथ ही, यह भारतीयों के अंग्रेजी शासन के बंधन से मुक्त होने और स्वतंत्रता प्राप्त करने की इच्छा को भी परिलक्षित करते हैं।

दक्षिण भारत में भी भील विद्रोह (1812), कोल विद्रोह (1829 से), कच्छ विद्रोह (1825 से), बड़ौदा का बघेरा विद्रोह (1818) तथा सूरत का नमक आंदोलन (1844), इस प्रकार के सब आयोजन भारतीयों में प्रबल होती स्वदेशी पहचान तथा अंग्रेजों के विरोध की परवान चढ़ती भावना के परिचायक हैं। दक्षिण भारत भले ही 1857 की क्रांति में प्रमुख रूप से उभरकर सामने न आया हो, परंतु

उससे पूर्व विजयनगर, डिंडीगल, मालाबार के पालीनग, कोल, रंपा एवं मुंडा आदिवासियों के विद्रोह भारतीय जागरण की ही कहानी कहते हैं।

सामाजिक रूप से देखा जाए तो अंग्रेजों का जातीय अहंकार, अंग्रेजी भाषा एवं सभ्यता के बलपूर्वक प्रचार ने भारतीयों के बीच अपना सामाजिक ताना-बाना छिन्न-भिन्न होने का भय और आशंका व्याप्त कर दी थी। जनमानस इसे अपनी सामाजिक व्यवस्था के आमूलचूल नाश की अंग्रेजी नीति के रूप में देखने लगा तथा उनके प्रति सशंकित हो उठा। इस सब उथल-पुथल के बीच एक विचार जनसाधारण में प्रबल होता जा रहा था कि विदेशी शासन से उन्हें मुक्ति चाहिए।

इसी कारण से मंगल पांडे की शहादत और मेरठ के सैनिक विद्रोह ने स्वाधीनता की सुलगती ज्वाला में विस्फोट का कार्य किया।

1857 की क्रांति के तात्कालिक कारण इनफील्ड राइफल के सुअर तथा गाय की चर्बी से भरे कारतूस रहे। लेकिन अंग्रेजी शासन के विरोध का स्वर समेकित था। यहाँ यह समझना अत्यंत महत्त्वपूर्ण हो जाता है कि 85 सैनिक, जिन्होंने इन कारतूसों का प्रयोग करने से मना किया था, उन्हें स्वतंत्र कराने की घटना को तुरंत जनसाधारण का न केवल समर्थन मिला, बल्कि मेरठ के बाजारों में स्त्रियों द्वारा सैनिकों को अपनी अकर्मण्यता के लिए लज्जित किए जाने से इस क्रांति की गति और त्वरित हो गई।

29 मार्च को मंगल पांडे ने जैसे ही बैरकपुर में विद्रोह किया, 10 मई तक 'दिल्ली चलो' के नारे के साथ निकले सैनिकों ने 11 मई को दिल्ली पर अधिकार भी कर लिया।

1857 की क्रांति दिल्ली से मथुरा, कानपुर, इलाहाबाद, फतेहपुर, झाँसी और ग्वालियर से बिहार के शहरों तक फैलती चली गई।

विदेशी इतिहासकारों ने इसे 'सैनिकों का विद्रोह' कहा। लेखकों ने जनता के योगदान की या तो उपेक्षा की या महत्त्वहीन की संज्ञा दी। वे यह सिद्ध करने के प्रयत्न में लगे थे कि इस विशाल क्षेत्र में फैले विद्रोह का मूल कारण भारतीय शासकों की नीतियों में विभिन्न प्रकार की मूलभूत कमियाँ थीं, अंग्रेज अधिकारियों की कमजोरियाँ नहीं। उनके विचार से यह शासन में कुछ त्रुटियों का परिणाम था, जिन्हें दूर करके साम्राज्य की जड़ें काफी मजबूत की जा सकती थीं।

1857 की क्रांति भारतीय स्वाधीनता संग्राम में सबसे अधिक महत्त्वपूर्ण घटना रही है। मंगल पांडे के बलिदान की यह चिनगारी जिस प्रकार जंगल की आग के समान फैली, वह अंग्रेजों के इतने व्यापक स्तर पर विरोध की पहली घटना थी।

इस अवधि में विभिन्न वर्गों एवं धर्मों के लोगों ने जिस प्रकार की एकता का परिचय दिया, वह अंग्रेजों के लिए भी आश्चर्य का विषय बन गई। वे लोग भारतीयों द्वारा इतने व्यापक स्तर पर समेकित विरोध की कल्पना भी नहीं कर सके थे।

मेरठ से दिल्ली, कानपुर, लखनऊ, बरेली, झाँसी आदि स्थानों पर जिस प्रकार लोगों ने अपनी जान की बाजी लगा दी, उसे स्वार्थ-सिद्धि की भावना का परिणाम या केवल कुछ सैनिकों के रोष की प्रतिकृति नहीं माना जा सकता। अंग्रेजों की नीतियों के प्रति असंतोष तथा अपनी सभ्यता एवं संस्कृति को बनाए रखने की प्रतिबद्धता ने सैनिकों तथा गैर-सैनिकों, जमींदारों तथा किसानों, सभी को प्रेरणा प्रदान की।

राष्ट्र के निर्माण में विभिन्न रीति के प्रतीकों, आख्यानों, चिह्नों और वृत्तांतों की महत्त्वपूर्ण भूमिका होती है। 1857 के संघर्ष को न केवल भारत का 'प्रथम स्वाधीनता संग्राम' कहा जाता है, अपितु भारतीय संस्कृति की रक्षा के लिए किया गया संघर्ष भी माना जाता है।

राष्ट्रीय आंदोलन की यह घटना सभी के लिए बलिदान और प्रेरणा का स्रोत तथा आदर्श बन गई। इसकी कथाएँ घर-घर कही जाने लगीं और भारतीय संस्कृति का अभिन्न अंग बन गईं, जिन्होंने अंग्रेजों को प्रत्यक्ष क्रांति से भी अधिक हानि पहुँचाई।

बुंदेलखंड के हरिबोल समुदाय ने अपनी कविताओं और गीतों के माध्यम से इस समय के नायकों की कथाएँ घर-घर तक पहुँचाईं। स्वतंत्रता आंदोलन का प्रेरणास्रोत बनने के साथ-साथ इस आंदोलन को भारत के ब्रिटिश शासन के विरुद्ध 'प्रथम संगठनात्मक विद्रोह' कहा जा सकता है। यह भारत का एक राष्ट्र के रूप में पहला प्रदर्शन था, जिसकी गूँज लंदन की संसद् के गलियारों तक पहुँच गई थी। □

विनायक दामोदर सावरकर : क्रांति की ज्वाला

विनायक दामोदर सावरकर का आत्मविश्वास और दृढ़ निश्चय बेजोड़ था। वे क्रांति की आकाशगंगा के प्रखरतम नक्षत्रों में से एक थे, जिन्होंने नवीन भारत को गढ़ने की प्रेरणा दी। उनका साहस स्वातंत्र्य समर में अत्यंत कठिन परिस्थितियों और हताशा के घने काले बादलों के मध्य आकाशीय विद्युत् की कौंध के समान था।

'नासिक षड्यंत्र' मामले में विनायक दामोदर सावरकर के विरुद्ध ब्रिटिश अदालत का एक फैसला 23 दिसंबर, 1910 को सुनाया गया था। फैसला इस प्रकार था—

"हम विनायक सावरकर को युद्ध छेड़ने, हथियार उपलब्ध कराने और विस्फोटक सामग्री बनाने की विधियाँ बाँटने के अपराध में भारतीय दंड संहिता की धारा 121 और 121ए के अंतर्गत आजन्म कारावास और समस्त संपत्ति की जब्ती का दंड देते हैं।"

फिर 23 जनवरी, 1911 को जैक्सन हत्याकांड की सुनवाई शुरू हुई। गलत साक्ष्यों पर टिका फैसला 30 जनवरी, 1911 को आया, जिसमें विनायक सावरकर को जैक्सन हत्या के लिए उकसाने का दोषी ठहराते हुए दूसरा आजन्म कारावास सुनाया गया। दो आजन्म कारावास, यानी अंडमान जेल में 50 वर्ष।

उस वक्त विनायक की आयु मात्र 28 वर्ष थी। दोहरे आजन्म कारावास की सजा सुनकर भी विनायक न रोए, न डरे। उनके भाई बाबा राव पहले ही अंडमान में आजन्म कारावास में भेजे जा चुके थे।

विनायक अपने स्थान पर खड़े होकर अंग्रेज जज से बोले, "मैं निस्संकोच तुम्हारे कानूनों की सजा झेलने को तैयार हूँ, क्योंकि मेरा विश्वास है कि कष्ट झेलने और बलिदानों के एकमेव मार्ग से ही हमारी मातृभूमि एक सुनिश्चित विजय की ओर बढ़ सकती है।"

जज और अदालत में बैठे लोग स्तब्ध रह गए। कैसा है यह युवक, जो मात्र 28 वर्ष की आयु में 50 वर्ष जेल जाने को इसलिए तैयार है, क्योंकि इसी मार्ग से देश स्वतंत्र होगा! ये थे विनायक दामोदर सावरकर! वे क्रांतिकारियों के प्रेरणास्रोत, स्वाधीनता की अलख जगानेवाले, 1857 के गदर को पहली बार भारत का स्वाधीनता संग्राम घोषित करनेवाले अमर सेनानी थे।

अत्यंत कठिन परिस्थितियों और हताशा के घने काले बादलों के मध्य यदि कोई एक बिजली चमकती थी तो वह सावरकर के आत्मविश्वास और दृढ़ निश्चय की थी।

मार्सेल्स का उदाहरण प्रस्तुत है, जब भारत से हजारों मील दूर से उन्हें 'एस. एस. महाराज' नामक समुद्री जहाज में स्वदेश लाया जा रहा था। अगस्त 1910 में चर्चिल ने बहुत क्रुद्ध होकर आदेश दिया था कि विनायक सावरकर को गिरफ्तार कर भारत ले जाया जाए। उनके आदेश की पंक्तियाँ थीं—

> *"मैं राइट आनेवल विंस्टन लियोनार्ड स्पेंसर चर्चिल-जो शक्ति मुझे भगोड़े अपराध कानून द्वारा दी गई है, उसके अंतर्गत आदेश देता हूँ कि विनायक दामोदर सावरकर को वापस भारत साम्राज्य में भेज दिया जाए।"*

उस समय सावरकर इंग्लैंड में 'इंडिया हाउस' के माध्यम से अपना मिशन पूरा कर रहे थे। वह मिशन था—भारत की मुक्ति और उसके लिए अधिक-से-अधिक जन संसाधन जुटाने का। देश भर के विभिन्न भागों से क्रांतिकारी सावरकर को अपना आदर्श मानने लगे थे। फलस्वरूप लंदन में उनके नाम वारंट जारी किया गया था।

उन पर आरोप थे कि वे सम्राट् के विरुद्ध युद्ध छेड़ रहे हैं और भारतीय दंड सहिता की धारा-121ए के अंतर्गत ब्रिटिश इंडिया को सम्राट् की संप्रभुता से अलग करने का षड्यंत्र कर रहे हैं। उनको भारत लानेवाला समुद्री जहाज मार्सेल्स (फ्रांस) पहुँचा तो वे शौचालय के रास्ते समुदे में कूदे और फ्रांस की धरती पर कदम रखा।

उनकी योजना यह थी कि वी.वी.एस. अय्यर, मैडम कामा और वीरेंद्रनाथ चट्टोपाध्याय उनको ले जाएँगे, लेकिन उनको आने में थोड़ा विलंब हो गया था। जो ब्रिगेडियर पेसक समुद्री सीमा के रक्षक के नाते तैनात था, वह अंग्रेजी नहीं जानता था। सावरकर ने उतरते ही उससे कहा कि 'मुझे अपने संरक्षण में लो, मेरी सहायता करो और मुझे एक मजिस्ट्रेट के पास ले चलो।' इतने में ब्रिटिश अधिकारी आ गए और वे ज्यादा गहरी सुरक्षा में सावरकर को भारत ले आए।

कालापानी में सावरकर को कोल्हू चलाने की सजा दी गई थी। सूखे नारियल का तेल निकालना कितना कठिन हो सकता है, उसकी कल्पना करना भी हमारे लिए संभव नहीं होगा। उन्होंने उस पर भी लिखा—"जब कभी मैं कोल्हू चलाता हूँ तो स्वयं को इस बात से संतोष देता हूँ कि तेल की वह प्रत्येक बूँद, जो कोल्हू के नीचे बरतन में गिरती है, वह संपूर्ण देश में भड़क रही पावन अग्नि को जलाए रखने में सहायता देगी।"

उन्हें जेल में कागज-कलम नहीं मिले थे, लेकिन स्मृति से भी अधिक सोचना और लिखना हो तो वे क्या करें? अत: सावरकर ने जेल की दीवारों पर अपने नाखूनों से इतिहास लिखा। जेल की दीवारें आज भी सावरकर के उस इतिहास लेखन का प्रमाण हैं। सावरकर को जानबूझकर वह कालकोठरी दी गई थी, जिसके सामने प्रतिदिन भारतीय स्वतंत्रता सेनानियों को फाँसी दी जाती थी, ताकि सावरकर का मनोबल टूट जाए।

जेल में अत्यंत कष्ट सहते हुए भी सावरकर ने अंडमान में मुसलिम कैदियों का शुद्धीकरण कर उन्हें वापस हिंदू बनाने का अभियान चलाया और इसमें प्रसिद्ध क्रांतिकारी भाई परमानंद ने भी उनका साथ दिया। उनके तीन आंदोलन कालापानी की जेल में चले—शुद्धि आंदोलन, जन संगठन और शिक्षा।

सावरकर ने दुष्टों के संहार के लिए हिंदू देवी-देवताओं द्वारा किए गए युद्ध का उदाहरण लोगों को दिया। उन्होंने कहा कि हमारे महान् सेनानी कौन हैं? वे भगवान् राम हैं, जिन्होंने रावण का संहार किया। हमारे महान् रथी और कर्मयोग के भगवान् कौन हैं? वे श्रीकृष्ण हैं। हे भारत, कौन सी सेना तुम्हारे बढ़ते रथ को रोक सकती है? यह देरी क्यों? जागो भाई, हम स्वयं ही अपनी रक्षा कर सकते हैं।

सावरकर को इस बात से कष्ट होता था कि हिंदू ही हिंदू का विरोध कर रहा है। वह समझ नहीं पा रहा है कि अंग्रेजों की दासता स्वीकार कर वह भारतमाता की बेड़ियों को काटना अधिक कठिन बनता जा रहा है। हिंदुओं के हृदय में स्वातंत्र्य अग्नि क्यों नहीं जलती? वे क्यों दासता को जीवन का आधार मान बैठे हैं और इसमें ही सुख अनुभव कर रहे हैं?

उन्होंने मुसलमानों से कहा था कि तुम यह विश्वास छोड़ दो कि कुरान के किसी भी शब्द पर बहस नहीं हो सकती, क्योंकि वह ईश्वर का अविनाश संदेश है। ऐ मुसलमानो! सोचो कि यूरोपीय लोगों ने तुम्हें कहीं का नहीं छोड़ा! तुम लोगों को स्पेन से बाहर निकाला गया। तुम्हारे नरसंहार हुए और तुम्हें ऑस्ट्रिया, हंगरी, सर्बिया और बुलगरिया में कुचला गया।

सावरकर चाहते थे कि देश में वैज्ञानिक मानसिकता बढ़े। उन्होंने हिंदुओं को कर्मकांड, अस्पृश्यता और रूढ़िवादिता से दूर करने के लिए आह्वान किया। आज यही बात कहने का साहस किसी नेता में नहीं है।

उन्होंने कहा, "हिजाब, बुरका, किसान, खालिस्तान, मतांतरण, ये सब भारत को खोखला करने, प्रगतिपथ बाधित करनेवाले विदेशी धन और मन के षड्यंत्र हैं, ताकि अपने ही देशवासियों द्वारा अपना ही देश दुनिया में बदनाम हो सके।"

'क्षमा नहीं, समझौता नहीं, भारत सर्वोपरि' यही सावरकर का हिंदुत्व है। सावरकर ने नवीन क्रांतिकारी पैदा किए। सुभाषचंद्र बोस को विदेश जाकर सैन्य बल एकत्र करने और तब ब्रिटिश हुकूमत को हराने की सलाह दी, जिसे उन्होंने माना।

वे राष्ट्रीय स्वयंसेवक संघ के लाखों स्वयंसेवकों के आदर्श प्रेरक हैं। गांधीजी से मतभेद के बावजूद दोनों में परस्पर सम्मान था।

□

क्रांतिकारी ननीबाला देवी

बंगाल की पहली महिला राजनीतिक बंदी ननीबाला देवी ने क्रांतिवीरों की मदद के लिए विधवा होते हुए भी दुलहन का वेश धारण किया, जिससे उन्हें घोर अमानवीय प्रताड़ना सहनी पड़ी। इसके बावजूद उन्होंने अंग्रेजों को क्रांतिकारी गतिविधियों की जानकारी नहीं दी।

ननीबाला देवी वर्ष 1888 में हावड़ा जिले के बाली शहर में जनमी थीं। उनके पिता का नाम सूर्यकांत बनर्जी व माता का नाम गिरीबाला देवी था। उनकी प्रारंभिक शिक्षा घर पर हुई। मात्र 11 वर्ष की अल्पायु में ही उनका विवाह हो गया था, लेकिन पाँच वर्ष के पश्चात् ही उनके पति का देहावसान हो गया। उसके पश्चात् वे मायके में आकर रहने लगीं। फिर उन्होंने पिता से आगे की पढ़ाई करने की इच्छा व्यक्त की, स्वीकृति मिलते ही ननीबाला ने अपना सारा ध्यान अध्ययन में लगा दिया।

कुछ समय बाद वे 'युगांतर पार्टी' के शीर्ष नेता एवं दूर के रिश्ते से भतीजे अमरेंद्रनाथ चटर्जी से मिलीं। अमरेंद्र से प्रेरित होकर वे

क्रांतिकारी गतिविधियों में सक्रियता से जुड़ गईं। अब उन्हें अपने जीवन का ध्येय मिल चुका था, वह था—राष्ट्र के प्रति सर्वस्व समर्पण का।

'युगांतर पार्टी' से जुड़कर वे क्रांतिकारियों के ठहरने का प्रबंध, अस्त्र-शस्त्र छिपाने एवं क्रांति के लिए युवक-युवतियों का चयन और प्रशिक्षण आदि कार्य करने लगीं। वर्ष 1915 में 'युगांतर' के बड़े नेता रामचंद्र मजूमदार को पुलिस ने गिरफ्तार कर लिया। रामचंद्र के पास 'युगांतर' की क्रांतिकारी गतिविधियों से जुड़ी महत्त्वपूर्ण जानकारियाँ थीं, जिनके विषय में जानना क्रांतिकारियों के लिए बहुत जरूरी था।

जेल में रामचंद्र से मिलकर जानकारी लाने का जिम्मा ननीबाला को सौंपा गया। तय योजनानुसार उन्हें रामचंद्र की पत्नी बनकर जेल में जाना था। किसी विधवा स्त्री के लिए उस दौर में साज-सज्जा तो दूर, सफेद रंग के अलावा किसी अन्य रंग के वस्त्र पहनना भी पाप माना जाता था, किंतु धन्य है वह भारतीय स्त्री ननीबाला देवी, जिसने राष्ट्रहित के लिए अपने सतीत्व को लोक-लाज की अग्नि में अर्पित कर दिया!

वीरांगना ननीबाला पूरा साज-शृंगार करके जेल में रामचंद्र से मिलने गईं, साथ ही गुप्त जानकारियाँ लेकर लौटीं। इस महत्त्वपूर्ण कार्य के लिए 'युगांतर पार्टी' में उनकी भूरि-भूरि प्रशंसा हुई।

9 सितंबर, 1915 को 'युगांतर पार्टी' के बाघा जतिन की अंग्रेजों से मुठभेड़ हुई, जिसमें वे गोली लगने से घायल हो गए। जख्म गहरा होने के कारण अगले ही दिन उनकी मृत्यु हो गई।

बाघा जतिन के हिंदू-जर्मन षड्यंत्र से भयभीत होकर अंग्रेजों ने 'युगांतर' से जुड़े सभी क्रांतिकारियों की खोजबीन शुरू कर दी। इसके चलते 'युगांतर' के सभी विद्रोहियों को भूमिगत होकर क्रांति की योजना बनाने पर मजबूर होना पड़ा। इस दौरान ननीबाला देवी ने क्रांतिकारियों के लिए आश्रय स्थल खोजने में बहुत मदद की। उन्होंने चंदन नगर में किराए पर मकान लेकर 'युगांतर' के मुख्य क्रांतिकारियों जादू गोपाल मुखर्जी, अमरेंद्रनाथ चटर्जी, शिव भूषण दत्त आदि को शरण दी। सभी क्रांतिकारी दिनभर घर में क्रांति की योजना बनाते एवं रात के अँधेरे में अंग्रेज पुलिस को चकमा देकर अपने कार्यों को अंजाम देते थे।

इसी बीच पुलिस को खोजबीन में पता चला कि 'युगांतर पार्टी' के नेता रामचंद्र मजूमदार की शादी ही नहीं हुई है, ऐसे में उनकी पत्नी बनकर आखिर उनसे मिलने कौन आया था? परत-दर-परत खुलने पर ननीबाला का नाम सामने आया।

इस बात की भनक लगते ही ननीबाला ने बंगाल छोड़कर पेशावर जाने का निर्णय लिया। पुलिस से छिपकर वे पेशावर चली गईं। वहाँ भूमिगत होकर वे कार्य करने लगीं। उनकी कोई खोज-खबर न लगने के कारण पुलिस को उन पर इनाम तक रखना पड़ा।

कुछ समय पश्चात् हैजा हो जाने के कारण ननीबाला का स्वास्थ्य खराब हो गया। इससे वे घर पर ही स्वास्थ्य-लाभ ले रही थीं। पुलिस को जैसे ही उनके घर की जानकारी मिली, उन्हें बीमारी की हालत में ही गिरफ्तार कर लिया गया।

'युगांतर' से जुड़ी गुप्त सूचनाएँ प्राप्त करने के लिए कई दिनों तक उन्हें अमानवीय यातनाएँ दी गईं। पुलिस द्वारा उन पर इस कदर अत्याचार किया गया कि महिला पुलिसकर्मियों द्वारा उनके गुप्तांगों में पिसी लाल मिर्च तक डाली गई, किंतु पुलिस की यातनाएँ भी वीरांगना ननीबाला के हौसलों को डिगा न सकीं।

विवश होकर उन्हें जेल भेज दिया गया, किंतु जेल में भी उनकी मुश्किलें कम न हुईं। जेल में उनसे कड़ा श्रम करवाया जाता, जिससे विवश होकर उन्होंने भूख हड़ताल प्रारंभ कर दी। जेल अधिकारी गोल्डी की लाख कोशिशों के बावजूद ननीबाला अपनी माँग पर डटी रहीं।

आखिरकार जेलर गोल्डी ने उनसे पूछा—कैसे खाएगी? इसके प्रत्युत्तर में उन्होंने कहा—यदि मुझे माँ शारदा देवी आश्रम में रखा जाए। उन्होंने आश्रम के नाम एक पत्र लिखकर जेलर गोल्डी को दे दिया। जेलर ने उनके पत्र को फाड़कर उसके टुकड़े उनके आगे फेंक दिए। इस कुकृत्य को देखकर ननीबाला देवी ने जेलर को एक जोरदार थप्पड़ जड़ा। उन्होंने जेलर से कहा कि हिंदुस्तानियों को अपने धर्म के साथ मजाक बिल्कुल पसंद नहीं है।

करीब 21 दिन बाद उनकी सभी माँगें प्रशासन द्वारा स्वीकार कर लेने के बाद उन्होंने भूख हड़ताल तोड़ी। साथ ही वे बंगाल की प्रथम महिला राजनीतिक बंदी कहलाईं। वर्ष 1919 में उन्हें जेल से रिहा कर दिया गया, लेकिन देश के प्रति असीम त्याग के बावजूद किसी ने उनकी सुध न ली। यही नहीं, अंग्रेजों के डर से उन्हें किसी ने आश्रय नहीं दिया।

कष्ट और बीमारी झेलते हुए उन्होंने अपना अंतिम समय कोलकाता की एक बस्ती में गुजारा। वर्ष 1967 में वे परलोक सिधार गईं। ननीबाला के क्रांतिकारी किस्से आज भी लोगों के रोंगटे खड़े कर देते हैं। उन्हें वीर क्रांतिकारी देशभक्त के रूप में सदैव याद किया जाएगा।

□

स्वामी विवेकानंद लाए वैचारिक क्रांति

19वीं सदी के अंतिम दशक में की गई एक भविष्यवाणी, 'भारत अकल्पनीय परिस्थितियों के बीच अगले 50 वर्ष में ही स्वाधीन हो जाएगा' सच निकली। यह विश्वास युवा देशभक्त स्वामी विवेकानंद का था। स्वामी विवेकानंद आयु में कम, किंतु ज्ञान में असीम थे। राष्ट्र-निर्माण को जीवन का उद्‍देश्य माननेवाले स्वामी विवेकानंद ने सदैव देश के गौरव और स्वाभिमान को प्राथमिकता में रखा।

विवेकानंद ने अपने विचारों से उस दौर के समाज की चेतना को उस स्तर पर जाग्रत् करने का प्रयास किया, जहाँ अपनी संस्कृति के प्रति गौरव भाव से ही स्वतंत्र लहरें उछालें मारती हैं। फिर वह भाव, सामाजिक हो या राजनीतिक, हर उस बंधन तो तोड़ने के लिए आजादी की ओर स्वत: उन्मुख होता चला गया।

विवेकानंद सदा भारत के युवाओं के बीच भारतभूमि में जन्म लेने के गौरव का आह्वान करते रहे। उनकी जयंती (12 जनवरी) को 'राष्ट्रीय युवा दिवस' के रूप में मनाया जाता है। आज के दौर में भी स्वामी विवेकानंद के विचार उतने ही प्रासंगिक हैं, जितने कल थे।

अपने लोगों को बार-बार महान् भारत के संस्कार, यहाँ के वेद-ऋचाओं, महापुरुषों

और सतीत्व बल से भरी देश की नारियों के बारे में बताते-बताते स्वामी विवेकानंद ने हर उस आत्मा को झकझोरने का प्रयास किया, जहाँ से चिंतन सूक्ष्म स्वरूप में निकलकर वैचारिक क्रांति के रास्ते लक्ष्य की ओर विराट् गति से बढ़ता जाता है।

'तुम बस विचारों की बाढ़ ला दो, बाकी प्रकृति स्वयं सँभाल लेगी।' स्वामी विवेकानंद के इसी मंत्र ने पूरी दुनिया को भारत की सनातन शक्ति, धर्म-अध्यात्म और उन विचारों से ओत-प्रोत समाज की ओर आकृष्ट किया। उनका कहना था कि पाश्चात्य की भौतिक चमक-दमक पर भारत का जीवन-दर्शन बहुत भारी रहा है, जिस दर्शन ने अमेरिका और यूरोप से लेकर पूरी दुनिया को प्रभावित कर दिया हो, एक तुच्छ अंग्रेजी राज उसे कैसे जीत सकता था?

उन्होंने धर्म-अध्यात्म के मार्ग से उस चेतना को जाग्रत् करने का बीड़ा उठाया, जहाँ से हर सामाजिक-राजनीतिक बंधन की गाँठें खुलनी शुरू होती हैं।

'देश की पहचान तभी है, जब वह राजनीतिक रूप से स्वतंत्र है।' इस बात पर उनका हमेशा जोर रहा, लेकिन वे इस बात के भी पक्षधर थे कि इसके द्वार खोलने के लिए वह आत्मिक चेतना जरूरी है, जिसमें अपने पुरखों के प्रति गौरव और स्वाभिमान का रक्त शिराओं मैं दौड़ रहा हो।

उनकी सोच थी कि यूरोप की ताकत राजनीति हो सकती है, पर भारतीय समाज की ताकत उनका धर्म है, लेकिन इसका स्वरूप बहुत विराट् है। यह संकुचित नहीं है। स्वामी विवेकानंद ने इस बात को गहराई से समझा कि अगर यहाँ का समाज पाश्चात्य चमक के वशीभूत हो जाए तो उनके भौतिक शरीर को परतंत्रता की बेड़ियों में जकड़े रहने से कोई नहीं बचा सकता।

वे भारत के युवाओं से आह्वान करते रहे कि उस पुण्यभूमि को समझो, जहाँ जन्म लेने का गौरव प्राप्त हुआ है। उस जड़ता को तोड़ने का आह्वान करता उनका स्वदेश मंत्र यही तो है—"हे भारत! तुम मत भूलना कि तुम्हारी स्त्रियों का आदर्श सीता, सावित्री, दमयंती हैं।"

उन्होंने कहा, "मत भूलना कि तुम्हारे उपास्य सर्व त्यागी उमानाथ शंकर हैं, मत भूलना कि तुम्हारा विवाह, तुम्हारा धन और तुम्हारा जीवन इंद्रिय सुख, व्यक्तिगत सुख के लिए नहीं है। मत भूलना कि तुम जन्म से ही माता के लिए बलिदान स्वरूप रखे गए हो, मत भूलना कि तुम्हारा समाज उस विराट् महामाया की छाया मात्र है।"

सबसे पहले यह जरूरी है कि अपने भाई-बहनों की पीड़ा से स्वयं का हृदय रो पड़े। यही भाव एकता की जड़ें मजबूत करेगा। जब समाज टुकड़ों में विभाजित रहेगा, कोई भी आकर शासन कर लेगा। अशिक्षित, अज्ञानी, दलित

सभी तुम्हारे भाई हैं, प्राण हैं। सामाजिक स्तर पर देश को एकता के सूत्र में पिरोते हुए एक बड़ी राजनीतिक लड़ाई के लिए तैयार की गई स्वामी विवेकानंद की इस भूमिका को महात्मा गांधी से लेकर नेताजी सुभाषचंद्र बोस तक ने महसूस किया।

स्वामी विवेकानंद ने इस बात को अच्छी तरह समझा कि महिलाओं को जब तक शिक्षित नहीं किया जाएगा, तब तक देश की उन्नति और कोई भी क्रांति संभव नहीं है। इसलिए उन्होंने पाश्चात्य की शिक्षा और तकनीक पर भी बल दिया, पर भारतीय सनातन आदर्श और उस नैतिक बल पर डटे रहने की शर्त के साथ।

'सर्वप्रथम स्त्री जाति को सुशिक्षित बनाओ, फिर वे स्वयं कहेंगी कि उन्हें किन सुधारों की आवश्यकता है? तुम्हें उनके प्रत्येक कार्य में हस्तक्षेप करने का क्या अधिकार है?' इस सोच के साथ स्वामी विवेकानंद ने भविष्य के उस भारत की तसवीर गढ़ना शुरू किया, जिसमें यहाँ की नारियों भी कंधे-से-कंधा मिलाकर हर लड़ाई में साथ चल सकें। उन्होंने न सिर्फ इस विचार को सामने रखा, बल्कि इसको धरातल पर सच करने का रास्ता भी सुझाया।

उन्होंने कहा, "भारत की स्त्रियों को ऐसी शिक्षा दी जाए, जिससे वे निर्भय होकर भारत के प्रति अपने कर्तव्य को भलीभाँति निभा सकें। वे संघमित्रा, लीला, अहिल्याबाई और मीराबाई आदि भारत की महान् देवियों द्वारा चलाई गई परंपरा को आगे बढ़ा सकें एवं वीरप्रसू बन सकें।"

नेताजी सुभाषचंद्र बोस के इस कथन से स्वामी विवेकानंद के बारे में समझा जा सकता है—"यद्यपि स्वामी विवेकानंद ने कोई राजनीतिक विचार या संदेश नहीं दिया, लेकिन जो उनके संपर्क में आया या जिसने भी उनके लेखों को पढ़ा, वह देशभक्ति की भावना से ओत-प्रोत हो गया। उसमें स्वत: ही राजनीतिक चेतना पैदा हो गई।"

देश के महापुरुषों के इन विचारों को 'मेरा भारत, अमर भारत' पुस्तक में संकलित किया गया है।

स्वामी विवेकानंद के विचारों से लोकमान्य तिलक भी प्रभावित हुए। उनके अनुसार—"अंग्रेजी शिक्षा के साथ ही पश्चिम की भौतिकता का प्रवाह भी भारत में इतनी तेजी के साथ बहा चला आ रहा था कि उसे वापस लौटाने के लिए एक असाधारण धैर्यशील और बुद्धिमान पुरुष के आविर्भाव की आवश्यकता थी।

"स्वामी विवेकानंद से पहले यह कार्य थियोसोफिकल सोसाइटी ने आरंभ

किया था, परंतु इसमें कोई दो राय नहीं है कि उस दिशा में सच्चे हिंदुत्व की भावना की शुरुआत सर्वप्रथम स्वामी विवेकानंदजी ने ही किया।"

इसी क्रम में कविगुरु रवींद्रनाथ टैगोर ने यहाँ तक कहा, "यदि आप भारत को समझना चाहते हैं तो विवेकानंद को पढ़ें।"

'कलेक्टेड वर्क्स ऑफ महात्मा गांधी' के अनुसार, 30 अप्रैल, 1921 को बेलूर मठ पहुँचने पर महात्मा गांधी ने स्वामी विवेकानंद के बारे में कहा था, "उनकी कई पुस्तकें पढ़ीं और उनके विचारों से सहमत हुआ। यदि वह जीवित होते तो राष्ट्रीय जागरण में बहुत मदद मिलती, अपितु उनके विचार हमारे बीच हैं और हमें स्वराज स्थापना के लिए बेहतर कार्य करना चाहिए।"

स्वामी विवेकानंद जैसे महान् मनीषी के उन विचारों को भी कभी भुलाया नहीं जा सकता, जिन्होंने जनमानस की आत्मा को झकझोरकर उन्हें नींद से जगाया। उन्हें आत्मबल, अपनी शक्ति और महान् सांस्कृतिक थाती का अहसास कराया। वे कल भी लोगों के मन-मस्तिष्क में थे, आज भी हैं और कल भी रहेंगे!

□

गुमनाम नायक ठेबले उराँव

कुछ लोगों का समाज में योगदान तो बहुत होता है, मगर उस योगदान का उचित मूल्यांकन व प्रचार नहीं हो पाता। ऐसा ही एक नाम हैं ठेबले उराँव। झारखंड के ठेबले उराँव ने शिक्षा, सामाजिक उत्थान और आदिवासियों के प्रति जागरूकता के लिए बहुत काम किया।

बहुत कम साक्षर होने के बावजूद झारखंड के ठेबले उराँव ने शिक्षा की अलख जगाई। झारखंड में गोरक्षा आंदोलन चलाया। महात्मा गांधी के संपर्क में आए, आदिवासी किसान संगठन बनाकर उन्हें जागरूक करने का काम किया। गरीबी, बदहाली के बावजूद समाज के शोषित, पीड़ित किसान आदिवासियों के जीवन को स्तर को ऊँचा उठाने का संकल्प जीवन भर निभानेवाले जीवट व्यक्ति थे ठेबले उराँव।

जब पहले विश्वयुद्ध में ब्रिटिश सैनिकों के लिए राँची से गोमांस जाता था, उस समय

ठेबले उराँव ने इसके विरोध में आंदोलन चलाया था। बाद में, इसके लिए एक संगठन ही खड़ा कर दिया गया।

ठेबले उराँव का बचपन गरीबी में ही बीता। बाद में भी वे जीवन भर सादा जीवन ही जीते रहे। राँची के गुडू रातू में 25 नवंबर, 1863 को जनमे ठेबले उराँव के पिता का नाम जीता उराँव व माँ का नाम पुनी उराइन था। परिवार की गरीबी के कारण वे मैट्रिक भी नहीं कर पाए, लेकिन अधूरी शिक्षा कभी उनके आत्मविश्वास के आड़े नहीं आई।

गरीबी के बावजूद समाज के शोषित, पीड़ित किसान आदिवासियों के जीवन स्तर को उठाने का जो संकल्प लिया, उसे जीवन भर निभाते रहे। इसके लिए उन्होंने 1915 में 'उन्नति समाज' की स्थापना की। 1930 में 'छोटानागपुर किसान सभा' की स्थापना की। इसके माध्यम से आदिवासी समाज को जागरूक करने का काम किया।

1917 में महात्मा गांधी राँची आए तो कई नेताओं से उनकी मुलाकात हुई। ठेबले उराँव की भी गांधीजी से भेंट हुई। जब राँची में 1920 में कांग्रेस की स्थापना हुई तो उसी समय ठेबले कांग्रेस के साथ जुड़ गए। इसके बाद उसके हर आंदोलन में पूरी सक्रियता से भाग लिया। वे राँची शहर ही नहीं, राँची के ग्रामीण क्षेत्रों बुंडू, तमाड़, सोनाहातू, खूँटी आदि क्षेत्रों में साइकिल से भ्रमण कर सभा किया करते थे।

1942 के आंदोलन में भी ठेबले सक्रिय रहे। राँची में विदेशी सामान की होली जलाने में मुख्य भूमिका निभाने के बाद राँची डिप्टी कमिश्नर जे. डाउटन ने ठेबले को गिरफ्तार करने का फरमान जारी कर दिया। तीन साल तक निगरानी व लुका-छिपी के बाद ठेबले उराँव को पकड़ लिया गया और कुछ महीने की जेल की सजा भी हुई।

जब बंगाल से बिहार अलग हुआ तो उसी समय से झारखंड को भी अलग करने की माँग आदिवासी समाज में उभरने लगी। इसके लिए संगठन की जरूरत थी, जिसके जरिए ब्रिटिश सरकार तक अपनी बात पहुँचाई जा सके। तब 'छोटानागपुर उन्नति समाज' की स्थापना की गई। ठेबले उराँव इसके पहले संस्थापक अध्यक्ष बने। इस संगठन ने सबसे पहले झारखंड को अलग राज्य बनाने की माँग की।

ठेबले धर्मावलंबी थे। वे गैर-ईसाई थे, पर सबको साथ लेकर चलने में विश्वास करते थे। 1928 में साइमन कमीशन जब राँची आया तो उसके सामने 'छोटानागपुर उन्नति समाज' ने झारखंड अलग करने के लिए ज्ञापन सौंपा और उन्हें यहाँ के लोगों की भावनाओं से अवगत करवाया।

जनवरी 1939 में 'आदिवासी सभा' के नेता ठेबले उराँव, थियोडोर सुरीन, बंदीराम उराँव, इग्नेस बेक आदि ने जयपाल सिंह मुंडा से अपनी दूसरी वार्षिक महासभा की अध्यक्षता करने का आग्रह किया था। उन दिनों जयपाल सिंह मुंडा बीकानेर रियासत में राजस्व मंत्री थे और पटना जाने के क्रम में राँची में ही थे। यह महासभा हरमू नदी के किनारे हिंदपीढ़ी के सभा भवन के मैदान में हुई थी। इस सभा में जयपाल सिंह मुंडा ने छोटानागपुर व संताल परगना को बिहार से अलग करने का प्रस्ताव रखा।

तब इसी मैदान में जयपाल सिंह मुंडा को 'मरंग गोमके' यानी महान् नेता की उपाधि दी गई थी। इसके बाद संगठन की बागडोर भी जयपाल सिंह मुंडा को सौंप दी गई। 1950 में 'आदिवासी सभा' 'झारखंड पार्टी' में बदल गई।

ठेबले उराँव एक कद्दावर नेता थे। प्रथम राष्ट्रपति डॉ. राजेंद्र प्रसाद से उनकी नजदीकी थी। ठेबले संविधान सभा के भी सदस्य रहे और स्वतंत्र भारत के प्रथम सांसद भी रहे। तत्कालीन बिहार सरकार को भी उन्होंने अपना मार्गदर्शन दिया।

बिहार कृषि सलाहकार समिति के सलाहकार रहते हुए अंतरिम सरकार में लोकसभा में उन्होंने अपनी मातृभाषा कुडुख में भाषण दिया था। 1902 में 'उराँव मुंडा एजुकेशन सोसाइटी' का गठन किया। बिहार में राजा और अन्य लोगों द्वारा किराए पर ली जानेवाली आदिवासी लड़कियों के सामाजिक पतन को रोकने के लिए भी काम किया, जिसके लिए 'सनातन आदिवासी सभा' का गठन किया। कुछ मानते हैं कि इस संगठन के पीछे डॉ. राजेंद्र प्रसाद की भी भूमिका रही थी।

1 जून, 1958 को 95 साल की आयु में ठेबले उराँव स्वर्गलोक सिधार गए। इसमें कोई संदेह नहीं कि ठेबले उराँव ने झारखंड के आदिवासियों के उत्थान के लिए बहुत कार्य किया, लेकिन आज उनके योगदान को भुला दिया गया है।

□

वीरमंगई अर्थात् बहादुर रानी वेलु नचियार

भारत के दक्षिण के शिवगंगा राज्य की रानी वेलु नचियार ने 1857 (जिसे प्रथम भारतीय स्वतंत्रता संग्राम के नाम से जानते हैं) से करीब 77 वर्ष पूर्व अंग्रेजों का मुकाबला कर उन्हें परास्त कर दिया था। तमिलनाडु के लोग उन्हें आज भी वीरमंगई अर्थात् 'बहादुर रानी' के नाम से जानते हैं। उन्होंने क्रांति के द्वारा अंग्रेजी दासता को प्रबल चुनौती दी थी।

रानी वेलु नचियार का जन्म 3 जनवरी, 1730 को तमिलनाडु के शिवगंगई क्षेत्र के रामनाथपुरम् में राजा के घर हुआ था। उनके पिता चेल्लमुत्थू विजयरागुनाथ सेथुपति, रामनाड साम्राज्य के राजा थे। उन्होंने अपनी पुत्री वेलु को राजकुमारों की तरह पाला। इसी कारण वेलु को घुड़सवारी, तीरंदाजी एवं अस्त्र-शस्त्र के साथ-साथ लगभग सभी युद्ध कलाओं का प्रशिक्षण दिया गया। इसके साथ ही वेलु को अंग्रेजी, फ्रेंच एवं उर्दू जैसी कई भाषाओं में निपुणता हासिल थी।

मात्र 16 वर्ष की आयु में वेलु का विवाह शिवगंगा के राजा शशिवर्मा थेवर के पुत्र मुत्तु वेदुंगानाथ थेवर के साथ हो गया था। कुछ वर्ष बाद जब राजा शशिवर्मा का देहांत हो गया, तब राज्य की बागडोर उनके पुत्र

मुत्तु वेदुंगानाथ ने सँभाली। इस कठिन समय में रानी वेलु ने राज्य के संचालन में प्रमुख भूमिका निभाई। रानी के कार्यों से प्रभावित होकर राजा ने उन्हें अपना मुख्य सलाहकार नियुक्त कर लिया। उनकी एक पुत्री हुई। उसका नाम वेल्लाची नचियार रखा गया था।

अंग्रेजों की ईस्ट इंडिया कंपनी का दक्षिण भारत में प्रभुत्व बढ़ रहा था। तमिलनाडु के बड़े क्षेत्र आरकोट में उसका प्रभुत्व स्थापित हो चुका था और आरकोट के नवाब मोहम्मद अली खान अंग्रेजों की कठपुतली बनकर रह गए थे। उनका कार्य अंग्रेजों के लिए आसपास के राजाओं से कर वसूली तक सीमित रह गया था।

विस्तारवादी नीति के चलते अंग्रेजों की नजर शिवगंगा पर थी। दूसरी ओर शिवगंगा समेत कई राज्यों के शासकों ने नवाब मोहम्मद अली को कर देने से साफ इनकार कर दिया, जिससे अंग्रेज तड़प उठे। इस पर नवाब की मदद से अंग्रेजों ने शिवगंगा पर आक्रमण कर दिया। अंग्रेजी सेनाएँ पूरब एवं पश्चिम दोनों दिशाओं से शिवगंगा राज्य की ओर बढ़ीं। राजा मुत्तु ने राज्य की रक्षा के लिए दुश्मन सेनाओं का जमकर मुकाबला किया, किंतु उन्हें युद्ध में वीरगति प्राप्त हुई। यह युद्ध 'कलैयार कोली' नाम से जाना गया और तमिलनाडु के इतिहास में सबसे विध्वंसक युद्धों में गिना गया।

राजा की वीरगति के पश्चात् अंग्रेजों ने हिंसा की सारी हदें पार कर दीं और भीषण नरसंहार करते हुए बस्तियों को उजाड़कर उनमें आग लगा दी। युद्ध में राजा के बलिदान की खबर सुनते ही रानी वेलु पुत्री वेल्लाची को लेकर किले से बाहर निकल गईं। इसके पश्चात् आरकोट के नवाब ने किले पर अपना आधिपत्य स्थापित कर उसका नाम 'हुसैन नगर' कर दिया।

दूसरी ओर रानी वेलु ने अंग्रेजों और नवाब की सेनाओं को चकमा देकर डिंडिगुल के राजा गोपाल नायक्कर के यहाँ शरण ली। वहीं रहकर रानी शिवगंगा को पुनः प्राप्त करने की योजना बनाने लगीं।

वे राजा नायक्कर की मदद से आसपास के राजाओं और मैसूर के शासक हैदर अली से भी मिलीं। रानी वेलु के साहस एवं निर्भीकता से प्रभावित होकर हैदर अली ने उनकी सहायतार्थ कुछ धनराशि, पाँच हजार सैनिक एवं अस्त्र-शस्त्र भी मुहैया कराए। इससे रानी ने एक सशक्त सेना का निर्माण किया, साथ ही स्त्रियों की एक अलग सेना का भी गठन किया, जिसका नाम 'उदायल नारी सेना' रखा गया।

रानी वेलु ने सबसे भरोसेमंद एवं बहादुर महिला सिपाही कुयिली को इस सेना का सेनापति नियुक्त किया।

वर्ष 1780 में रानी वेलु नचियार और अंग्रेजों के मध्य एक बार पुनः युद्ध का बिगुल बजा। रानी ने गुप्तचरों की सहायता से अंग्रेजों के गोला-बारूद का पता लगाकर उसे नष्ट करने का निर्णय किया। इस कार्य को अंजाम देने का जिम्मा कुयिली ने लिया। बहादुर कुयिली ने अपने कपड़ों पर घी का लेप लगाया और अपने को आग लगाकर अंग्रेजों के शस्त्रागार में प्रवेश कर गईं। इससे अंग्रेजों की सारी युद्ध सामग्री नष्ट हो गई।

स्वयं को बलिदान कर कुयिली भारतीय इतिहास की पहली आत्म-बलिदानी वीरांगना बन गईं। इसके पश्चात् रानी वेलु ने अपनी सेना के साथ शिवगंगा के किले पर आक्रमण कर दिया। उस वक्त शस्त्रविहीन होने के कारण अंग्रेजों ने मैदान छोड़ दिया। अंग्रेजों को परास्त करने के बाद रानी वेलु ने लगभग एक दशक तक शिवगंगा पर शासन किया।

25 दिसंबर, 1796 को रानी का देहावसान हो गया, किंतु रानी के साहस एवं शौर्य की गाथा को तमिल वासियों ने कभी विस्मृत नहीं किया।

31 दिसंबर, 2008 को भारत सरकार ने रानी वेलु नचियार के सम्मान में एक डाक टिकट जारी किया। प्रधानमंत्री नरेंद्र मोदी ने 3 जनवरी, 2022 को उनकी जयंती के अवसर पर कहा कि रानी वेलु नचियार का अदम्य साहस आनेवाली पीढ़ियों को प्रेरित करता रहेगा।

□

अल्लूरी सीताराम राजू : आजादी में आदिवासी समाज के नेता

अंग्रेजों के विरुद्ध 'रंपा विद्रोह' का नेतृत्व करने और पूर्वी गोदावरी जिलों के आदिवासी समाज को संगठित करने के लिए लोगों ने अल्लूरी राजू को 'मान्यम वीरुडू' नाम से सम्मानित किया, जिसका अर्थ होता है—'जंगलों का नायक'। दक्षिण भारत के इस नायक अल्लूरी सीताराम राजू का स्वतंत्रता आंदोलन में विशेष योगदान है।

विदेशी सत्ता की दमनकारी नीतियों के विरुद्ध दक्षिण भारत में आदिवासी समाज को इकट्ठा करने में महान् क्रांतिकारी अल्लूरी सीताराम राजू ने विशेष भूमिका निभाई। सशस्त्र क्रांतिकारी बनने से पहले अल्लूरी सीताराम राजू ने असहयोग और सविनय अवज्ञा के गांधीवादी तरीकों का प्रयोग करके 1882 के वन अधिनियम को निरस्त कराने का प्रयास किया।

उन्होंने आदिवासी आबादी से वन उपयोग के अधिकारों को जब्त करने के विरोध में 1922 में

'रंपा विद्रोह' शुरू किया था। रंपा विद्रोह 1922-24 के बीच हुआ था। अल्लूरी और उनके साथियों ने कई पुलिस स्टेशनों पर हमला किया, कई ब्रिटिश अधिकारियों को मार डाला और लड़ाई के लिए हथियार, गोला-बारूद छीन लिये थे। बाद में यह विद्रोह औपनिवेशिक शासन के विरुद्ध पूर्ण रूप से सशस्त्र संघर्ष में बदल गया था।

दरअसल, 1882 में मद्रास वन अधिनियम के जरिए आदिवासियों को जलाऊ लकड़ी के लिए पेड़ काटने और पारंपरिक पोडू कृषि पर रोक लगा दी गई थी। उस समय आदिवासियों का ठेकेदारों द्वारा शोषण किया जाता था।

ऐसे समय में अल्लूरी सीताराम राजू आदिवासी अधिकारों के लिए सामने आए। केवल 27 वर्ष की उम्र में वे सीमित संसाधनों के साथ सशस्त्र विद्रोह को हवा देने और गरीब, अनपढ़ आदिवासियों को अंग्रेजों के विरुद्ध प्रेरित करने में सफल रहे।

वे 4 जुलाई, 1897 को विशाखापट्टनम जिले के पांडुरंगी में क्षत्रिय परिवार में जनमे थे। अल्लूरी का असली नाम रामराजू था। केवल 6 वर्ष की उम्र में पिता को खो देने के कारण उनके परिवार को आर्थिक कठिनाइयों का सामना करना पड़ा।

1918 में जब उनका परिवार तुनी में रहता था, तब राजू ने पास की पहाड़ियों, घाटियों का दौरा किया, जहाँ वे आदिवासियों के संपर्क में आए। कम उम्र से ही उनके मन में राष्ट्रवादी भावनाएँ जाग उठी थीं।

उनके जीवन में निर्णायक मोड़ तब आया, जब वे 1916 में उत्तर भारत के दौर पर गए। वे कुछ समय सुरेंद्रनाथ बनर्जी के साथ रहे और लखनऊ में कांग्रेस के अधिवेशन में भाग लिया। यह उनके लिए सीखने का दौर था। उन्होंने चिकित्सा, पशु प्रजनन पर अनेक पुस्तकें पढ़ीं और इन विषयों पर लिखना शुरू किया। वाराणसी प्रवास के दौरान उन्होंने संस्कृत सीखी।

1918 में अल्लूरी एक बार फिर उत्तर भारत के दौरे पर गए। इस बार उन्होंने नासिक, पुणे, मुंबई, बस्तर, मैसूर का दौरा किया। विभिन्न मार्शल आर्ट, आयुर्वेद में अपने कौशल के साथ वे तुनी, नरसीपट्टनम के आसपास रहनेवाले लोगों के लिए प्रेरणा बनते गए। उन्होंने मान्यम क्षेत्र में आदिवासियों के अधिकारों के लिए लड़ना शुरू किया और शराबबंदी, जातिवाद के खिलाफ अभियान भी चलाए।

औपनिवेशिक शोषण ने आदिवासियों की स्थिति और भी बदतर बना दी थी। आदिवासियों के दुःख और शोषण को देखकर उन्होंने आदिवासियों के साथ खड़े होने और उनके अधिकारों के लिए लड़ने का फैसला किया। तब 30-40 आदिवासी गाँवों ने उन्हें अपना नेता बना लिया।

नरसीपट्टनम से लांबासिंगी सड़क के निर्माण में इस्तेमाल किए गए आदिवासी मजदूरों के शोषण की दास्तान हर ओर कुख्यात थी। अधिक वेतन की माँग करनेवाले आदिवासियों को मौत के घाट उतार दिया जाता था। अल्लूरी राजू ने इसकी शिकायत उच्चाधिकारियों से की, लेकिन उनकी एक न सुनी गई। बदले में राजू की जासूसी शुरू कर दी गई। इस दौरान राजू को निर्वासन में रहना पड़ा।

1922 में फजुल्ला खान की मदद से राजू ने एक बार फिर मान्यम क्षेत्र में प्रवेश किया। फजुल्ला खान पोलावरम का उप-शासक था, जो आदिवासियों के प्रति सहानुभूति रखता था। करीब दो साल तक राजू ने अंग्रेजों के खिलाफ सबसे भयानक विद्रोह का नेतृत्व जारी रखा और अंग्रेजों की नींव हिला दी।

22 अगस्त, 1922 को अल्लूरी ने 'मान्यम विद्रोह' शुरू किया। इस दौरान चिंतापल्ले पुलिस स्टेशन पर 300 विद्रोहियों के साथ राजू ने पहला हमला किया। वहाँ मौजूद अभिलेखों को फाड़ दिया और हथियार निकाल लिये। यह जानकारी व्यक्तिगत रूप से अल्लूरी सीताराम राजू ने स्वयं रजिस्टर में दर्ज की थी।

वहाँ गुरिल्ला हमले बढ़ते जा रहे थे। राजू के छापामार हमलों में दो अंग्रेज अधिकारी मारे गए। इस जीत से जनता अल्लूरी राजू और उनके क्रांतिकारी साथियों के समर्थन में आती गई।

राजू द्वारा किए गए सबसे साहसिक हमलों में से एक अद्दतीगाला पुलिस स्टेशन पर हमला था। वह मान्यम क्षेत्र में ब्रिटिश आधिपत्य के लिए बड़ा झटका था। अब तक अल्लूरी सीताराम राजू मान्यम में लोकनायक बन चुके थे और अंग्रेजों के लिए उनको पकड़ना टेढ़ी खीर हो चुका था। यही कारण था कि उन्हें पकड़ने के लिए सांडर्स को कमान सौंपी गई और एक बड़ा सैन्यबल सांडर्स के नेतृत्व में भेजा गया। इस लड़ाई में भी सांडर्स को मुँह की खानी पड़ी।

इसके बाद अंग्रेजों ने राजू के कुछ सहयोगियों को लुभाने का प्रयास शुरू किया। इसी क्रम में राजू के विश्वस्त लेफ्टिनेंट मल्लू डोरा को पकड़ लिया गया। इसके बाद राजू को पकड़ने के लिए ब्रिटिश सैनिकों ने आदिवासियों पर अत्याचार करना शुरू कर दिया। उन्हें पकड़ने के लिए मान्यम क्षेत्र में विशेष आयुक्त रदरफोर्ड को नियुक्त किया गया।

रदरफोर्ड सशस्त्र विद्रोह के दमन के लिए जाना जाता था। उसने आदेश भेजा कि यदि राजू ने एक सप्ताह के भीतर आत्मसमर्पण नहीं किया, तो मान्यम क्षेत्र के लोगों का नरसंहार किया जाएगा। राजू का दिल पिघल गया और उन्होंने आत्मसमर्णण करने का फैसला किया।

7 मई, 1924 को उन्होंने सरकार को नोटिस भेजा कि वे कोइयूर में हैं, उन्हें वहाँ से गिरफ्तार करें। तय दिन पर राजू को पुलिस ने पकड़ लिया और एक वरिष्ठ ब्रिटिश अधिकारी गुडाल ने गोली मारकर उनकी हत्या कर दी। यह अंग्रेजों द्वारा आत्मसमर्पण के बदले में स्पष्ट विश्वासघात था।

अल्लूरी सीताराम राजू ने मात्र 27 वर्ष की आयु में वीरगति प्राप्त की।

नेताजी सुभाषचंद्र बोस ने उनके बारे में कहा था—

"राष्ट्रीय आंदोलन के लिए अल्लूरी सीताराम राजू की सेवाओं की प्रशंसा करना मैं अपना सौभाग्य मानता हूँ। भारत के युवाओं को उन्हें एक प्रेरणा के रूप में देखना चाहिए।"

□

सुभाषचंद्र बोस! सच्चे देशभक्त सेनानी

सुभाषचंद्र बोस सही अर्थों में सच्चे नेता थे। वे समूचे भारत के अपने थे। देश के लिए कुछ कर-गुजरने की भावना क्या-क्या करा सकती है, इसकी एक अनोखी मिसाल थे नेताजी सुभाषचंद्र बोस।

अत्यंत मेधावी सुभाष बाबू स्वामी विवेकानंद के विचारों से विशेष रूप से प्रभावित थे। जलियाँवाला बाग नरसंहार से वे इतने विचलित हुए कि ब्रिटेन में अपना अध्ययन-प्रशिक्षण बीच में ही छोड़कर भारत लौट आए। उनके जीवन की दिशा ही बदल गई।

सुभाष बाबू को स्वाधीनता से कम कुछ भी स्वीकार्य न था। वे भगत सिंह और उनके साथियों की फाँसी को लेकर भी बड़े व्यथित थे। वे जब यूरोप गए तो उन्होंने सांस्कृतिक-राजनीतिक संबंध विस्तृत करने के लिए विभिन्न यूरोपीय राजधानियों में केंद्र खोले।

1936 में वे यूरोप से लौटे। 1937 के कांग्रेस के

हरिपुरा अधिवेशन में सुभाष बाबू को अध्यक्ष चुना गया। अगले अधिवेशन में वे गांधीजी समर्थित पट्टाभि सीतारमैया के विरुद्ध चुनाव लड़कर अध्यक्ष बने।

द्वितीय विश्वयुद्ध के बाद सुभाष बाबू प्रस्ताव लाए कि अंग्रेज सरकार छह महीने में भारत को भारतीयों के हवाले करे, अन्यथा उसके खिलाफ विद्रोह होगा। चूँकि गांधीजी इस विचार के समर्थन में नहीं थे, तो उन्होंने कांग्रेस अध्यक्ष पद से इस्तीफा दे दिया। उन्हें लगा कि अंग्रेजों से मुक्ति के लिए कड़ाई से लड़ना होगा। इस उद्देश्य से उन्होंने 'फॉरवर्ड ब्लॉक' बनाया।

सुभाष बाबू को नजरबंद होना पड़ा, परंतु वे देश की स्वाधीनता को लेकर व्याकुल थे। एक दिन सरकारी अमले को चकमा देकर वे देश की मुक्ति के लिए अंतरराष्ट्रीय मुहिम पर निकल पड़े। यह देश के एक सच्चे सिपाही का एक जोखिम और अनिश्चय भरा बड़ा महत्त्वाकांक्षी कदम था। नेताजी छिपते-छिपाते अफगानिस्तान होते हुए मास्को पहुँचे, वहाँ से और समर्थन पाने की कोशिश की, मगर बात नहीं बनी।

फिर अप्रैल में जर्मनी पहुँचे और जर्मनी का समर्थन पाने का यत्न किया और इसमें सफलता भी पाई। जनवरी 1942 में रेडियो बर्लिन, जर्मनी समर्थित 'आजाद हिंद रेडियो' से अंग्रेजी, बांग्ला, तमिल, तेलुगु, गुजराती में रेडियो ब्रॉडकास्ट शुरू हुआ। 1941 में 'रेडियो जर्मनी' से सुभाष बाबू ने भारतीयों के नाम अपना प्रसिद्ध संदेश दिया था—"तुम मुझे खून दो, मैं तुम्हें आजादी दूँगा।"

दक्षिण-पूर्व एशिया पर जापानी आक्रमण के एक साल बाद, वे मई 1943 में टोकियो पहुँचे और पूर्वी एशिया में भारतीय स्वतंत्रता संग्राम की कमान सँभाली। पूर्वी एशिया में जापानी समर्थन में अस्थायी भारत सरकार भी गठित की, जिसे सात देशों की मान्यता भी मिली। फिर वे रंगून एवं सिंगापुर पहुँचे और 'आजाद हिंद फौज' स्थापित की और भारत की ओर कूच किया। इस फौज ने अंडमान-निकोबार को स्वतंत्र कराया।

वर्ष 1944 में नेताजी ने रंगून को मुख्यालय बनाया। 6 जुलाई, 1944 के ऐतिहासिक रेडियो प्रसागण में नेताजी ने कहा था कि जब तक आखिरी ब्रिटिश भारत से बाहर नहीं फेंक दिया जाता और जब तक दिल्ली में वायसराय हाउस पर हमारा तिरंगा शान से नहीं लहराता, तब तक यह लड़ाई जारी रहेगी। शौर्य और अदम्य पराक्रम से भरी नेताजी की गाथा बहुत रोमांचक है, जिसकी वास्तविकता मिथकीय कथा के समान लगती है; पर नियति को कुछ और ही मंजूर था।

भारतीय सेना जापानी सेना के हवाई समर्थन के अभाव में हार गई। आजाद हिंद फौज का अस्तित्व जापान की हार के साथ काल-कलवित हो गया। अगस्त 1945 में जापान ने समर्पण कर दिया। बदलते घटनाक्रम के बीच खबर आई कि 18 अगस्त, 1945 को वायु दुर्घटना में इस महान् स्वतंत्रता सेनानी की मृत्यु हो गई। बहुत लोगों को इस पर विश्वास नहीं हुआ और उनके बचे होने की कहानियाँ चर्चा में रहीं।

स्वतंत्रता के धर्मयुद्ध में देश की स्वाधीनता के विराट् प्रयोजन के लिए नेताजी एक-एक कर सबकुछ समर्पित करते गए। वे सही अर्थों में सच्चे नेता थे, जो सबको साथ लेकर चलने के लिए उद्यत थे और निस्पृह रूप से खुद चलकर राह दिखाते थे।

नेताजी की 125वीं जयंती के अवसर पर केंद्र सरकार ने इंडिया गेट पर उनकी भव्य प्रतिमा स्थापित करने का निर्णय लिया।

□

उल्लासकर दत्ता का देश-प्रेम और अंग्रेजों का विरोध

उल्लासकर दत्ता ब्रिटिश हुकूमत को बम से उड़ा देने का जज्बा रखनेवाले महान् देशभक्त थे। विस्फोटक बनाने में निपुण होने के साथ ही वे 'अनुशीलन समिति' की गोपनीय गतिविधियों के संचालक भी थे।

कोलकाता के मानिकतल्ला में मुरारीपुकुर मार्ग पर स्थित उस आश्रम में सनातन संस्कृति के संरक्षण के लिए बारींद्र कुमार घोष के निर्देशन में युवा संन्यासी उपनिषद्, गीता, विवेकानंद साहित्य तथा भारतीय इतिहास का सम्यक् अनुशीलन करते थे।

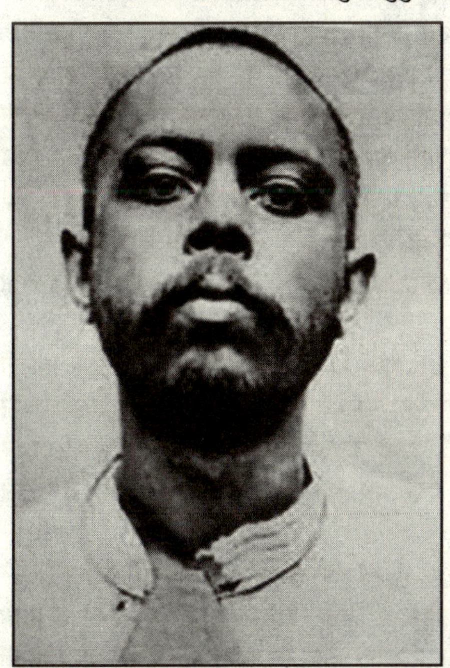

सुबह-शाम आरती और देर रात तक श्रीराम नाम संकीर्तन और हरिबोल की लय पर मृदंग और मंजीरों की थाप से गूँजते उस आश्रम का वातावरण अत्यंत ही धार्मिक था।

वर्ष 1908 के प्रारंभ में इस आश्रम से पाँच संन्यासियों का दल तीर्थाटन के लिए देवघर पहुँचा, मगर वापस लौटे केवल

चार—बारींद्र कुमार घोष, विभूति भूषण सरकार, नलिनीकांतो गुप्त और उल्लासकर दत्ता।

दल के पाँचवें संन्यासी प्रफुल्ल चंद्र चक्रवर्ती उस विस्फोटक मिश्रण का परीक्षण करते हुए वहीं दिघरिया पहाड़ पर गुमनाम रूप से चिरनिद्रा में लीन हो चुके थे, जिससे बने बमों ने महज छह माह के भीतर ब्रिटिश हुकूमत को हिलाकर रख दिया था और 'अनुशीलन समिति' का नाम भारत भर में गूँज गया था।

उस परीक्षण में अमर प्रफुल्ल चंद्र चक्रवर्ती बलिदान हुए थे और उल्लासकर दत्ता बुरी तरह से घायल हुए थे। उनका जन्म 16 अप्रैल, 1885 को हुआ था। स्वदेशी और स्वाधीनता के प्रबल समर्थक उल्लासकर रसायन विज्ञान में माहिर थे और बम बनाने को उत्सुक थे। उल्लासकर ब्रिटिश हुकूमत को बम से उड़ा देने का जज्बा रखनेवाले देशभक्ति की भावना से ओत-प्रोत थे।

बारींद्र कुमार घोष के भाई और 'अलीपुर बम षड्यंत्र' के प्रमुख अभियुक्त अरविंद घोष, जो बाद में 'महर्षि अरविंद' के नाम से प्रसिद्ध हुए, ने अपना आँखों देखा अनुभव इस प्रकार लिखा—"मैं उस युवा का अद्भुत साहस देखकर स्तब्ध था। मजिस्ट्रेट ने उसे फाँसी की सजा सुनाई थी और फैसला सुनने के बाद उल्लासकर पूरी लय और भाव के साथ 'सार्थक जनम आमार' गा रहा था।"

'अलीपुर बम षड्यंत्र' कोई एक घटना नहीं थी, बल्कि जनवरी 1908 से लेकर 2 मई, 1908 तक हुई कई क्रांतिकारी घटनाओं की शृंखला थी, जिसमें बंगाल के लेफ्टिनेंट गवर्नर एंड्र्यू फ्रेजर, पूर्वी बंगाल व असम के लेफ्टिनेंट गवर्नर वैंफायड फुलर, बंगाल के मुख्य सचिव एफ.डब्ल्यू., मजिस्ट्रेट डगलस किंग्सफोर्ड की हत्या के प्रयास तथा मुजफ्फरपुर बम कांड की बहुचर्चित घटना शामिल थीं।

ये वही घटनाएँ हैं, जिनमें खुदीराम बोस, प्रफुल्ल कुमार चाकी जैसे विप्लवी युवा बलिदान हुए थे।

'अनुशीलन समिति' की अत्यधिक गोपनीय गतिविधियों के कारण ब्रिटिश पुलिस के लिए यह पता लगाना लगभग असंभव हो गया था कि इन क्रांतिकारियों का मुख्यालय और शस्त्रागार कहाँ हैं ? इसके लिए विशेष अधिकार देते हुए कोलकाता खुफिया पुलिस का गठन किया गया और अंततः खोई कड़ियाँ जोड़ते हुए पुलिस मुरारीपुकुर बागानवाड़ी पहुँची।

मंजीरे और मृदंग की थाप से गूँजता वही आश्रम, जहाँ उसे मिली तत्कालीन समय की सबसे बेहतरीन बम फैक्टरी, जिसे उल्लासकर दत्ता ने अपने अनुभवों और फ्रांस से बम बनाने का हुनर सीखकर आए हेमचंद्र कानूनगो दास के सहयोग

से संचालित कर रखा था। वहाँ पुलिस दल को हथियार, बम, विस्फोटक छड़ें और ऐसे साजो-सामान मिले कि हुकूमत के पैरों तले की जमीन खिसक गई।

तब आश्रम से कुल 14 लोगों को गिरफ्तार किया गया। पूरे बंगाल में छापे पड़े और अदालत में शुरू हुआ भारतीय इतिहास का वह पहला मुकदमा था, जहाँ एक तरफ आजादी के 49 दीवाने थे और दूसरी ओर बौखलाया हुआ ब्रिटिश साम्राज्य था।

असल में उल्लासकर के बमों ने ब्रिटिश हुकूमत के सर्वव्यापी-शक्तिशाली होने के अभिमान को चूर-चूर कर दिया था। भारत की तत्कालीन राजधानी कोलकाता में अंग्रेजों की नाक के नीचे चल रहे इस स्वाधीनता यज्ञ की ज्वाला से ब्रिटिश सत्ता ऐसी झुलसी कि 'अलीपुर बम षड्यंत्र' को 'सम्राट् के विरुद्ध युद्ध' की संज्ञा दी गई, जिसके दो ही दंड थे—फाँसी अथवा कालापानी की सजा।

वीर उल्लासकर को फाँसी की सजा दी गई, लेकिन बाद में अपील पर इसे कालापानी की सजा में परिवर्तित कर दिया गया। अंडमान की सेल्युलर जेल में उल्लासकर पर इतने अत्याचार हुए, इतनी यातनाएँ दी गईं कि वे मानसिक संतुलन खो बैठे। वास्तव में, 1910 से 1912 के जेल-जीवन में भी उनका बगावती अंदाज नहीं बदला था। वे स्वाधीनता की घोषणा कर चुके थे और उन्होंने किसी भी सरकारी आदेश को मानने से इनकार किया।

यातनाओं से मानसिक संतुलन खो चुके उल्लासकर को चेन्नई के पागलखाने में कैदी के रूप में उपचार के लिए भेज दिया गया, जहाँ वे 1920 तक रहे। इसके बाद का उनका जीवन गुमनामी और मिथक में डूबा हुआ रहा। कुछ लोग कहते हैं कि उनका मानसिक संतुलन कभी ठीक नहीं हुआ और उसी अवस्था में 17 मई, 1965 को सिलचर, असम में उनका देहावसान हुआ। वहीं दूसरी ओर यह माना जाता है कि उन्होंने क्रांतिकारी बिपिन चंद्र पाल की विधवा पुत्री से विवाह किया और गुमनामी में गृहस्थ जीवन व्यतीत किया।

□

सेनापति पांडुरंग महादेव बापट : महान् सेनानी

स्वतंत्रता के महान् सेनानी पांडुरंग बापट का जन्म दिनांक 12 नवंबर, 1880 को पारनेर (महाराष्ट्र) में हुआ था। उनके पिता का नाम महादेव व माता का नाम गंगाबाई था। अहमदनगर में अपनी मौसी के घर रहकर उन्होंने मैट्रिक की परीक्षा में पाँचवाँ स्थान प्राप्त किया और संस्कृत विषय के लिए 12 रु. प्रति मास की छात्रवृत्ति प्राप्त की।

उच्च शिक्षा के लिए बापट स्कॉटलैंड चले गए। लंदन में उन्होंने क्रांतिकारियों के प्रेरणास्रोत श्यामजी कृष्ण वर्मा से भेंट की। 'इंडिया हाउस' में रहने के दौरान वे वीर सावरकर के संपर्क में आए। बाद में वीर सावरकर और श्यामजी कृष्ण वर्मा की सलाह पर बापट वापस भारत आ गए और सामाजिक सेवा, स्वच्छता, जागरूकता, निर्धन बच्चों की शिक्षा और धार्मिक प्रवचन आदि कार्यों में लग गए।

तत्पश्चात् अंडमान में कालापानी की सजा भोग रहे क्रांतिकारियों की मुक्ति के लिए नारायण दामोदर सावरकर के साथ मिलकर उन्होंने हस्ताक्षर अभियान चलाया।

उन्होंने 1920 के दशक में पुणे के निकट मुलशी बाँध के खिलाफ एक आंदोलन चलाया, जो 'मुलशी आंदोलन' के नाम से विख्यात हुआ। दरअसल मुला-मुठा नदियों के संगम पर 'मुलशी बाँध' प्रस्तावित था जिससे 52 गाँव और खेती डूबने की आशंका थी। इसी बाँध के विरोध में उन्होंने आंदोलन चलाया था। इस आंदोलन में उनकी प्रमुख भूमिका के कारण ही उन्हें 'सेनापति' की पदवी मिली। मुलसी आंदोलन के कारण वे सिंध प्रांत की हैदराबाद जेल में सात वर्ष तक बंद रहे।

रिहाई के बाद उन्होंने विदेशी बहिष्कार आंदोलन शुरू कर दिया। उन्हें फिर सात वर्ष की कालापानी की और तीन वर्ष की अन्य सजा मिली। 23 जुलाई, 1937 को उनकी रिहाई हुई। सेनापति बापट ने 'गोवा मुक्ति आंदोलन' में भी प्रमुख रूप से भाग लिया। स्वतंत्रता संग्राम के महान् सेनानी पांडुरंग महादेव बापट 28 नवंबर, 1967 को स्वर्ग सिधार गए।

□

सुशील कुमार सेन : अनोखा बलिदान

सुशील कुमार द्वारा भारतमाता को अपने प्राण अर्पित करने की कहानी अपने आपमें अद्वितीय है।

मात्र 15 वर्ष की आयु में निर्भीक छात्र सुशील कुमार सेन ने भारतीयों की पिटाई करनेवाले अंग्रेज सार्जेंट के हाथ से डंडा छीनकर उसी पर प्रहार कर दिया था। स्वतंत्रता की खातिर डंडे सहकर भी वह 'वंदे मातरम्' का उद्घोष करता रहा।

1907 की यह घटना इस प्रकार है। कलकत्ता के नेशनल स्कूल का 15 वर्षीय छात्र लाल बाजार की कचहरी के सामने लोगों को भागते देखकर ठिठक गया। उसने देखा कि सामने एक भारी-भरकम अंग्रेज सार्जेंट भारतीयों की निहत्थी भीड़ पर डंडे बरसा रहा है। इस कचहरी का हाकिम किंग्सफोर्ड था, जिसे लोग 'कसाई काजी' कहते थे। पिटाई का दृश्य देखकर वह छात्र अपने को रोक न सका। उसने सार्जेंट का डंडा पकड़ लिया। सार्जेंट ने डंडा खींचकर उसे मारना चाहा, पर छात्र ने उसके हाथ से डंडा छीनकर उस पर की कई प्रहार कर दिए।

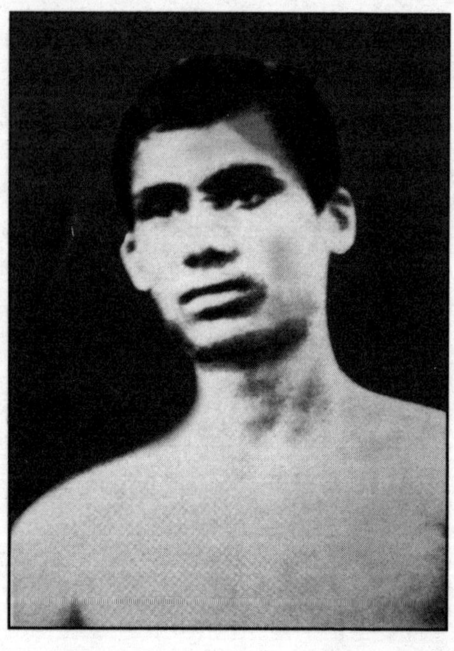

इसके बाद उसे पुलिसवालों ने गिरफ्तार कर

लिया। उसको दस बेंतों की सजा सुना दी गई। वह छात्र बेंत की हर मार पर बेखौफ होकर 'वंदे मातरम्' बोलता रहा। उसकी पीठ पर जितनी जोर से बेंत मारा जाता, वह उतनी ही जोर से 'वंदे मातरम्' बोलता था। इससे क्रोधित होकर उसकी सजा बढ़ाकर 15 बेंत की कर दी गई। उनके शरीर की खाल छिल गई, खून का रिसाव होने लगा।

इस घटना से आहत होकर ही युवा क्रांतिकारियों ने सुशील कुमार की मार का बदला लेने का निर्णय किया था और अरविंद घोष के नेतृत्व में अत्याचारी अंग्रेज अधिकारी किंग्सफोर्ड को मारने की योजना बनी थी।

दूसरी घटना अप्रैल 1915 की है। एक रात उन्होंने अपने सहयोगियों के साथ नदिया जिले के परागपुर गाँव की पुलिस चौकी पर आक्रमण किया। दरअसल, चौकी का थानेदार गाँववालों पर अत्याचार करता था। लेकिन जैसे ही पुलिस चौकी पर उन लोगों ने हमला किया, पुलिसवालों ने चतुराई से डाकुओं के हमले का शोर मचा दिया।

उन्हें पकड़ने के लिए पुलिस के साथ गाँववाले भी उन्हें डाकू समझकर शामिल हो गए। वहाँ से भागने के दौरान सुशील कुमार सेन पुलिस की गोली से घायल होकर गिर पड़े।

उनके साथी उन्हें लेकर निकल जाना चाहते थे, पर सुशील ने उनसे कहा कि 'मुझे लेकर जाओगे तो भाग नहीं पाओगे और पकड़े जाओगे। अब मैं जीवित नहीं बचूँगा। इसलिए तुम लोग मेरा सिर काटकर ले जाओ।' साथियों ने इनकार किया तो सुशील कुमार ने उन्हें डाँटा व जोर से कहा। तब साथियों को वैसा ही करना पड़ा। पुलिस को सुशील कुमार का सिर्फ धड़ ही मिला। स्वतंत्रता संग्राम के इतिहास में यह अनोखा बलिदानी अमर हो गया।

□

बाबू कुँवर सिंह : जिनकी बहादुरी से अंग्रेज भी डरते थे

अंग्रेज सरकार उन्हें जीवित पकड़ना चाहती थी, पर हमेशा असफल रही। कुँवर सिंह को 'बाबू साहब' और 'तेगवा बहादुर' के नाम से संबोधित किया जाता है। 23 अप्रैल, 1858 को बाबू कुँवर सिंह ने लीग्रैंड को पराजित कर जगदीशपुर को पुन: स्वतंत्र किया था, इसलिए प्रतिवर्ष इस तिथि को 'विजयोत्सव दिवस' के रूप में मनाया जाता है।

'उस व्यक्ति को 25 हजार रुपए पुरस्कार में दिए जाएँगे, जो बाबू कुँवर सिंह को जीवित अवस्था में किसी ब्रिटिश चौकी अथवा कैंप में सुपुर्द करेगा'— गवर्नर जनरल, भारत सरकार के सचिव के हस्ताक्षर से 12 अप्रैल, 1858 की इस घोषणा से यह साबित होता है कि अंग्रेज सरकार इस महानायक से कितना डरी हुई थी।

कुँवर सिंह के वंशज उज्जैन के परमार वंश के क्षत्रिय थे। इसी वंश के राजा भोज ने भोजपुरी बोली का विकास और विस्तार किया था। अत: वहाँ के लोग भोजपुरीभाषी कुँवर सिंह के लिए सर्वस्व न्योछावर करने हेतु कटिबद्ध थे।

27 जुलाई, 1857 को

दानापुर छावनी से विद्रोह कर आए सैनिकों ने बाबू कुँवर सिंह का नेतृत्व स्वीकार किया था। ब्वायल कोठी/आरा हाउस, जिसमें अंग्रेज छिपे थे, उसे घेर लिया। अंग्रेजों की रक्षा हेतु 29 जुलाई को डनबर के नेतृत्व में दानापुर से सेना भेजी गई। युद्ध में डनबर मारा गया। डनबर के मारे जाने की सूचना मिलने पर मेजर विसेंट आयर, जो स्टीमर से प्रयागराज जा रहा था, बक्सर से वापस आरा लौटा और 2 अगस्त को चर्चित 'बीबीगंज' का युद्ध हुआ।

आरा पर नियंत्रण के बाद आयर ने 12 अगस्त को जगदीशपुर पर आक्रमण कर दिया। 14 अगस्त, 1857 को जगदीशपुर हाथ से निकल जाने के बाद कुँवर सिंह अपने 12,00 सैनिकों को लेकर एक महा-अभियान पर निकल पड़े। रोहतास, रींवा, बाँदा, ग्वालियर, कानपुर, लखनऊ होते हुए 12 फरवरी, 1858 को अयोध्या तथा 18 मार्च, 1858 को आजमगढ़ से 25 मील दूर अतरौलिया नामक स्थान पर आकर डेरा डाला।

उनके काफिले में 1,000 सैनिक और 2,500 समर्थकों के होने का उल्लेख मिलता है। आजमगढ़ आने का उनका उद्‌देश्य शत्रु को पराजित कर प्रयागराज एवं बनारस पर आक्रमण करते हुए, अपने गढ़ जगदीशपुर पर पुनः अपना अधिकार स्थापित करना था।

बाबू कुँवर सिंह छापामार युद्ध में निपुण थे, अतः आठ माह तक अंग्रेज उनका मुकाबला करने से बचते रहे। अंग्रेजों को जब उनकी योजना का पता चला तो तुरंत मिलमैन 22 मार्च को सेना लेकर मुकाबले के लिए आया और कुँवर सिंह ने चकमा देकर उस पर आक्रमण कर दिया। मिलमैन की मदद के लिए आए कर्नल डेम्स को भी 28 मार्च को हार का सामना करना पड़ा।

मिलमैन और डेम्स की फौज कुँवर सिंह की फौज से पराजित हो चुकी थी। इस पराजय से बेचैन लॉर्ड कैनिंग ने मार्ककेर को युद्ध के लिए भेजा। 500 सैनिकों और आठ तोपों से सुसज्जित मार्ककेर की सहायता हेतु सेनापति कैंपबेल ने एडबर्ड लगई को भी आजमगढ़ पहुँचने का आदेश दिया। तमसा नदी के तट पर हुए इस युद्ध में लॅगई पराजित हुआ।

लगातार हार से घबराई अंग्रेजी हुकूमत ने सेनापति डगलस को भेजा। नघई नामक गाँव के पास डगलस और कुँवर सिंह की सेना में संघर्ष हुआ। डगलस भी कुँवर सिंह को पकड़ने में नाकाम रहा।

21 अप्रैल, 1858 को बाबू साहब शिवपुर घाट होकर गंगा नंदी पार करने लगे, तभी किसी अंग्रेजी सैनिक की गोली बाबू साहब को लग गई। तब उन्होंने अपनी

कटी बाँह को माँ गंगा में प्रवाहित कर 22 अप्रैल को अपने दो हजार साथियों के साथ जगदीशपुर में प्रवेश किया।

कहा जाता है कि 'बाबू साहब ने बाएँ हाथ से तलवार खींचकर घायल दाहिने हाथ को खुद एक वार में कोहनी से काटकर गंगा में फेंक दिया, जिससे भयभीत अंग्रेज सेना बाबू साहब का पीछा करने की साहस तक नहीं जुटा पाई थी।'

बाबू साहब के जगदीशपुर पहुँचने की सूचना मिलने पर 23 अप्रैल को कैप्टन लीग्रैंड ने आधुनिकतम एनफील्ड राइफलों एवं तोपों के साथ आक्रमण किया, मगर युद्ध में मारा गया।

शरीर में जहर फैल जाने के कारण 26 अप्रैल को बाबू साहब की मृत्यु हो गई। बाबू कुँवर सिंह के स्वर्गारोहण के बाद भी उनके छोटे भाई अमर सिंह ने जगदीशपुर की स्वतंत्रता बचाए रखी।

विनायक दामोदर सावरकर द्वारा लिखित अमर ग्रंथ '1857 का स्वातंत्र्य समर' में जिन सात योद्धाओं के नाम से अलग खंड की रचना की गई है, उसमें से एक खंड बाबू कुँवर सिंह और उनके छोटे भाई अमर सिंह को समर्पित है।

कह सकते हैं कि इतिहास के इस महानायक पर जितना लिखा जाना चाहिए, उतना नहीं लिखा गया।

□

पहली महिला जासूस : नीरा आर्य

देश के लिए सर्वस्व न्योछावर करनेवाले गुमनाम स्वतंत्रता सेनानियों में बहुत सी वीरांगनाएँ भी शामिल थीं। ऐसी ही एक वीरांगना थीं नीरा आर्य। आजाद हिंद फौज में रानी झाँसी रेजिमेंट की सिपाही नीरा आर्य ने नेताजी सुभाषचंद्र बोस की जान के दुश्मन बने अंग्रेज सरकार में सी.आई.डी. इंस्पेक्टर अपने पति श्रीकांत जयरंजन को मार डाला था।

बागपत के खेकड़ा (उत्तर प्रदेश के बागपत जिले में) में 5 मार्च, 1902 को नीरा आर्य जनमी थीं। जब वे मात्र आठ वर्ष की थीं, तब महामारी के चलते उनकी माता लक्ष्मी देवी और पिता महावीर का देहांत हो गया था। छोटे भाई बसंत की जिम्मेदारी भी उन्हीं पर आ गई। उन दिनों खेकड़ा में आर्य समाज के एक सम्मेलन में भाग लेने कलकत्ता से आए सेठ छज्जूमल ने नीरा व उनके भाई को गोद ले लिया था। इसी कारण नीरा की शिक्षा-दीक्षा कलकत्ता में हुई।

25 दिसंबर, 1928 को नीरा का विवाह कलकत्ता के श्रीकांत जयरंजन से हुआ, जो अंग्रेज सरकार के गुप्तचर

विभाग में अफसर थे। नीरा को विवाह के बाद पता चला कि उनके पति कई स्वतंत्रता सेनानियों को पकड़वा चुके हैं।

जब उन्हें यह जानकारी हुई कि उनके पति अंग्रेज अफसरों के साथ मिलकर नेताजी सुभाषचंद्र बोस की हत्या की योजना बना रहे हैं, नीरा इस पर भड़क गई और उसने अपने पति से दो टूक कह दिया कि सरकारी नौकरी और मुझमें से किसी एक को चुन लो!

पति ने जब सरकारी नौकरी को चुना तो उसी क्षण नीरा आर्य ने ससुराल को छोड़ दिया। इसके बाद नीरा कलकत्ता से दिल्ली के शाहदरा में अपने धर्मपिता आचार्य चतुरसेन के पास आ गईं। शाहदरा में रहते हुए नीरा बच्चों को संस्कृत और अंग्रेजी की ट्यूशन पढ़ाने लगीं।

इसी दौरान नीरा खेकड़ा के सांकरौद गाँव में लगनेवाले तीज मेले में भी आई थीं। मेले में ही नीरा को अपने एक परिचित राम सिंह के आजाद हिंद फौज में शामिल होने व सिंगापुर जाने की जानकारी हुई। इस पर नीरा ने राम सिंह से सिंगापुर चलने और आजाद हिंद फौज में शामिल होने की इच्छा जताई। राम सिंह ने हामी भर दी।

इसके बाद नीरा अपने छोटे भाई बसंत व बागपत के सरदार सिंह तूफान, रतन सिंह, रामलाल, उमराव सिंह, मुरारी आर्य, कर्ण सिंह तोमर, लहरी सिंह, सिरदारे और गिरवर सिंह आदि के साथ सिंगापुर पहुँचीं और आजाद हिंद फौज की 'रानी झाँसी रेजिमेंट' में भरती हो गईं। नीरा आर्य ने रेजिमेंट की प्रथम कमांडर डॉ. लक्ष्मी सहगल व सचिव मानवती आर्या के नेतृत्व में सैन्य प्रशिक्षण प्राप्त किया।

22 अक्तूबर, 1943 को सुभाषचंद्र बोस ने 'रानी झाँसी रेजिमेंट' की विधिवत् घोषणा की। नारी आर्य की काबिलियत को देखते हुए उन्हें गुप्तचर विभाग में अंग्रेजों की जासूसी करने की जिम्मेदारी दी गई। इसी कारण उन्हें देश की 'पहली महिला जासूस' भी कहा जाता है।

गुप्तचर विभाग के प्रमुख पवित्र मोहन राय के आदेश पर नीरा आर्य ने अपनी सहेली सरस्वती राजामणि, जानकी, बेला और दुर्गा आदि के साथ जासूसी की जिम्मेदारी सँभाली। उन्होंने लड़कों की वेशभूषा में अंग्रेज अधिकारियों के घरों में काम करना शुरू कर दिया। इस बीच जासूसी करते हुए दुर्गा पकड़ी गईं।

योजना के अनुसार नीरा व सरस्वती राजामणि किन्नरों की वेशभूषा में बंदीगृह के नजदीक पहुँचीं और नशीला पदार्थ खिलाकर अंग्रेज अधिकारियों व सैनिकों को बेहोश कर दुर्गा को छुड़ा लिया।

अचानक तभी एक सैनिक को होश आ गया और उसने गोली चला दी, जो भागते हुए सरस्वती राजामणि के पैर में लग गई। लेकिन सरस्वती ने हिम्मत नहीं हारी और जंगल में एक पेड़ पर चढ़कर उसने अपनी जान बचाई।

इसके बाद जब तीनों आजाद हिंद फौज के बेस कैंप पहुँचीं तो नेताजी सुभाषचंद्र बोस ने तीनों की बहादुरी की खूब प्रशंसा की। फिर नीरा आर्य को कैप्टन बनाया गया। इसके साथ ही सुभाषचंद्र बोस की सुरक्षा की जिम्मेदारी भी नीरा आर्य को मिल गई।

नीरा आर्य की आत्मकथा 'मेरा जीवन संघर्ष' से उद्धृत—'एक रात वे कैंप में नेताजी की सुक्षा में तैनात थीं, तभी उन्हें नजदीक किसी के होने का अहसास हुआ। उन्होंने चेतावनी दी तो उनके पति श्रीकांत जयरंजन हाथ में रिवॉल्वर लेकर खड़े हो गए। श्रीकांत ने नेताजी पर गोली चला दी, लेकिन गोली उनके ड्राइवर निजामुद्दीन को लगी। इस पर नीरा ने पति की हत्या के कलंक को स्वीकार करते हुए राइफल की संगीन से पति को मार डाला।

बाद में भी नीरा आर्य आजाद हिंद फौज के लिए जासूसी का काम बखूबी करती रहीं। 3 मई, 1945 को अंग्रेजों ने उन्हें गिरफ्तार कर लिया। उन्हें कलकत्ता की जेल में रखा गया। वहाँ उन पर अनगिनत अत्याचार किए गए। उन्हें कालापानी भी भेजा गया, लेकिन वहाँ से वे अपने दो साथियों के साथ किसी प्रकार भाग निकलीं।

26 जुलाई, 1998 को नीरा आर्य ने बीमारी के चलते एक अस्पताल में अंतिम साँस ली। नीरा आर्य के नाम पर केरल में एक सड़क है और उनके नाम पर राष्ट्रीय स्तर पर 'नीरा आर्य पुरस्कार' भी प्रदान किया जाता है। उनकी जयंती पर खेकड़ा, बागपत में हर वर्ष एक आयोजन होता है। खेकड़ा स्थित आर्य समाज मंदिर परिसर में नीरा आर्य की याद में एक स्मारक बनाने की योजना पर भी कार्य चल रहा है।

□

अंग्रेजी शासन के छक्के छुड़ानेवाला टंट्या भील

टंट्या के दुस्साहस के कारनामे, हर बार बाल-बाल बच निकलने और मुकम्मल निडरता ने भोले-भाले किसानों के बीच उसकी छवि रॉबिन हुड जैसी बना दी थी। टंट्या की इतनी इज्जत थी कि वह देवताओं के समान सम्मानित थे।

तत्कालीन सेंट्रल प्रोविंस के निमाड़ जिले (मध्य प्रदेश) के बिराड़ा गाँव में 1842 में जनमे टंट्या भील को जनजातीय समुदाय में बहुत सम्मान प्राप्त है। 1878 से 1890 के बीच उन्होंने अंग्रेजी शासन के छक्के छुड़ा दिए थे।

उनके कारनामे, किस्सों और लोकगीतों में छाए हुए थे, जिनमें उनका एक मनमोहक जीवन बयान किया जाता था। पीछा करनेवालों का चकमा देने की चालाकी या गिरफ्तार करने आए लोगों का जूता उन्हीं के सिर बजा देने की तिकड़म की अनेक कहानियों का जन्म हुआ

था। गाँवों की रैयत मजे ले-लेकर उन कहानियों का बयान करती थी।

एक ब्रिटिश नागरिक, डाबसन ने ब्रिटिश इंडिया सेना में सात साल की नौकरी के बाद ग्रेट सदर्न रेलवे, छोटापुर में खलासी की नौकरी प्रारंभ की। उन दिनों मद्रास में भयानक अकाल (1877-78) पड़ा था और रेलवे द्वारा अनाजों को ढोने के काम के लिए कर्मचारियों की भरती हो रही थी। डाबसन ने सेना की नौकरी के अंतिम दिनों में भील डाकू सरदार टंट्या का पीछा किया था। टंट्या के नेतृत्व में भीलों का विद्रोह तत्कालीन समय में समस्या बन चुका था।

वहाँ की जनता टंट्या भील वीर द्वारा ब्रिटिश राज की ताकत को अँगूठा दिखाने की तरकीबों पर हँस-हँसकर, अपने दुःख-दर्द को भूल जाती थी।

टंट्या के अनुयायी दुस्साहसियों में भी बेहतरीन लोग थे, जो अच्छा निशाना लगा सकते थे। वे एक चोट में किसी की जान ले सकते थे और गलघोट फंदे का कुशलता से इस्तेमाल करते थे। वे भारी-भरकम और गठे बदन के बहुत ही काले और लगभग नंगे रहनेवाले लोग थे, जो रात के हमलों के दौरान किसी की पकड़ से फिसल जाने के लिए अपने बदन पर तेल मला करते थे। वे मरने-मारने की परवाह किए बिना बेरहमी से लड़ते थे। उन भीलों को टंट्या जैसे शख्स का नेतृत्व प्राप्त था।

अंग्रेज डाबसन जब छोटापुर पहुँचा, तब टंट्या की आन-बान-शान अपने चरम पर थी। अपने मजेदार कारनामों में उसने हाल ही में एक और कारनामा जोड़ा था। सेना की एक टुकड़ी ने टंट्या को घेर लेने का भ्रम पाला था, मगर उसने चकमा देकर छोटापुर से दस-पंद्रह मील दूर, एक गाँव को लूट लिया था। सेना को गलत खबर मिली थी और टंट्या उसकी पहुँच से पूरे तीस मील दूर था।

असिस्टेंट लोको सुपरिंटेंडेंट कमिंग्स, जो रेलवे वॉलंटियर्स के स्थानीय दस्ते के उत्साही कप्तान थे, ने फौरन एक छोटे से पुलिस दस्ते को जमा किया और टंट्या के गिरोह को पकड़ने की महत्त्वाकांक्षी मुहिम पर निकल पड़े। आठ घंटे तक उनकी कंपनी तेजी से तपते जंगल से गुजरती रही और चौकन्ने टंट्या से मुठभेड़ की उम्मीद करती रही। रात हुई तो थके-माँदे उन लोगों ने निराश होकर डेरा डाल दिया।

अगला दिन निकला तो दस्ते ने फिर से टंट्या का पीछा शुरू किया। दस्ते को यह जानकर बेहद हैरानी हुई कि उनका अफसर यानी कमिंग्स गायब था। यह बड़े ही रहस्य की बात थी। संतरी तो रात भर तैनात रहे और डेरे की बाकायदा निगरानी की जाती रही, फिर भी कमिंग्स गायब हो चुका था। जब कमिंग्स का कोई सुराग नहीं मिला, तब दस्ता वापस लौट आया।

छोटापुर में उनके पहुँचने के छह घंटे बाद, एक भयानक नंगा शख्स, जिसके बदन पर कई रंग पुते थे और डिजाइनें बनी हुई थीं, रेल लाइन से एक मील की दूरी पर एक नहर की मोरी में छिपा पाया गया। वह कमिंग्स था। उसके बाद फिर कभी कोई शख्स उसकी मौजूदगी में टंट्या भील के बारे में कुछ बोलने की हिम्मत नहीं कर पाया।

ऐसे ही अनेक किस्से-कहानियाँ टंट्या भील के बारे में प्रसिद्ध हैं।

□

वामन नारायण जोशी : अंडमान जेल में यातना सही

क्रांतिकारियों के प्रति उदासीनता के कारण वामन नारायण जोशी का नाम और संघर्ष कहीं विलोपित हो गया। वामन जोशी ने अंग्रेज कलेक्टर आर्थर एम. जैक्सन की हत्या की योजना बनाने व वध करने का प्रशिक्षण देने का कार्य किया। वामन नारायण जोशी का नाम भले ही हमारे समाज ने भुला दिया, लेकिन अंडमान की सेल्युलर जेल की दीवारें आज भी उनके संघर्ष की गवाह हैं।

अंडमान द्वीप पर स्थित सेल्युलर जेल में राजबंदियों के नामों की एक सूची बोर्ड पर लगी है। यह सूची उन राजबंदियों की है, जिन्हें भारत की स्वाधीनता के लिए अंग्रेजों के विरुद्ध लड़ने के आरोप में बंदी बनाकर यहाँ कैद किया ग
उसमें दूसरे क्रमांक पर
दर्ज है—वामन नाराय

वामन नाराय
के अहमदनगर
के समशेरपु
गरीब प
देहांत

उनके बड़े भाई ने गाँव में भिक्षावृत्ति कर परिवार का बड़ी कठिनाइयों से लालन-पालन किया।

वामन को भिक्षावृत्ति से घृणा थी, लेकिन जीवन-यापन का कोई विकल्प ही नहीं था। इन परिस्थितियों में भी उनके भीतर राष्ट्रभक्ति हिलोरें ले रही थी और वे अंग्रेजों को भारत से खदेड़ देना चाहते थे। उन्होंने वर्ष 1904 में मात्र 15 वर्ष की आयु में ही विदेशी वस्तुओं के बहिष्कार का संकल्प लिया, जो जीवन के अंतिम समय तक निभाया।

शिक्षा के लिए वर्ष 1907 में वामन नारायण जोशी नासिक आ गए। वहाँ आकर वे वीर सावरकर व उनके बंधुओं द्वारा स्थापित क्रांतिदल 'मित्र मेला' तथा 'अभिनव भारत' में सक्रिय हो गए।

उस दौर में नासिक का कलेक्टर अंग्रेज अधिकारी आर्थर एम. जैक्सन भारतीयों का कट्टर शत्रु था। उसी ने क्रांतिकारी गणेश दामोदर सावरकर को राष्ट्रीय कविताएँ छपवाने पर आजीवन कारावास का दंड देकर अंडमान की सेल्युलर जेल भेजा था। क्रांतिमंत्र 'वंदे मातरम्' कहने पर प्रतिबंध लगा दिया था तथा कीर्तनकार तांबे शास्त्री को बंदी बनाया था। ऐसे क्रूर कलेक्टर जैक्सन का नासिक के एक नाट्यगृह में क्रांतिवीरों अनंत लक्ष्मण कान्हेरे, विनायक देशपांडे और कृष्णाजी कर्वे ने वध कर दिया था।

यह ब्रिटिश सरकार को खुली चेतावनी थी कि क्रांतिकारी उन अंग्रेज अफसरों को जिंदा नहीं छोड़ेंगे, जो भारतीयों की अस्मिता को खंडित करने का प्रयास करेंगे। जैक्सन के वध में क्रांतिवीर वामन नारायण जोशी की बड़ी भूमिका थी। उन्होंने ही अनंत कान्हेरे को पिस्तौल चलाने का प्रशिक्षण देते हुए जैक्सन की पहचान करवाई थी।

वामन जोशी ने ही वध की पूरी योजना एक पत्र में लिखकर कान्हेरे को उनके औरंगाबाद स्थित निवास पर भेजी थी। कान्हेरे ने जोशी के पत्र से योजना समझने के बाद पत्र के टुकड़े करके कमरे के एक कोने में फेंक दिए थे। बाद में अंग्रेजों ने इसी पत्र के 28 टुकड़ों को जोड़कर वामन नारायण जोशी के विरुद्ध न्यायालय में इसे बतौर साक्ष्य प्रस्तुत किया था।

29 दिसंबर, 1909 को कलेक्टर जैक्सन के वध के आरोप में वामन नारायण जोशी को बंदी बनाकर उनके पैतृक घर समशेरपुर ले जाया गया। वामन नारायण जोशी के हाथों में हथकड़ी और रस्सियाँ देख उनका परिवार बेहद दु:खी हुआ। ...न की तलाशी ली गई, लेकिन वहाँ कोई अवांछनीय वस्तु नहीं मिली।

अध्यापक रहे इस क्रांतिकारी वामन जोशी को अंग्रेजों द्वारा जानबूझकर जनता के सामने समशेरपुर से 40 किलोमीटर तक मारते हुए पैदल नासिक ले जाया गया, ताकि जनता में अंग्रेज सरकार का डर बैठे। नासिक जेल में वामन नारायण जोशी को अली खान नामक पुलिस जमादार ने कई दिनों तक अमानवीय यातनाएँ दीं।

वामन नारायण जोशी को लालच दिया गया कि वे अपराध स्वीकार लें व अपने साथी क्रांतिकारियों, खासकर वीर विनायक दामोदर सावरकर का नाम व पता बता दें तो सजा माफ की जा सकती है। लेकिन साहसी वामन नारायण जोशी ने सारी यातनाएँ सहकर भी यही कहा, 'मुझे मौत स्वीकार है, लेकिन साथियों के बारे में कुछ नहीं बताऊँगा।'

आखिरकार, जैक्सन की हत्या का मुकदमा 'नासिक षड्यंत्र केस' नाम से चला और 21 मार्च, 1910 को न्यायालय ने अनंत लक्ष्मण कान्हेरे, विनायक देशपांडे और कृष्णाजी कर्वे को मृत्युदंड दिया तथा वामन नारायण जोशी व शंकर सोमण को आजीवन कारावास की सजा सुनाई।

शंकर सोमण पर ठाणे की जेल में इतने अत्याचार हुए कि उनकी वहीं मृत्यु हो गई, जबकि वामन नारायण जोशी को अंडमान की सेल्युलर जेल में नारकीय यातनाएँ दी गईं। उन्होंने अन्य राजबंदियों के साथ 'अन्न त्याग आंदोलन' में भाग लिया।

1918 में उन्हें सेल्युलर जेल से निकालकर पुणे की यरवदा जेल में चार वर्ष तक रखा और यहाँ असहनीय यातनाएँ देते हुए हाड़तोड़ काम करवाया गया। कारावास की यातनाओं से उनका शरीर सूखकर कंकाल हो गया था। वर्ष 1922 में सजा काटकर जब क्रांतिवीर वामन नारायण जोशी अपने गाँव पहुँचे तो पाया कि अंग्रेजों के कोप के चलते उनका पूरा परिवार बिखर चुका था।

गिरफ्तारी के कुछ दिन बाद ही दुःख में माताजी का देहांत हो गया था। बड़े भाई केशव ने घर की परिस्थितियों से निराश होकर जल समाधि ले ली थी। छोटे भाई अध्यापक की नौकरी करते हुए परिवार को कठिनाई से पाल रहे थे। गाँव आकर वामन नारायण जोशी ने फिर से घर को सँवारा।

जेल से रिहाई के बावजूद अंग्रेज अफसर अकसर जोशी के घर पहुँच जाते थे और नजर रखने के बहाने उन्हें यातनाएँ देते व अपमानित करते थे। इस बीच वह दिन भी आ गया, जब देश को स्वतंत्रता मिली। उस दिन वामन नारायण जोशी ने घर पर भगवान् सत्यनारायण की पूजा की और समशेरपुर के सरकारी भवन पर

राष्ट्रीय ध्वज फहराया। अंतत: 14 जनवरी, 1964 को मकर संक्रांति के दिन वे परलोक सिधार गए।

इस महान् क्रांतिवीर की चुपचाप मृत्यु हो गई। लेकिन न तो तत्कालीन सरकार ने कोई सुध ली, न ही प्रशासन ने। अंडमान की सेल्युलर जेल की कठोर दीवारों पर उनका नाम दर्ज है, जो आज भी भारत के स्वाधीनता संग्राम में उनके योगदान की गाथा बड़े गौरव से सुना रहा है।

□

जापान में जनमी देशभक्त भारती सहाय

जापान में जनमी भारती सहाय के माता-पिता भारतीय क्रांतिकारी आनंद मोहन सहाय और उनकी पत्नी सती सहाय थे, जिन्हें ब्रिटिश सरकार ने 'देश निकाला' दे दिया और वे जापान जाकर बस गए थे। भारती सहाय सच्ची देशभक्त थीं, जिनका जन्म कोबे (जापान) में हुआ था।

नेताजी सुभाषचंद्र बोस 1943 में जब जापान पहुँचे, उस समय भारती की उम्र मात्र 15 वर्ष थी। वे टोक्यो के महिला कॉलेज शोवे की छात्रा थीं। उनके पिता आनंद मोहन सिंगापुर में आजाद हिंद फौज की स्थापना की तैयारी में लगे थे।

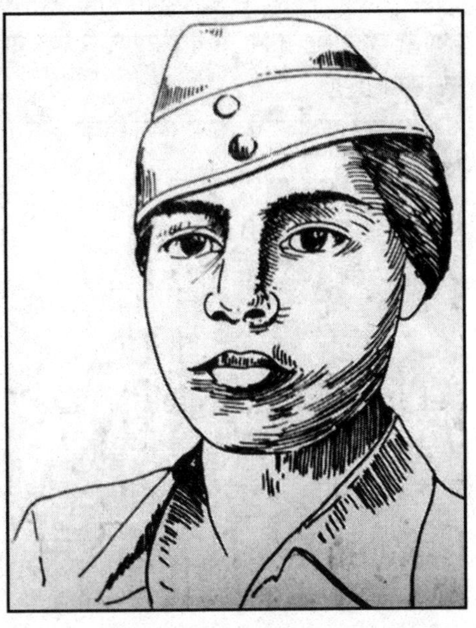

एक दिन भारती ने नेताजी सुभाषचंद्र बोस को सामने देखा तो वे खिल उठीं। वे उनसे जिद करने लगीं कि वे उन्हें रानी झाँसी रेजीमेंट में भरती करा दें। उस समय नेताजी ने टाल दिया। लेकिन एक वर्ष बाद उन्हें रानी झाँसी रेजीमेंट में भरती होने का बुलावा आया।

कॉलेज की यूनिफॉर्म उतारकर भारती फौजी वेश में आ गईं। जब माँ ने पूछा कि 'क्या तुम उस देश के लिए मन से लड़ सकोगी, जहाँ तुमने

जन्म नहीं लिया, जहाँ पढ़ी-लिखी नहीं?'

भारती ने दृढ़ता से कहा, 'मैं उन माँ-बाप की बेटी हूँ, जो देश की आजादी के लिए ही अपने देश से बाहर हैं! क्या यह मेरा सपना नहीं कि मेरा देश आजाद हो और मेरे माता-पिता फिर अपने देश जा सकें?' घर छोड़ते समय भारती उदास नहीं, बल्कि उत्साह से भरी थीं।

भारती का 16 साल का युवा रक्त देश के शत्रुओं को गोली से उड़ा देने के जोश से उबल रहा था। बैंकॉक में छह महीने के प्रशिक्षण के बाद वे रानी झाँसी रेजीमेंट में लेफ्टिनेंट बन गईं।

भारती सहाय फ्रंट पर जाना चाहती थीं, लेकिन नेताजी का आदेश था कि जब तक वहाँ एक भी भाई जिंदा है, कोई बहन वहाँ नहीं जाएगी। अणुबम गिरने के बाद जापानी फौज के आत्मसमर्पण से उन्हें धक्का लगा। कई बहनों के साथ भारती सहाय भी कैद कर ली गईं। उनके हथियार छीनकर उन्हें बैंकॉक के कैंप में नजरबंद कर दिया गया।

एक दिन नेताजी से उन्हें पता लगा कि उनके पिता सिंगापुर की जेल में हैं। नेताजी ने उनसे कहा कि घबराना मत।

इस पर भारती ने कहा, "भारत की बेटी को घबराना नहीं आता।" कैद से छूटकर भारती बैंकॉक में पं. रघुनाथ शर्मा के परिवार के साथ रहीं, फिर पिता के जेल से छूटने पर उनके साथ सिंगापुर में मित्र परिवार में रहीं। उसके पश्चात् वे भारत आ गईं।

उन्होंने गांधीजी के साथ काम किया और बाद में समाज-सेवा के कार्यों में लग गईं।

□

उमाबाई कुंदापुर : निराश्रित सेनानियों की मददगार

आजादी की लड़ाई और महिला उत्थान के क्षेत्र में पूरे देश ने उमाबाई कुंदापुर से प्रेरणा ग्रहण की। कर्नाटक के मंगलौर में पैदा हुई उमाबाई कुंदापुर ने न केवल महिलाओं को शिक्षित करने का काम किया, बल्कि उन्हें स्वाधीनता आंदोलन के लिए भी प्रेरित किया।

उमाबाई का जन्म वर्ष 1892 में कर्नाटक के मंगलौर में गोलिकेरी कृष्ण राव और जुंगबाई की संतान के रूप में हुआ। बाद में बंबई आए इस परिवार की पुत्री उमाबाई का विवाह प्रगतिशील विचारोंवाले आनंदराव कुंदापुर के पुत्र संजीवराज से हुआ। ससुर आनंदराव महिला शिक्षा आंदोलन से प्रभावित थे, इसलिए बहू उमाबाई की भी शिक्षा जारी रही। उमाबाई बाद में अपने ससुरजी के साथ महिलाओं को शिक्षित करने के कार्य में लग गईं।

जब वे लोकमान्य तिलक की शवयात्रा में अपने पति के साथ शामिल हुईं तो तभी से आजादी की लड़ाई में हिस्सा लेने लगीं। पति-पत्नी सार्वजनिक जीवन में साथ चलते, लेकिन इसी बीच वर्ष 1923 में उमाबाई के पति भी चल बसे। ऐसे में ससुर ने उन्हें पिता की तरह सँभाला और बहू को सक्रिय रखने के लिए हुबली, कर्नाटक आ गए।

यहाँ कुंदापुर परिवार ने कर्नाटक प्रेस और तिलक कन्याशाला की स्थापना की। कन्याशाला के जरिए उमाबाई फिर से महिला शिक्षा के क्षेत्र में सक्रिय हो गईं। इस काम को 'भगिनी मंडल' ने और आगे बढ़ाया। 'भगिनी मंडल' की स्थापना में उमाबाई ने स्वतंत्रता सेनानी कृष्णाबाई पंजीकर के साथ सहयोग किया था।

उमाबाई के प्रेरक कार्यों द्वारा महिलाएँ धीरे-धीरे जागरूक होने लगीं। उमाबाई ने उन्हें प्रेरित करने के लिए नुक्कड़ नाटकों का भी सहारा लिया। उमाबाई ने लड़कियों को सिर्फ पढ़ने के लिए ही नहीं, बल्कि स्वदेशी आंदोलन की ओर भी प्रेरित किया। खादी पहनने के साथ चरखा चलाने के कारण महिलाओं को कुछ आय भी होने लगी।

इसी बीच उमाबाई 'हिंदुस्तानी सेवादल' के संस्थापक डॉ. एन.एस. हार्डीकर के संपर्क में आईं। उमाबाई 'हिंदुस्तानी सेवादल' की महिला शाखा की प्रमुख बनाई गईं। उमाबाई के इन प्रयासों को वर्ष 1924 में कांग्रेस के बेलगाम अधिवेशन में महात्मा गांधी ने भी महसूस किया। उन्होंने अधिवेशन में पहली बार बड़ी संख्या में आई महिला प्रतिनिधियों और स्वयंसेवकों का जिक्र करते हुए उमाबाई की प्रशंसा की।

गांधीजी ने उमाबाई को 'कस्तूरबा ट्रस्ट' की कर्नाटक शाखा का प्रमुख भी बनाया। उमाबाई विपरीत परिस्थितियों के बावजूद समाज-सेवा, विशेषतया महिला उत्थान के कार्यों में लगी रहीं।

वे वर्ष 1932 में गिरफ्तार हुईं तो उन्हें यरवदा जेल में रखा गया। जेल में रहने के दौरान ही उनके सास-ससुर का निधन हो गया। जेल से बाहर निकलीं तो उन्हें पता चला कि अंग्रेजी सरकार ने कर्नाटक प्रेस को जब्त कर लिया है तथा तिलक कन्याशाला पर ताला लगा दिया है और 'भगिनी मंडल' को गैर-कानूनी घोषित कर दिया है।

इसके बाद भी उमाबाई नहीं रुकीं। वे निराश्रित सेनानियों को अपने घर में जगह देने लगीं, साथ ही ऐसे लोगों की हर तरह से मदद करती रहीं, जिससे

समाज-सेवा और आजादी के संघर्ष को गति मिलती रही। उमाबाई वर्ष 1934 में भूकंप प्रभावित बिहार भी पहुँचीं। यहाँ उनकी डॉ. राजेंद्र प्रसाद और आचार्य जे.बी. कृपलानी से भेंट हुई। उमाबाई ने आजादी की लड़ाई में भी हिस्सा लिया।

आजादी के बाद उन्हें कई तरह के पद देने की पेशकश हुई, पर उन्होंने कोई पद स्वीकार नहीं किया। स्वाधीनता सेनानियों को मिलनेवाली पेंशन लेने से भी उन्होंने विनयपूर्वक मना कर दिया। वर्ष 1992 में 100 साल की उम्र में हुबली के अपने घर 'आनंद स्मृति' में उन्होंने दुनिया को अलविदा कह दिया।

□

सरदार पटेल : राष्ट्रीय एकता के अग्रदूत

देश में 'राष्ट्रीय एकता दिवस' आधुनिक भारत के शिल्पी 'लौह पुरुष' सरदार पटेल की जन्म जयंती 31 अक्तूबर को मनाया जाता है। जिस विशाल भारत देश पर गर्व महसूस करते हैं, उसकी कल्पना भी सरदार वल्लभभाई पटेल के बिना पूरी नहीं होती। यह देश के छोटे-छोटे रजवाड़ों और राजघरानों को एक कर भारत में सम्मिलित करनेवाले सरदार पटेल की दृढ़ इच्छाशक्ति और नेतृत्व कौशल का ही परिणाम है।

सरदार पटेल राष्ट्रीय एकता के अग्रदूत और अखंड भारत के कुशल शिल्पी थे। आजादी के आंदोलन में किसानों और युवाओं को जोड़ने के साथ ही उसे सुनियोजित गति देने का कार्य उन्होंने किया था।

सरदार पटेल बहुत व्यावहारिक राजनीतिक नेता थे। संसाधन और समर्थन जुटाने के मामले में इतने चौकस और दक्ष कि जो भी काम वे हाथ में लेते, कर ही डालते थे। गांधीजी उनकी इस क्षमता के कायल थे। जहाँ जरूरी लगता था, वे अपने

ढंग से काम करते। गांधीजी का विचार था कि हरिपुरा कांग्रेस में 5,000 रुपए से अधिक खर्च न हो, लेकिन पटेल ने पाँच लाख रुपए से भी अधिक का इंतजाम कर बहुत ही बड़ा आयोजन किया।

एक सफल वकील रहने के बाद वे गांधीजी के आंदोलन से जुड़े और असाधारण संगठन क्षमता के कारण 1922 से 1928 के बीच क्षेत्रीय नेता से सरदार पटेल राष्ट्रीय नेता के रूप में इस तरह उभरे कि 1928 के कलकत्ता के कांग्रेस अधिवेशन में उनको कांग्रेस सभापति बनाने की आम राय बनी, लेकिन कांग्रेस के नेतृत्व में चलनेवाले राष्ट्रीय आंदोलन में शीर्ष नेतृत्व ने उनकी जगह मोतीलाल नेहरू की इच्छा का सम्मान करते हुए जवाहरलाल नेहरू को सभापति चुना।

कांग्रेस को शक्तिशाली और अनुशासित बनाने के लिए उन्होंने बहुत कठोर निर्णय लिये। जो लोग कांग्रेस को दूसरी दिशा में ले जाना चाहते थे, उनके लिए सरदार पटेल मुख्य बाधा थे।

1942 के आंदोलन के बाद जब राष्ट्रीय कांग्रेस का पूरा नेतृत्व जेल में था, भारत की राजनीति में गुणात्मक अंतर पैदा हुआ। यह तय था कि अंग्रेजों की कमर टूट चुकी है और वे भारत को कब्जे में नहीं रख पाएँगे।

आजादी के ठीक पूर्व वीपी मेनन के साथ मिलकर उन्होंने भारत के एक करने का भी अभूतपूर्व कार्य किया। देश की छोटी-बड़ी 565 रियासतों को भारतीय संघ में मिलाकर अखंड भारत का विश्वभर में अनूठा उदाहरण उन्होंने ही प्रस्तुत किया। महात्मा गांधी ने सत्य, अहिंसा पर आधारित जिस सत्याग्रह का मार्ग प्रशस्त किया, उसको व्यवहार में लाने और उसके आधार पर देश भर की जनता को एकत्र करने का श्रेय किसी को है, तो वह सरदार पटेल को है।

पटेल ने किसानों का साथ देते हुए उनके लिए अंग्रेजों के खिलाफ लड़ाई लड़ी। सक्रिय राजनीति में इसी सत्याग्रह से उनकी शुरुआत हुई, पर इसका महत्त्व इस अर्थ में अधिक है कि पटेल के इस सत्याग्रह के जरिए ही राष्ट्रीय स्वाधीनता आंदोलन में किसानों की शक्ति का उदय हुआ। सरदार पटेल के नेतृत्व में हुए सत्याग्रह के सामने अंततः अंग्रेज सरकार को झुकना पड़ा और उस वर्ष किसानों को करों में राहत दी गई। पटेल ने ही आजादी के आंदोलन में किसानों के साथ युवा शक्ति को भी जोड़ने का महती कार्य किया।

28 सितंबर, 1921 को अहमदाबाद में विद्यार्थियों की एक सभा को संबोधित करते हुए उन्होंने कहा कि 'स्वदेश अभिमान और स्वाभिमान चाहनेवाले सभी छात्रों को सरकारी कॉलेजों और स्कूलों को छोड़ असहयोग युद्ध में सहयोग करना चाहिए।'

राष्ट्रीय स्वाधीनता आंदोलन में पटेल के नेतृत्व में हुए 'बारदोली आंदोलन' की विशेष भूमिका है। 1928 में गुजरात में 'बारदोली सत्याग्रह' इसलिए किया गया था कि प्रांतीय सरकार ने किसानों के लगान में तीस प्रतिशत तक की वृद्धि कर दी थी। पटेल ने इस लगान वृद्धि का खुलकर विरोध किया। उनके नेतृत्व में हुए सत्याग्रह आंदोलन को कुचलने के लिए अंग्रेज सरकार ने हरसंभव प्रयास किए, परंतु अंत में विवश होकर अंग्रेज सरकार को किसानों की माँगों के सामने झुकना पड़ा। सरदार पटेल के नेतृत्व में हुए इस सत्याग्रह आंदोलन के सफल होने के बाद ही वहाँ की महिलाओं ने वल्लभभाई पटेल को 'सरदार' की उपाधि प्रदान की।

बारदोली किसान संघर्ष में गांधीजी ने कहा कि पटेल द्वारा किया गया इस तरह का हर संघर्ष, हर कोशिश हमें स्वराज के करीब पहुँचा रही है। सरदार पटेल का लौह नेतृत्व ही ऐसा था, जिसमें देश का आम नागरिक स्वाधीनता के लिए निरंतर प्रेरित हुआ।

विरोधी के हृदय को जीतना भी सरदार पटेल को बखूबी आता था। आरंभ में रियासतों के एकीकरण से बहुत से राजा उनसे नाराज थे, परंतु उनकी राष्ट्रभक्ति और देश के लिए ही सबकुछ करने की मंशा से बाद में ऐसे सभी राजा उनके गहरे मित्र हो गए। पटेल का जब निधन हुआ तो अनेक राजा यह कहकर रोए कि उनका मित्र और रक्षक चला गया।

सरदार पटेल बहुत जल्द ही इस दुनिया से चले गए, परंतु राष्ट्र के प्रति उनका समर्पण ओर त्याग, दृढ़ निश्चय से लिये गए उनके निर्णय सदा हमें उनकी याद दिलाते रहेंगे। वे लौह पुरुष थे। उन्होंने अपनी पूरी ताकत देश की स्वाधीनता और बाद में अखंड भारत के निर्माण में लगा दी थी। सच में, वे युगपुरुष थे।

सरदार पटेल बहुमुखी व्यक्तित्व के धनी थे। लक्ष्य के प्रति समर्पित उनकी राष्ट्रभक्ति ऐसी थी, जिसमें दृढ़ संकल्प से सदा ही सफलताएँ मिलती रहीं। उनमें कहीं कोई बनावटीपन नहीं था और न ही अपने आपको स्थापित करने का उनका कोई आग्रह था।

गांधीजी ने 1930 के कराची अधिवेशन में कहा भी था कि 'जवाहरलाल नेहरू विचारक हैं और सरदार कार्य करनेवाले।'

'खेड़ा सत्याग्रह' के दौरान पटेल गांधीजी के निकट आए। उसी समय से उन्होंने कोट, पैंट और हैट छोड़कर धोती और कुरता पहनना प्रारंभ कर दिया था। गुजरात का खेड़ा क्षेत्र तक भयंकर सूखे की चपेट में था।

सरदार पटेल सांप्रदायिक नहीं, बल्कि राष्ट्रवादी थे। वे कांग्रेस आंदोलन के नेता तो थे ही, लेकिन कांग्रेस के बाहर भी उनकी राष्ट्रीय नेता की छवि थी, जिसका सम्मान था।

हाल के वर्षों में प्रधानमंत्री नरेंद्र मोदी ने केवड़िया, गुजरात में सरदार पटेल की ऊँची मूर्ति बनाकर उनको अपने तरीके से महत्त्व दिया।

□

महान् बलिदानी भगत सिंह

देश के महान् क्रांतिकारी सरदार भगत सिंह ने गुलाम देश में अंग्रेजी हुकूमत की नींद हराम कर दी थी। उन्होंने क्रांति की मशाल जलाई थी।

23 मार्च, 1931 का एक काला दिन था। उस काले दिन को कैसे भूला जा सकता है?

संध्या की लालिमा थकी-थकी उदास सी निढाल धरती में धँसी जा रही थी। नीड़ की ओर लौटते पक्षियों के कलरव में चहचाहट नहीं, क्रंदन था। पेड़ों के पत्ते मुरझाए-से शोक में डूबे थे। चलता हुआ जीवन ठहरा हुआ मालूम पड़ता था। सूरज उस दिन प्रखर होकर नहीं चमका था।

सेंट्रल जेल, लाहौर की कालकोठरी में एक नवयुवक चटाई पर बैठा एक जीवन-चरित्र पढ़ रहा था। सहसा कोठरी का लोहे का दरवाजा खुला। नवयुवक की आँखें उस ओर उठ गईं। जेल का कर्मचारी फाँसी लगाने का आदेश लेकर आया था। उसने युवक को चलने के लिए कहा। युवक की आँखें चमक उठीं। छाती गज भर चौड़ी हो गई। चेहरे पर मुसकान तैरने लगी।

जैसे फाँसी के लिए नहीं, विवाह की घोड़ी चढ़ने के लिए कहा गया हो! वह बोला, 'रुको, एक क्रांतिकारी दूसरे से मिल रहा है।'

पुस्तक एक ओर उछालकर वह नवयुवक उठ खड़ा हुआ। वह 23 वर्षीय नवयुवक और कोई नहीं, बल्कि महान् क्रांतिकारी सरदान भगत सिंह था।

कोठरी के बाहर कदम रखते ही राजगुरु और सुखदेव उससे लिपट गए। 'इनकलाब जिंदाबाद' का गगनभेदी नारा एक बार फिर गूँज उठा। फिर उनके कदम फाँसी के तख्ते की ओर बढ़े चले।

जेल की कोठरियों की सलाखों के पीछे से झाँकते सभी कैदी उदास थे। उनकी छातियों में जमी चीत्कार बाहर आना चाहती थी। कई कैदियों की आँखें तो सैलाब बनकर उमड़ पड़ी थीं।

भगत सिंह, सुखदेव और राजगुरु के कदम ज्यों-ज्यों फाँसी के तख्ते की ओर बढ़ते जा रहे थे। पीछे से आती सिसकियों की आवाज दर्दनाक दहाड़ों में परिवर्तित होती जा रही थीं।

तीनों को फाँसी के तख्ते पर खड़ा कर दिया गया। हाथ पीछे बाँध दिए गए। 'वंदे मातरम्' और 'इनकलाब जिंदाबाद' के नारों से जेल की दीवारें भी काँप उठी थीं। मुँह काले नकाबों से ढकने के बाद जल्लाद ने फाँसी के फंदे उनके गले में डाल दिए। घड़ी में समय देखते हुए अंग्रेज अधिकारी का हृदय भी काँप रहा था। साथ में खड़े वार्डन की आँखों में पानी तैरने लगा।

चार, तीन, दो, एक। घड़ी देखते हुए अंग्रेज अधिकारी ने तर्जनी उँगली से इशारा किया। लीवर दबा। तीनों के पैरों के नीचे से फट्टे खिंच गए। शरीर तड़पकर ठंडे पड़ गए। वहाँ खड़े जेल कर्मचारियों की आँखों में आँसुओं की अविरल धारा फूट पड़ी।

अंग्रेजी सरकार ने जनाक्रोश से बचने के लिए फाँसी गुप्त रूप से दी थी। जेल की पिछली दीवार तोड़कर शवों को चुपचाप सतलुज के किनारे ले जाकर जला दिया गया। देश के सच्चे सपूतों ने प्राणों की आहुति देकर क्रांति की एक अबूझ मशाल जला दी थी।

"आँखों में अश्रु आज
हे क्रांतिवीरों तुम्हें नमन,
सदैव ऋणी हैं तुम्हारे
तुम्हें अर्पित श्रद्धा सुमन।"

भगत सिंह का बलिदान भारत के इतिहास में सदैव अमर रहेगा और लोगों में देश के प्रति प्रेम की भावना जाग्रत् करता रहेगा।

□

क्रांतिकारी शांति घोष व साथी सुनीति चौधरी

बंगाल की रहनेवाली क्रांतिकारी शांति घोष ने मात्र 15 वर्ष की आयु में अपनी एक साथी सुनीति चौधरी के साथ मिलकर जिला मजिस्ट्रेट की हत्या करके भारतीय जनमानस को यह संदेश दिया था कि देश की स्वाधीनता के लिए काम आने हेतु उम्र कोई मायने नहीं रखती।

यह बिल्कुल सही कहा जाता है कि हमें स्वाधीनता मुफ्त में नहीं मिली है, हमें बाकायदा उसकी कीमत चुकानी पड़ी है। देश की पराधीनता के दौरान ब्रिटिश सरकार के अत्याचार जब भारतीय जनमानस के धैर्य की सीमा को लाँघने लगे तो क्रांतिकारियों ने ब्रिटिश हुक्मरानों को सबक सिखाने की ठानी। मात्र 15 वर्ष की उस क्रांतिपुत्री शांति घोष ने भगत सिंह और उनके साथियों की फाँसी का बदला लेने के लिए एक जिला मजिस्ट्रेट की हत्या कर दी थी।

शांति घोष का जन्म 22 नवंबर, 1916 को बंगाल के कलकत्ता में हुआ था। शांति के पिता देबेंद्रनाथ घोष कोमिला के

विक्टोरिया कॉलेज में दर्शनशास्त्र के प्रोफेसर थे। मातृभूमि के लिए समर्पण की भावना शांति को घर से ही मिली।

प्रारंभिक शिक्षा घर पर ही होने के बाद उनका दाखिला फजुनिस्सा गर्ल्स स्कूल में कराया गया। वहीं उनकी मुलाकात प्रफुल्ल नलिनी ब्रह्मा से हुई। कम उम्र में ही शांति घोष ने छात्र राजनीति में कदम रखा।

वर्ष 1931 में वे 'गर्ल्स स्टूडेंट्स एसोसिएशन' की संस्थापक सदस्य होने के साथ-साथ सचिव भी निर्वाचित हुईं। प्रफुल्ल नलिनी ब्रह्मा के जरिए ही वे 'युगांतर पार्टी' से जुड़ीं। यह सिर्फ नाम की पार्टी थी, लेकिन इसका मूल उदेश्य क्रांतिकारी गतिविधियों को अंजाम देना था।

नेताजी सुभाषचंद्र बोस के इस कथन ने—'हे माताओ! नारीत्व की रक्षा के लिए, तुम हथियार उठाओ'''।' तरुणी शांति घोष को क्रांतिकारी बनने के लिए प्रेरित किया।

'युगांतर पार्टी' में सम्मिलित होने के पश्चात् शांति घोष ने तलवारबाजी और लाठी चलाने के साथ ही अन्य शस्त्रों को चलाने का प्रशिक्षण भी प्राप्त किया। प्रशिक्षण पूरा होने के पश्चात् उनका चयन एक विशेष अभियान के लिए किया गया। इसमें उनकी सहपाठी रही सुनीति चौधरी को सहयोगी के रूप में सम्मिलित किया गया था।

यह पहला अवसर था, जब किसी महिला को क्रांतिकारी गतिविधि को अंजाम देने के लिए प्रत्यक्ष रूप से कार्य करने के लिए चुना गया। इससे पहले 'युगांतर पार्टी' में महिलाएँ परदे के पीछे रहकर ही क्रांतिकारियों की सहायता किया करती थीं। पहली बार यह निश्चित किया गया कि महिलाएँ परदे के पीछे से निकलकर सामने से अंग्रेजों का मुकाबला करेंगी। इन दोनों का मिशन था—23 मार्च, 1931 को फाँसी पर चढ़नेवाले भगत सिंह, सुखदेव और राजगुरु की शहादत का प्रतिशोध लेना।

14 दिसंबर, 1931 को ये दोनों युवा क्रांतिकारी वीरांगनाएँ तैराकी क्लब चलाने की अनुमति लेने को बहाने कूमिल्ला (अब बांग्लादेश में) के जिला मजिस्ट्रेट चार्ल्स जेफ्री बकलैंड स्टीवंस के कार्यालय पहुँचीं और जैसे ही मजिस्ट्रेट से उनका सामना हुआ, दोनों ने उसे कैंडी और चॉकलेट दी। मजिस्ट्रेट ने कैंडी खाकर कहा, 'यह बहुत स्वादिष्ट है।' इसके पश्चात् दोनों महिला क्रांतिकारियों—शांति और सुनीति ने तपाक से शॉल के नीचे छिपा हथियार तानकर कहा, 'अच्छा! अब यह कैसा है मिस्टर मजिस्ट्रेट?' और उसकी गोली मारकर हत्या कर दी। वह वहीं ढेर हो गया।

समकालीन पश्चिमी समाचार-पत्रों में जेफरी स्टीवंस की हत्या को भारतीयों के आक्रोश के रूप में चित्रित किया क्योंकि अंग्रेजों ने अर्ल ऑफ विलिंगडन नामक एक अध्यादेश जारी किया था, जिसमें भारतीयों के नागरिक अधिकारों व भाषण की स्वतंत्रता को दबा दिया था। राष्ट्रवादी भारतीय स्रोतों ने इस हत्या को महिलाओं के खिलाफ ब्रिटिश जिला मजिस्ट्रेटों द्वारा किए जा रहे दुर्व्यवहार की प्रतिक्रिया के रूप में वर्णित किया।

इस घटना के पश्चात् शांति घोष और सुनीति चौधरी को मजिस्ट्रेट की हत्या के जुर्म में गिरफ्तार कर लिया गया और उन पर मुकदमा चलाया गया। कम उम्र होने के कारण दोनों को आजीवन कारावास की सजा सुनाई गई। जेल में उन्हें उनकी साथी सुनीति से अलग बैरक में रखा गया। करीब सात वर्ष जेल में गुजारने के पश्चात् वर्ष 1939 में शांति घोष को राजनैतिक बंदी होने के कारण जेल से रिहा कर दिया गया।

जेल से छूटने के पश्चात् शांति घोष ने अपने अव्यवस्थित जीवन को व्यवस्थित करने के लिए अपनी पढ़ाई पुनः आरंभ कर दी। इसके साथ ही, वे भारतीय राष्ट्रीय कांग्रेस की सदस्य भी बन गईं। इसके पश्चात् वर्ष 1942 में उन्होंने चटगाँव (अब बांग्लादेश में) के रहनेवाले क्रांतिकारी प्रो. चितरंजन दास से विवाह कर लिया।

देश के स्वाधीन होने के बाद वे राजनीतिक गतिविधियों से निरंतर जुड़ी रहीं। इसी के परिणामस्वरूप वे वर्ष 1952-62 और 1967-68 तक क्रमशः बंगाल विधानसभा और विधान परिषद् की सदस्या रहीं। शांति घोष ने बांग्ला भाषा में अपनी आत्मकथा 'अरुण बहनी' भी लिखी है।

लेखक गेराल्डिन फोर्ब्स ने अपनी पुस्तक 'भारतीय महिला और स्वतंत्रता आंदोलन' में शांति घोष और सुनीति चौधरी से की गई बातचीत का वर्णन करते हुए एक कविता, 'तू अब आजाद बहुत प्रसिद्ध है' के साथ दोनों क्रांति पुत्रियों की फोटो भी छापी।

देश के लिए सर्वस्व न्योछावर करनेवाली यह वीरांगना अपने जीवन के करीब 73 बसंत मातृभूमि की सेवा में व्यतीत करने के पश्चात् 28 मार्च, 1989 को चिरनिद्रा में चली गईं। शांति घोष के साहसिक कार्य को भारतीय जनमानस तक पहुँचाने के लिए वर्ष 2010 में 'ये मदर' नामक एक फिल्म का निर्माण भी किया गया।

शांति घोष और सुनीति चौधरी द्वारा देश की स्वाधीनता में दिए गए योगदान के लिए हम भारतवासी सदैव उनके ऋणी रहेंगे।

□

गुरु तेग बहादुर : देश को भय और आत्महीनता से मुक्ति

भारत जब आक्रांताओं-अत्याचारियों की निर्ममता के आगे विवश व त्रस्त हो गया तो गुरु तेग बहादुरजी ने घोर निराशा और हताशा के अँधेरे में आशा, विश्वास और स्वाभिमान की ज्योति जलाई।

मुगल आक्रांता शासक औरंगजेब जब देशवासियों के धर्म व आस्था को चोट पहुँचा रहा था, उस समय सिखों के नौवें गुरु तेग बहादुरजी ने ईश्वर में विश्वास जगाकर देशवासियों के स्वाभिमान की रक्षा की।

परमात्मा की कृपा का अवलंबन लेकर उन्होंने मानवता को और देश को बंधनों से मुक्त किया। भय, आत्महीनता व आश्रयहीनता के बंधनों से मुक्ति ही वास्तविक् स्वतंत्रता को परिभाषित करती है। गुरु तेग बहादुर की आध्यात्मिकता व भक्ति के चतुर्दिक फैले धवल प्रकाश से जन-जन उन्हें पतितों के उद्धारक, भय निवारक व अनाथों के नाथ के रूप में देखने लगा था।

बाल्यावस्था से ही उनमें धर्म व मानव सम्मान की रक्षा का अटूट संकल्प प्रकट होने

लगा था। मात्र 14 वर्ष की आयु में उन्होंने मुगलों के विरुद्ध सन् 1634 में हुए युद्ध में भाग लेकर अपार वीरता प्रदर्शित की थी। सिखों की संख्या कम होने के बावजूद गुरु हरिगोबिंदजी को ऐतिहासिक विजय प्राप्त हुई थी। इसमें उनके पुत्र तेग बहादुरजी के युद्ध कौशल की सभी ने सराहना की थी।

गुरु तेग बहादुरजी के जीवन में आरंभ से ही हर्ष-विषाद और सुख-दुःख के दौर आते रहे, जिनका सामना उन्होंने स्थिर मन व सहज भाव से किया। उनका आरंभिक जीवन अमृतसर व कीरतपुर में व्यतीत हुआ।

पिता गुरु हरिगोबिंदजी के परमात्मा में लीन होने के बाद वे बकाला चले गए। उस समय उनकी आयु मात्र 23 वर्ष थी। बकाला में लगभग 22 वर्ष रहकर उन्होंने धर्मयात्राएँ कीं। गुरुगद्दी पर आसीन होने के बाद तेग बहादुरजी ने आनंदपुर नगर बसाया और सपरिवार धर्म-यात्राओं पर निकल पड़े। वे कुरुक्षेत्र, मथुरा, आगरा, इटावा, प्रयागराज, वाराणसी होते हुए पटना साहिब पहुँचे। पटना साहिब में गुरु गोविंद सिंह साहिब का प्रकाश (जन्म) हुआ। गुरु साहिब ढाका से बंगाल होते हुए असम पहुँचे और धर्म-प्रचार किया।

गुरु तेग बहादुर साहिब को पंजाब व अन्य क्षेत्रों से औरंगजेब के अत्याचारों की चिंताजनक सूचनाएँ प्राप्त हो रही थीं, इसलिए आगे की यात्राएँ रोककर वे 1671 में वापस पंजाब पहुँच गए। यह वही वर्ष था, जब औरंगजेब ने कश्मीर में इफ्तिखार खान को सूबेदार नियुक्त किया था।

नए सूबेदार ने धर्मांधता और प्रताड़ना की सीमाएँ तोड़ प्रतिदिन उतारे गए जनेऊ की बोरियाँ दिल्ली भिजवानी आरंभ कर दी थीं। लोगों में परमात्मा के प्रति मोहभंग होने लगा था। गुरु तेग बहादुर साहिब ने आते ही लोगों में धर्म व परमात्मा के प्रति विश्वास उत्पन्न करने के लिए यात्राएँ आरंभ कर दीं।

गुरु तेग बहादुर के लिए धर्म मात्र भक्ति तक सीमित न रहकर मानव जीवन के समस्त प्रश्नों का निदान था। पंजाब के मूलोवाल गाँव में जब उन्हें जल की समस्या का पता चला तो वहाँ नौ कुएँ खुदवाए। ढिलवाँ गाँव में दूध की समस्या देखते हुए एक सौ एक गायों की व्यवस्था की। ऐसे अनेकानेक उदाहरण गुरु तेग बहादुरजी की विशाल हृदयता व पावन चिंतन को प्रकट करनेवाले थे। धर्म का मार्ग ही आश्वस्ति और सुख का मार्ग है। गुरु तेग बहादुर साहिब का मानवता को संदेश ही यही था—'जऊ सुख कऊ चाहै सदा सरनि राम की लेह।'

25 मई, 1675 को जब त्रस्त व निराश कश्मीरी ब्राह्मणों का एक दल आनंदपुर साहिब आया तो गुरु साहिब ने उनकी व्यथा अपनाकर उन्हें आनंद से

भर दिया। गुरु साहिब कुछ सिखों सहित घोड़े पर सवार होकर दिल्ली पहुँच गए। अधर्म व अत्याचार को खुली चुनौती देने का यह अनूठा ढंग था। समाज में आशा व विश्वास उत्पन्न करना धर्म निर्वहन का सर्वाधिक साहसपूर्ण कार्य होता है।

दिल्ली में गुरु साहिब को अपने प्रिय तीन सिखों पर औरंगजेब की निर्ममता का साक्षी बनना पड़ा। तीनों सिखों का स्वेच्छा से बलिदान देना व गुरु तेग बहादुर साहिब द्वारा पूर्ण निर्लिप्तता से उसे स्वीकार करना औरंगजेब की ताकत पर करारा प्रहार था।

उसके बाद गुरु साहिब ने हजारों लोगों के सामने गुरुवाणी का पाठ करते हुए, जब शीश नवाया तो जल्लाद ने भले ही उनका शीश धड़ से अलग कर दिया, किंतु पूरे देश का पराधीनता से झुका शीश गर्व से उन्नत हो उठा। अधर्म उस समय अवश, असहाय नजर आ रहा था। गुरु तेग बहादुर साहिब ने रणक्षेत्र में मुगल सत्ता को अपनी तेग के जौहर से परास्त किया था और इस बार अपने आत्मबल के तेज से धराशायी किया।

गुरु तेग बहादुर ने कहा कि जिसकी भी उत्पत्ति हुई है, उसका नाश निश्चित है। जब परमात्मा बल देता है, तब सारे बंधन टूट जाते हैं और विषम स्थिति अनुकूल हो जाती है। मनुष्य निर्भय हो जाता है। वह न किसी को भयभीत करता है, न किसी का भय स्वीकार करता है। निर्भय होना ही मुक्त अवस्था का प्रतीक है। अपने विश्वास के साथ जीना और परमात्मा की भावना में जीना ही सच्चा जीवन है।

गुरु साहिब ने कहा, "जो अपने विकारों को त्यागकर व परमात्मा की सत्ता को पहचानकर उसे जीवन का आधार बना लेता है, वही बंधनों से मुक्त आत्मा है।" उनका बलिदान देश के स्वाभिमान और स्वावलंबन की मिसाल है।

□

फील्ड मार्शल सैम मानेकशॉ : साहस के धनी

वीरता का पर्याय माने जानेवाले फील्ड मार्शल सैम मानेकशॉ को 1971 के भारत और पाकिस्तान युद्ध का मुख्य नायक माना जाता है। उनकी शौर्यगाथा प्रशंसनीय है, जिसमें साहस और क्षमता दोनों के धनी सैम बहादुर अर्थात् सैम मानेकशॉ का वर्णन है।

देश के सबसे सशक्त आर्मी चीफ और पहले फील्ड मार्शल सैम मानेकशॉ आज भी देश और सेना के जवानों के लिए प्रेरणा के स्रोत हैं। उनकी बहादुरी के कारण उन्हें 'सैम बहादुर' के तौर पर भी संबोधित किया जाता है। चार दशक के कॅरियर में वे द्वितीय विश्वयुद्ध समेत पाँच युद्ध का हिस्सा बने। इनमें वर्ष 1971 में हुए भारत-पाकिस्तान युद्ध में वे महानायक के तौर पर उभरे।

भारतीय सेना के गौरवशाली इतिहास का अभिन्न अंग रहे सैम मानेकशॉ

का पूरा नाम होरमुसजी फ्रेमजी जमशेदजी मानेकशॉ था। उन्होंने अपने कार्य, ओजपूर्ण व्यक्तित्व और प्रतिभा के बल पर अपनी क्षमता का लोहा मनवाया। छह भाई-बहनों में पाँचवें नंबर के सैम बचपन से ही बहुत शरारती थे।

सैम पिता की तरह डॉक्टर बनना चाहते थे, लेकिन उनकी पढ़ाई के खर्च को वहन करना पिता के लिए आसान नहीं था। इसलिए उन्होंने सैम का दाखिला अमृतसर के सभा कॉलेज में करा दिया। साल 1932 में अंग्रेजों ने सेना में भरती होने के इच्छुक युवाओं के लिए देहरादून में 'इंडियन मिलिटरी अकादमी' (आई. एम.ए.) की स्थापना की थी। माँ से पैसे लेकर सैम दिल्ली में आई.एम.ए. की परीक्षा देने गए। मेरिट सूची में उनका नाम छठे स्थान पर था। 1 अक्तूबर, 1932 को उन्हें बतौर जेंटलमैन कैडेट भरती किया गया। बेहतरीन खिलाड़ी होने के साथ ही सैम अच्छे बॉक्सर और लीडर थे।

1970 के पूर्व बांग्लादेश पूर्वी पाकिस्तान के तौर पर जाना जाता था। वर्ष 1970 में पूर्वी पाकिस्तान की अवामी लीग पार्टी ने पाकिस्तान के संघीय चुनाव में पश्चिमी पाकिस्तान की पीपुल्स पार्टी के जुल्फिकार अली भुट्टो को हराकर बहुमत से जीत हासिल की थी, लेकिन भुट्टो ने इसे सिरे से खारिज कर दिया। इससे पूर्वी पाकिस्तान में विरोध की चिनगारी सुलग उठी।

उसे नियंत्रत करने के लिए पाकिस्तान के सेना प्रमुख ने 27 मार्च, 1971 को सैन्य काररवाई का आदेश दिया।

अवामी लीग के बंगाली मुसलिम नेता शेख मुजीबर्रहमान को उनके ढाका स्थित घर से गिरफ्तार कर लिया गया। इससे पूर्वी पाकिस्तान में राजनीतिक विरोध प्रदर्शन प्रत्यक्ष तौर पर होने लगे। पाकिस्तान से आजादी को लेकर इस आंदोलन को वैचारिक तौर पर भारत का समर्थन हासिल था।

इस स्थिति से बौखलाए पाकिस्तान ने तब 'ऑपरेशन सर्चलाइट' चलाकर पूर्वी पाकिस्तान में निहत्थे और मासूम लोगों को मारना शुरू कर दिया। इस सैन्य काररवाई पर लगाम लगाने की भारत की अपील को भी पाकिस्तान ने अनसुना कर दिया।

अप्रैल 1971 के आखिर तक, जब सभी कूटनीतिक प्रयास विफल हो गए, तब तत्कालीन प्रधानमंत्री इंदिरा गांधी और उनकी कैबिनेट चाहती थी कि पाकिस्तान के खिलाफ तुरंत आक्रामक काररवाई की जाए। हालाँकि, सैम जानते थे कि आधी-अधूरी तैयारी के साथ जंग के मैदान में उतरना ठीक नहीं होगा।

सैम ने स्पष्ट मना करते हुए इंदिरा गांधी को बताया कि भारतीय आर्मर्ड डिवीजन के पास 189 में से सिर्फ 11 टैंक युद्ध के लिए तैयार हैं। इसके साथ ही

उन्होंने बताया कि मानसून शुरू होनेवाला है और तब बाढ़ एक बड़ी समस्या बन जाती है।

'फील्ड मार्शल सैम मानेकशॉ : ए मैन एंड हिज टाइम्स' पुस्तक के अनुसार, सैम ने इंदिरा गांधी को 1962 के युद्ध में चीन से हुई हार का हवाला भी दिया। नतीजतन गुस्से में आईं इंदिरा गांधी के मिजाज को भाँपते हुए सैन ने पूछा कि आप मेरा त्याग-पत्र स्वास्थ्य, मानसिक या शारीरिक किस आधार पर स्वीकार करेंगी? तब इंदिरा गांधी ने त्याग-पत्र को ठुकराकर उनसे आगे की योजना बनाने को कहा।

तब सैम मानेकशॉ ने दो टूक कहा कि यदि उपाय के तौर पर युद्ध ही अंतिम विकल्प होगा तो यह उनके आह्वान पर होगा और वे सिर्फ प्रधानमंत्री को रिपोर्ट करेंगे।

इसके बाद राष्ट्रीय स्तर पर सबसे अहम सैन्य समर की तैयारियाँ शुरू हुईं। 30 नवंबर, 1971 को सैन्य संचालन के कार्यवाहक निदेशक मेजर जनरल इंदर गिल को संदेश मिला कि पाकिस्तान हमले की तैयारी में है।

3 दिसंबर, 1971 को अपराह्न 3:50 बजे पाकिस्तान वायुसेना ने श्रीनगर से जोधपुर तक भारतीय हवाई क्षेत्रों पर लगातार 11 हमले किए।

यह सैम के युद्ध कौशल का नतीजा था कि 16 दिसंबर को भारतीय सेना के इतिहास की सबसे बड़ी घटना हुई, जब 90 हजार पाकिस्तानी सैनिकों ने हथियार डाल दिए। भारत ने पाकिस्तान को पूर्वी व पश्चिमी दोनों ही मोरचों पर मुँहतोड़ जवाब दिया था।

युद्ध के परिणामस्वरूप बांग्लादेश का जन्म हुआ। युद्ध के करीब दो साल बाद 3 जनवरी, 1973 को राष्ट्रपति वी.वी. गिरी ने सैम मानेकशॉ को 'फील्ड मार्शल' का तमगा दिया।

इस तरह भारतीय सेना को पहला 'फील्ड मार्शल' जनरल मानेकशॉ के रूप में मिला।

□

रानी दिद्दा : शारीरिक दुर्बलता से महिला सशक्तीकरण तक

इतिहास गवाह है कि समाज में दिव्यांगता अभिशाप मानी जाती रही है, लेकिन कश्मीर की रानी दिद्दा ने साबित किया था कि शारीरिक दुर्बलता उनकी राह के आड़े नहीं आ सकती। रानी दिद्दा की कहानी इतिहास का एक चमकीला अध्याय है। एक उपेक्षित दिव्यांग कन्या से शुरू हुआ रानी दिद्दा का यह सफर कश्मीर के राजा की पत्नी बनने और वैधव्य के बाद राज्य की बागडोर सँभालने और उसे एकजुट रखने की कहानी है।

79 वर्ष के जीवन काल में रानी दिद्दा का व्यक्तित्व एक ऐसी मजबूत मिसाल के तौर पर उभरा, जिनका नाम सुनकर ही दुश्मन के रोंगटे खड़े हो जाते थे। अपनी दूरदर्शिता, रणनीतियों, सैन्य क्षमता और कुशल-प्रबंधन की वजह से उन्होंने लगभग 54 साल तक शासन किया।

जन्म से दिव्यांग दिद्दा का जीवन काफी संघर्षमय रहा। तत्कालीन लोहार साम्राज्य की राजकुमारी दिद्दा जन्म से ही पोलियो से ग्रस्त थीं। इस कारण वे न सिर्फ उपहास का विषय बनीं, बल्कि माता-पिता के प्यार से

भी वंचित रहीं। वल्जा नामक सहायिका ने बचपन में उनका पालन–पोषण किया और हमेशा उनके साथ रहीं।

दिद्दा दिव्यांग भले ही थीं, लेकिन बहुत बुद्धिमान और सुंदर भी थीं। एक दिन महल में घूमते हुए, वे उस जगह पहुँच गईं, जहाँ पर सैनिक तलवारबाजी और अन्य हथियारों का अभ्यास कर रहे थे। उन्हें वह काफी रास आया। वे वहाँ जो भी देखतीं, उसका अभ्यास करने लगीं।

जल्दी ही सिपाहियों के मुख्य प्रशिक्षक विक्रमसेन ने उन्हें देख लिया। इसके बाद दिद्दा ने कई बार विक्रमसेन से गुरु बनने की प्रार्थना की, पर वे हँसकर टाल देते थे। लेकिन दिद्दा ने अभ्यास करना नहीं छोड़ा।

एक बार पूरा राजपरिवार शारदा मंदिर में वार्षिक हवन के लिए गया। यह मंदिर जंगल के करीब था। दिद्दा भी अपने भाई–बहनों के साथ वहाँ थीं। अचानक नजदीक ही झाड़ियों में शेर को देखकर दिद्दा समझ गईं कि उनके छोटे भाई की जान संकट में है। तब दिद्दा शेर से कुछ कदम की दूरी पर थीं, तभी विक्रमसेन वहाँ पहुँचे। वे यह देखकर दिद्दा की प्रतिभा से प्रभावित हो गए। दिद्दा ने जमीन से उठाई लकड़ी के धारदार सिरे से शेर पर ऐसा वार किया कि वह वहीं ढेर हो गया।

इस घटना के बाद विक्रमसेन ने दिद्दा को प्रशिक्षित करना शुरू किया। उन्हें समझ आ गया था कि दिद्दा में महान् योद्धा बनने के गुण हैं। इन प्रतिभाओं के बावजूद दिद्दा के पिता सिंहराज उनके लिए वर तलाश नहीं पा रहे थे।

हालात ऐसे बने कि राग–रंग के लिए कुख्यात कश्मीर के राजा क्षेमगुप्त के साथ उनका विवाह हो गया। भ्रष्ट राजा की वजह से बरबादी के कगार पर पहुँच चुके राज्य को रानी दिद्दा ने स्वयं सँभालने की ठानी। तमाम विरोधों के बावजूद उन्होंने राजनीतिक निर्णय लेने आरंभ कर दिए और पूरे साम्राज्य पर आधिपत्य स्थापित कर लिया।

लोककथा है कि गर्भावस्था के दौरान एक बार रानी दिद्दा शहर के भ्रमण पर निकलीं। उन्होंने देखा कि पूरा शहर खाली हो गया है। उन्हें बताया गया कि राजा का एक पुराना सैनिक दुर्जन डाकू बन गया है। रानी दिद्दा ने अपने विश्वासपात्र मंत्री नरवाहन से कहा कि यह खबर फैला दो कि अगर दुर्जन यहाँ आया तो वापस नहीं जाएगा। दुर्जन ने यह चुनौती स्वीकार की। अगले दिन दोनों के बीच जंग हुई, जिसमें रानी दिद्दा विजयी रहीं। दुर्जन को हिरासत में ले लिया गया। रानी के प्रति राज्य के लोगों में भी आदरभाव जगा।

वर्ष 950 में राजा क्षेमगुप्त के निधन से रानी दिद्दा की जिंदगी में तूफान आ गया। सत्ता हासिल करने के लिए स्वजनों ने सती प्रथा का हवाला देकर रानी दिद्दा को सती करवाना चाहा। दिद्दा पहले तो सती होने के लिए मान गईं, फिर चिता के पास पहुँचकर उन्होंने कहा कि मैं अपनी जिंदगी का इस तरह से बलिदान नहीं दूँगी। मैंने राजा को वचन दिया है कि उनके पुत्र अभिमन्यु और साम्राज्य का ध्यान रखूँगी। इसके बाद अभिमन्यु का राजतिलक हुआ और रानी दिद्दा राज्य की संरक्षक बनीं।

राजदरबार की साजिशों और पारिवारिक कलह का सामना करते हुए उन्होंने राज्य पर पकड़ मजबूत बनाए रखी। अपने पुत्र अभिमन्यु की हत्या के बाद वे काफी व्यथित हुईं।

उन्होंने अपने पौत्र नंदीगुप्त को कश्मीर का नया राजा नियुक्त किया। वह राज्य को सँभाल पाने में नाकाम रहा। नंदीगुप्त की अक्षमता के कारण रानी दिद्दा ने उसे हटा दिया और सबसे छोटे पौत्र भीमगुप्त को राजा घोषित किया।

छह साल बाद भीमगुप्त का संदिग्ध परिस्थितियों में निधन हो गया। हालातों के चलते रानी दिद्दा फिर गद्दी पर बैठीं। बढ़ती उम्र को देखते हुए उन्हें लगा कि विदेशी आक्रमण से साम्राज्य को बचाने के लिए व्यापक योजना बनानी चाहिए। उन्होंने संग्रामराज को गोद लिया और उसे राज्य की सत्ता सौंपी।

वर्ष 1003 में रानी दिद्दा का निधन हो गया। उनके निधन के दस साल बाद जब महमूद गजनवी ने कश्मीर पर हमला किया था, तो उसे असफलता ही हाथ लगी थी। दरअसल, रानी दिद्दा की सैन्य विरासत के चलते संग्रामराज ने महमूद गजनवी जैसे आक्रमणकारी को कश्मीर की सीमा से खदेड़ दिया था।

कहा जा सकता है कि यह सही मायने में महिला सशक्तीकरण की कहानी है, जिसने पुरुष प्रधान समाज में तमाम मुश्किलों के बावजूद, अंत तक हार नहीं मानी। इतिहास में दिद्दा के देश–प्रेम व अमूल्य योगदान को कभी भुलाया नहीं जा सकता। □

मेजर शैतान सिंह की टुकड़ी : शौर्य गाथा

हमारे जवानों ने लद्दाख की 18 हजार फीट ऊँची बियाबान सर्द पहाड़ियों पर मेजर शैतान सिंह के नेतृत्व में अपने रक्त से शौर्य का एक बेमिसाल इतिहास लिखा था, उसी से जुड़ी है यह गाथा। जीवटता, साहस और राष्ट्रभक्ति के लिए दूसरा नाम है रेजांगला की युद्ध भूमि।

शौर्य की इस अनुपम गाथा को स्मरण रखना चाहिए। लद्दाख के मोरचे पर शत्रु चीन से मुकाबला चलता रहता है, इसलिए देश को रेजांगला की उस अपराजेय भावना को जाग्रत् किए रहने की कहीं ज्यादा जरूरत है।

नवंबर 1962 में चुशुल सेक्टर में पैगोंग झील के दक्षिण में सुनसान बर्फीली हवाओं के रेजांगला दर्रे पर 13 कुमाऊँ बटालियन की एक बहादुर प्लाटून चार्ली कंपनी तैनात की गई थी। इस कंपनी के जवानों के पास द्वितीय विश्वयुद्ध के जमाने की 303 बोर की राइफलें थीं। चीनी सेना के हमले के अंदेशे में कंपनी के कमांडर मेजर शैतान सिंह ने मोरचे तय किए। उन्होंने अंदाजा

लगाया कि इस इलाके में चीनी सैनिक बिना बमबारी किए कभी भी अचानक हमला बोल सकते हैं।

आखिरकार, 18 नवंबर को रात दो बजे चीनी हमला शुरू हुआ। मेजर शैतान सिंह की टुकड़ी ने बड़े धैर्य से चीनी सैनिकों की राइफलों की रेंज में आ जाने का इंतजार किया। रेंज में आते ही राइफलों, मशीनगनों और मोर्टार से जबरदस्त हमला बोला गया। आगे बढ़ते चीनी सैनिकों को इसका अंदाजा नहीं था। उनके पाँव उखड़ गए। सामने की ढलान चीनी सैनिकों की लाशों, चीखते-चिल्लाते घायलों से पट गई।

इसके बाद दूसरा-तीसरा हमला हुआ, लेकिन परिणाम वही रहा। चौथे हमले से पहले चीनी सेना ने तोपखाने से बमबारी के साथ चार्ली कंपनी पर मोर्टार, आरसीएल रॉकेटों से फायरिंग प्रारंभ की। मोरचे तबाह होने लगे। बंकर-पर-बंकर टूटते गए, लेकिन जवान पीछे नहीं हटे। चीनी आक्रमण की अगली लहर का मेजर शैतान सिंह ने बचे हुए सैनिकों के साथ मुकाबला किया।

संघर्ष अब उनके मोरचे के करीब आ गया था। अगली प्लाटून के एकमात्र सिपाही सहीराम की मशीनगन ने अकेले अपने दम पर चीनी सैनिकों के पाँचवें हमले को रोक रखा था। उसे गिराने के लिए चीनी सैनिकों ने आरसीएल रॉकेट से वार किया। गोलियों की बरसात और मोर्टार के धमाकों के बीच दौड़ते और सैनिकों का हौसला बढ़ाते हुए मेजर शैतान सिंह बुरी तरह घायल हो चुके थे।

उन समेत उनके साथियों को मालूम था कि यह उनकी शहादत का अंतिम मोरचा है। उन्हें न हटना था, न सरेंडर करना था। मेजर ने कुछ घायलों को जबरदस्ती वापस भेजा, ताकि कोई तो शहादत की कहानियाँ बताने के लिए जिंदा रहे। गोलियाँ खत्म हो चली थीं। मेजर अंतिम विदा ले चुके थे, फिर भी बचे हुए सैनिकों ने करीब आते चीनी सैनिकों को ललकारते हुए, अपनी संगीनों से आखिरी लड़ाई लड़ी। फिर सब शांत हो गया। कंपनी के चारों ओर सैकड़ों चीनी सैनिकों की लाशें थीं। चीनी सैनिक वे लाशें और घायल साथ उठा ले गए।

वे आगे चुशुल की ओर नहीं बढ़ सके। चीनी सैनिकों का लद्दाख युद्ध यहीं खत्म हो गया। फिर बर्फ के तूफानों ने इस युद्धभूमि को अपने आलिंगन में ले लिया। चूँकि भारी हिमपात के कारण कोई मोरचे पर जा नहीं सका, इससे जो घायल थे, वे भी वहीं समाधिस्थ हो गए।

महीनों बाद मौसम की मुश्किलें कम होने पर जब बर्फ कम हुई तो हमारे सैनिकों ने वहाँ पहुँचकर देखा कि सबकुछ वैसे ही है, जैसे युद्ध खत्म नहीं हुआ हो! वहीं मोरचे और मोरचे पर सैनिक। वे अपनी राइफलों पर टिके हुए बर्फ में जम

गए थे। टूटी मशीनगनों और राइफलों के साथ वैसे ही पोजीशन लिये वीर जवान! शरीर से बहे खून के साथ खुद जम गए सैनिकों की कतारें। राइफलों के ट्रिगर पर जम गईं उँगलियाँ। एक सैनिक घायल साथी को पट्टी बाँधते-बाँधते, सिरिंज हाथ में लिये बर्फ हो गया था। मोर्टार के एक हजार बमों में से सिर्फ सात बचे थे। कोई जिस्म ऐसा नहीं, जिस पर बमों और गोलियों के निशान न हों।

मेजर शैतान सिंह का शरीर कंपनी के बंकर के पास मिला। हाथ और पेट पर गोलियों और जम गए रक्त के निशान थे। उनका एक-एक सैनिक चार-चार चीनी सैनिकों पर भारी पड़ा था। नायब सूबेदार सुरजा के माथे पर भाग्य की रेखाओं के ठीक ऊपर बम के स्प्लिंटर का गहरा घाव था। इन सबने वीरता का अद्भुत अध्याय लिखा।

याद रखनेवाली बात यह है कि हमारे मुट्ठी भर सैनिकों ने चीन के 1,300 से अधिक सैनिकों को ठिकाने लगा दिया। रेजांगला की इस जंग में हमारे 114 अधिकारी और जवान शहीद भी हुए।

जब भी 1962 की पराजय, असफल नेतृत्व, कमजोर कमांडरों, बिना वरदी-कारतूस के जूझती सेनाओं और गिरफ्तार सैनिकों की बात होगी, तब रेजांगला की खुद्दारी की चमक हमें ढाँढ़स बँधाएगी। जुझारूपन, साहस, जीवटता, राष्ट्रभक्ति की संयुक्त परिभाषा खोजनी हो तो रेजांगला के रूप में उसे परिभाषित किया जा सकता है। इस पर हैरानी नहीं कि रेजांगला की लड़ाई को भारत के सैन्य इतिहास की सबसे बड़ी लड़ाइयों में से एक माना जाता है।

यह युद्ध 480 ई.पू. फारस की सेना से मुकाबला करते लियोनाइडस के 300 स्पार्टा योद्धाओं की जीवटता से कहीं भी कम न था। इसके बावजूद वे वहाँ हैं, अभी भी उन्हीं मोरचों में, भिंचे हुए जबड़ों और तनी हुई संगीनों के साथ। वे आँखें आज भी राइफल के निशानों पर दुश्मनों को खोजती हैं। वास्तव में, रेजांगला शहादत की उस भूली-बिसरी हुई कहानी की तरह है, जिसे देश को बताया जाना जरूरी है। □

समानता का संदेश देनेवाले श्री रामानुजाचार्य

श्री रामानुजाचार्य का जन्म लगभग एक हजार वर्ष पहले हुआ था। उन्होंने 11वीं शताब्दी में विश्व को समानता का संदेश दिया। वे श्रीवैष्णववाद के सबसे महत्त्वपूर्ण प्रतिपादक हैं। उनकी विरासत सिर्फ यही नहीं है कि उन्होंने कितने दिलों को छुआ है, बल्कि असली विरासत तो यह है कि वे कितने आत्माओं में बदलाव लाए! समानता के लिए किए गए श्री रामानुजाचार्यजी के महत्त्वपूर्ण कार्यों को याद किया जाना आज बहुत प्रासंगिक है।

स्वाधीनता तब और अधिक सार्थक हो जाती है, जब वह उस परंपरा के वटवृक्ष की छाया के नीचे पुष्पित-पल्लवित होती है, जहाँ सभी नागरिक समान हों।

श्री रामानुजाचार्य का जन्म एक ब्राह्मण परिवार में हुआ था, लेकिन वे काँची के अपने एक भक्त का बचा हुआ भोजन लेने के इच्छुक रहा करते थे, जो निम्न जाति से थे। स्वामीजी कहा करते थे कि अगर आप एक

समान लक्ष्यवाले लोगों के साथ आनंद की अनुभूति करते हैं तो सामाजिकता कोई बाधा नहीं है।

सदियों से महापुरुषों ने समानता की अवधारणा को इनसानों के दिलों में बसाने के लिए संघर्ष किया है। ऐसे ही महापुरुष श्री रामानुजाचार्य स्वामी थे, जिन्होंने 11वीं शताब्दी में विश्व को समानता का संदेश दिया। श्री रामानुजाचार्य श्रीवैष्णववाद के सबसे महत्त्वपूर्ण प्रतिपादक हैं।

एक विद्वान् अपने दिव्य ज्ञान की आँखों से ब्राह्मण, चांडाल, गाय, हाथी व कुत्ते में आंतरिक आत्मा को समान रूप से देखता है। समानता कोई नई अवधारणा नहीं है। नई अवधारणा तो असमानता है, जो ऋषियों व समाज-सुधारकों के प्रयासों के बावजूद बार-बार अपना कुरूप सिर उठा लेती है।

हम यह महसूस नहीं करते हैं कि जितनी भी असमानताएँ हैं, वे भौतिक शरीर के स्तर पर हैं। ईश्वर के दृष्टिकोण से हम सब बराबर हैं। सभी के भीतर अवस्थित आत्माएँ परमात्मा का ही हिस्सा हैं। रंग, जाति, पंथ या लिंग आधारित या कोई भी असमानता सिर्फ भौतिक स्तर पर ही है।

दुर्भाग्य से, सभी प्राणियों की एकता को भूलकर मानव इन अस्थायी मतभेदों को महत्त्व देकर विभाजन उत्पन्न करता है। वास्तव में, हमें इस संसार रूपी सागर को पार करने के लिए कौशल विकास में दूसरों की मदद करनी है।

समानता का यह अर्थ कदापि नहीं कि सब लोग एक जैसे हो जाएँगे। इसका मतलब है कि हर किसी को सर्वोच्च स्तर तक अपने विकास का भरपूर अवसर मिलेगा।

उनकी असली विरासत यह है कि वे कितने आत्माओं में बदलाव लाए? हम उनके वंशज हैं और उनकी मशाल को आगे बढ़ाने के लिए धन्य हैं। अपने जीवन के लगभग पाँच दशक उन्होंने भगवान् की सेवा के रूप में सभी प्राणियों की सेवा करने में बिताया और यह कार्य उन्होंने समानता की अवधारणा को प्रचारित करते हुए किया।

श्री रामानुजाचार्य ने उन कठिन दिनों में महिलाओं के लिए अपनी चिंता जताई और उनके लिए शिक्षा के मार्ग खोले। यह सब उन्होंने हजार साल पहले किया, जब जागरूकता पैदा करने के लिए कोई इंटरनेट-मीडिया भी नहीं था। वह आचार्यजी की व्यापकता ही थी कि उन्होंने सभी को शिक्षित करने की आवश्यकता महसूस की, ताकि हर जाति, संप्रदाय, लिंग का व्यक्ति ज्ञान का अनुभव कर सके।

श्री रामानुजाचार्य का जन्म लगभग एक हजार साल पहले हुआ था, तब समाज के मानदंड आज की तुलना में कहीं अधिक अलग व कठोर थे। उस समय मंदिर में प्रवेश करना, मंत्रों का जाप करना, वेद सीखना महिलाओं, निम्न जातियों और दलितों के लिए वर्जित था।

शुरुआत में व्यवसायों के आधार पर जाति की व्यवस्था शुरू हुई थी, लेकिन दुर्भाग्य से इसका परिणाम छुआछूत की एक समस्या के रूप में सामने आया।

श्री रामानुजाचार्य वसंत ऋतु की तरह चुपचाप कई फूलों को अपनी क्षमता तक खिलने में मदद करने के उद्देश्य से निकल पड़े। उन्होंने सभी जाति के लोगों के साथ अपना मंत्र साझा किया, जो उन्हें 18 बार 100 मील की पैदल यात्रा करने के बाद अपने गुरु से प्राप्त हुआ था। वे अपने मंत्र को साझा करने के लिए लोगों में सिर्फ एक ही योग्यता देखते थे कि वह व्यक्ति समर्पित और सीखने के लिए उत्सुक हो।

श्री रामानुजाचार्य के समय में मंदिर ही ज्ञान, रोजगार और संस्कृति के केंद्र हुआ करते थे। वे ही विश्वविद्यालय, विक्रय केंद्र और सभा स्थल सभी थे, लेकिन वे समाज के एक विशेष वर्ग और जाति के नियंत्रण में थे।

श्री रामानुजाचार्य ने मंदिरों में शेष जाति के व्यक्तियों को भी 50 प्रतिशत कामकाज आवंटित करके समावेशिता को प्रोत्साहित किया। तभी से मंदिरों में प्रवेश के लिए जाति के आधार पर कोई प्रतिबंध नहीं रह गया। भारत में विदेशी शासन में जातिवाद की वापसी फिर से हुई और जाति का 'बाँटो और राज करो' की चाल के रूप में उपयोग किया गया।

उन्होंने 'दिव्य देशम' की महिमा के बारे में तमिल कवि संतों द्वारा गाए गए गीतों को वेदों के समान ही महत्त्व दिया। इनमें से कुछ तमिल संत निम्न जाति के थे, लेकिन उन्होंने उनके गीतों का गायन मंदिरों में अनिवार्य कर दिया था।

वृद्धावस्था में श्री रामानुजाचार्य कावेरी नदी में स्नान के लिए जाते समय एक ब्राह्मण विद्वान् दशरथि का सहारा लिया करते थे, जबकि लौटते समय वे निम्न जाति के धनुरदास के कंधे पर झुककर आया करते थे। यह दरशाता है कि उन्होंने हमेशा जन्म की भौतिक स्थिति के बजाय भक्ति को अधिक महत्त्व दिया।

श्री रामानुजाचार्य वह विशाल जलाशय हैं, जहाँ से समानता की पोषक आज की सभी विचारधाराएँ विभिन्न रूपों में निकली हैं। आज विश्व विभाजन और अलगाववाद से भरा हुआ है। समाज को विभाजित करने के लिए अदृश्य दीवारें बना दी गई हैं। समानता सिर्फ नारा बनकर रह गई है। हमें यह लगता है कि श्री

रामानुजाचार्य की विचारधारा के उजाले की आज के समय में अत्यंत आवश्यकता है। उनका रूप और उनकी बातें समाज को प्रेरित कर सकती हैं।

इस प्रेरणा का अनुभव करने के लिए उनके जन्म की सहस्राब्दी से बेहतर समय और क्या हो सकता है? इसलिए 'स्टैच्यू ऑफ इक्वैलिटी' का उदय हुआ है। उनकी प्रतिमा को अपने भीतर महसूस करने के साथ हमें समानता की गूँज का अनुभव करना चाहिए, ताकि इसकी अनुगूँज समानता की आवाज बन जाए, जिसे हम सभी समानता की ओर ले जानेवाले कार्यों में परिणीत कर दें।

5 फरवरी, 2022 को प्रधानमंत्री नरेंद्र मोदी ने शमशाबाद, हैदराबाद (तेलंगाना) में श्री रामानुजाचार्य की 216 फीट ऊँची भव्य प्रतिमा 'स्टैच्यू ऑफ इक्वैलिटी' का अनावरण किया। यह बैठी हुई मुद्रा में दुनिया की दूसरी सबसे ऊँची प्रतिमा है।

'पंचधातु' से निर्मित इस प्रतिमा में सोने, चाँदी, ताँबे, पीतल और जस्ते का उपयोग हुआ है। 'स्टैच्यू ऑफ इक्वैलिटी' का परिसर 45 एकड़ में फैला हुआ है। परिसर में रहस्यवादी अलवार तमिल संतों के साहित्य में उल्लिखित 108 अलंकृत नक्काशीदार विष्णु मंदिरों की 108 प्रतिकृतियाँ मौजूद हैं। इस परिसर में 120 किलो सोने से बना आंतरिक कक्ष भी है। 'भद्र वेदी' नामक 54 फीट ऊँची मूल इमारत में वैदिक पुस्तकालय एवं अनुसंधान केंद्र, थिएटर व शैक्षिक गैलरी भी बनाई गई है।

□

गुरु गोबिंद सिंह : स्वावलंबन और स्वाभिमान का प्रतीक

भारत को पराधीनता की बेड़ियों में कैद करनेवाले मुगल शासन का अधर्म औरंगजेब तक बहुत बढ़ चुका था और देश के स्वाभिमान को पैरों तले कुचलने लगा था। तब अधर्म से टकराना स्वप्न जैसा प्रतीत हो रहा था। उस समय गुरु गोबिंद सिंहजी ने अद्‌भुत स्वावलंबन के बल से उसे यथार्थ में बदलने का कार्य किया। उनका यह बल भक्ति व शक्ति के संयोग से उत्पन्न हुआ था।

हमारे महान् देश में जब भी अधर्म बढ़ा, विदेशी शासकों ने अनीति व अत्याचार से जन स्वाभिमान को कुचलने का पाप किया। लेकिन हमारे देश में ऐसे युगपुरुष अवतरित हुए, जिन्होंने स्वावलंबन से धर्म और जन की प्रतिष्ठा स्थापित की। यह स्वावलंबन आत्मशक्ति व परमात्मा पर विश्वास के सुयोग से उत्पन्न हुआ।

सुख संता करणम दुरमति दरणं
किलविख हरणम असि शरणं॥
जै जै जग कारण सृसिटि उबारण
मम प्रतिपारण जै तेंग॥

बचपन से बुद्धिमान व प्रेरक

मात्र नौ वर्ष की आयु में कश्मीर के ब्राह्मणों को मुगल शासन की क्रूरता से संरक्षित करने हेतु पिता गुरु तेग बहादुरजी को बलिदान के लिए दिल्ली जाने की प्रेरणा देनेवाले गुरु गोबिंद सिंहजी ने त्याग का अद्वितीय आदर्श स्थापित किया। इससे निराश मनों में आशा की किरणें आलोकित होने लगीं।

इस स्वावलंबन गुरु गोबिंद सिंह साहिब की सैद्धांतिक दृष्टि ने जहाँ धर्म का अनुसरण करनेवालों के लिए सुख की राह खोली, वहीं उनकी तलवार अधर्मियों और अत्याचारियों का नाश करनेवाली सिद्ध हुई। उनके इस महान् कार्य से जहाँ परमात्मा की जयकार हुई, वहीं उनकी तेग की जयकार करनेवाले आत्मचेतना से भर गए।

गुरुजी ने धर्म-स्थापना हेतु शक्ति के महत्त्व को समझाया। उन्होंने धर्म से आत्मगौरव और स्वाभिमान को जोड़ा। आत्मिक जागृति के बिना धर्म का गौरव संभव नहीं था। गुरु साहिब ने जाति, वर्ण, वर्ग आदि के भेदभाव दूर करते हुए खालसा पंथ सजाया और सभी को एक ही पात्र से अमृत पान करा सामाजिक समानता का आधार तैयार किया। सभी को जहाँ धर्म में दृढ़ किया, वहीं धर्म की रक्षा के लिए कृपाण सहित पाँच ककार भी प्रदान किए।

यदि धर्म का पालन करना है तो धर्म की रक्षा करने का सामर्थ्य भी होना चाहिए। वे कश्मीर में ब्राह्मणों में उत्पन्न हुई निरीहता के इतिहास की पुनरावृत्ति नहीं चाहते थे।

भारत की मौलिक संस्कृति, सामाजिक मूल्य व धर्म के अस्तित्व पर संकट मँडरा रहा था। गुरु गोबिंद सिंहजी मानते थे कि औरंगजेब को राजसी बल ने मदांध कर दिया है। वह सत्ता के बल पर भारतीय भू-भाग को अपने धर्म व संस्कृति में रँग देने के लिए किसी भी सीमा तक जाने को तैयार था। उसके सामने खड़े होने का साहस गुरु गोबिंद सिंहजी ने दिखाया।

उन्होंने कहा कि औरंगजेब की सवा लाख फौज का सामना करने में उनका एक खालसा ही सक्षम है। यह भीतरी स्वावलंबन का बड़ा उदाहरण है। 'सवा लाख से एक लड़ाऊँ' का विचार गुरु साहिब की दूरदर्शिता व कठिन साधना का परिणाम था। उन्होंने परमात्मा की भक्ति व गुरुवाणी को प्रत्येक सिख के जीवन का अभिन्न

अंग बनाया। उन्हें परमात्मा की कृपा पर विश्वास करना सिखाया। परमात्मा की कृपा प्राप्त करने के लिए उन्हें नित्य गुरुवाणी का पाठ करने और गुरुवाणी में उल्लिखित सिद्धांतों को आचार में उतारने के लिए संकल्पबद्ध किया।

औरंगजेब को पत्र

गुरुजी ने औरंगजेब को लिखे पत्र 'जफरनामा' में लिखा था कि 'यदि तुम्हें अपने राज्य की ताकत का अभिमान है तो हमें भी परमात्मा की शरण-रक्षा पर मान है। हमारा स्वाभिमान, विश्वास व चेतना जाग चुकी है, जिसे कुचला नहीं जा सकता'।

राजाओं के बीच मित्रता व सहयोग उत्पन्न किया

गुरु गोबिंद सिंहजी स्थानीय ताकतों की एकता के लिए भी प्रयत्नशील रहे। उस समय पहाड़ी राजाओं में आपसी मतभेद उभरते रहते थे। सिरमौर और गढ़वाल राज्य की सीमाओं का विवाद चल रहा था। औरंगजेब ने इस स्थिति का लाभ उठाते हुए गढ़वाल को अपने अधीन कर लिया। दोनों राज्यों के राजा एक-दूसरे के बैरी बने हुए थे।

जब गुरु गोबिंद सिंहजी ने सिरमौर क्षेत्र में पोंटा साहिब नगर बसाया, तब सिरमौर के राजा मेदनी प्रकाश व गढ़वाल के राजा फतेह शाह में संधि व मित्रता कराई थी। इस तरह वे एक व्यापक चेतना व सहयोग की संभावनाओं पर कार्य कर रहे थे।

स्वावलंबन का पाठ

गुरु साहिब ने लोगों को स्वावलंबी होने की शिक्षा दी। उन्होंने जहाँ सिखों को धर्म में दृढ़ किया, वहीं शस्त्र विद्या और युद्ध कौशल में भी प्रवीण किया। वे उन्हें बलशाली बनाने के साथ ही बल के सदुपयोग का पाठ भी पढ़ाया करते थे।

यदि उन्होंने सिखों को बाह्य शक्ति के प्रतीक स्वरूप कृपाण धारण करने का आदेश दिया तो चार ककार कड़ा (मर्यादा), केश (विवेक), कंघा (सहजता) व कच्छा (संयम) भी प्रदान किए थे।

तलवार, उनकी तेग धर्म की रक्षा और अधर्मी का नाश करने के लिए थी। यह उनके जीवन का उद्देश्य भी था, जिसे गुरु साहिब ने स्वयं अपनी कृति 'बचित्र नाटक' में स्वीकार किया था। गुरु साहिब ने धर्म के लिए बलिदानों को बड़ी सहज दृष्टि से देखा।

अपने पिता गुरु तेग बहादुरजी के बलिदान को उन्होंने 'तन का ठीकरा दिल्ली के बादशाह औरंगजेब के सिर पर फोड़ने जैसा कहा था।' उनकी इस सहज दृष्टि का ही प्रभाव था कि जब उन्होंने अपने पिता का कटा हुआ शीश (जो जीवन सिंह दिल्ली से लेकर आए थे) प्राप्त किया तो हजारों नम आँखों के बीच पूर्णतः शांत व निर्लिप्त रहे थे।

जब उनके युवा पुत्र अजीत सिंह व जुझार सिंह एक के बाद एक चमकौर के युद्ध में उनकी आँखों के सामने शहीद हुए, तब भी वे परमात्मा का आभार करते दिखे थे। उन्होंने परमात्मा के अनेकानेक रूपों की वंदना की है। उपरोक्त पंक्तियों में गुरु साहिब कहते हैं कि परमात्मा सारे जीवों का पालन करनेवाला और अंत करनेवाला है। वह सर्वत्र व्याप्त है। परमात्मा को आनंद की मूर्ति मानकर सभी कार्यों को आनंद सहित, प्रिय मानकर स्वीकार करना सिख धर्म दर्शन के मुख्य सिद्धांतों में एक है।

गुरु गोबिंद सिंहजी की पावन वाणी 'जपु साहिब' से इस तत्त्व को समझा जा सकता है, जिसका प्रत्येक सिख नित्य पाठ करता है—

'सरब पालक सरब घालक सरब को पुनि काल।
जत्र तत्र विराजही अवधूत रूप रसाल॥'

'जपु साहिब' गुरु गोबिंद सिंहजी की अनमोल रचना है, जिसमें गुरु साहिब ने पूरे परिवार व लाखों सिखों का बलिदान कर न केवल धर्म व भारतीय स्वाभिमान को बचाया, बल्कि एक स्वर्णिम इतिहास भी रच दिया, जो युगों-युगों तक सभी भारतवासियों को प्रेरणा देता रहेगा।

□

माता भाग कौर : देश-धर्म रक्षा हेतु दिखाया रण-कौशल

स्वाधीनता से पहले सम्मान व स्वाभिमान के लिए लड़ने के लिए प्रेरित करने का बीड़ा जिन महान् माता भाग कौर ने उठाया, उनके साहस के किस्से आज भी रोंगटे खड़े करते हैं।

यूँ तो सिख इतिहास बलिदान से भरा हुआ है। धर्म और देश की रक्षा के लिए न केवल पुरुषों ने बढ़-चढ़कर रण-कौशल दिखाया, बल्कि महिलाएँ भी अग्रणी रही हैं। माता भाग कौर शस्त्रों के साथ युद्ध के मैदान में लड़ीं। उन्हें सर्वाधिक आदर सहित याद किया जाता है।

भारत की स्वाधीनता के संघर्ष की कहानी अंग्रेजी हुकूमत के समय से नहीं, बल्कि उससे भी करीब 150 वर्ष पूर्व तब शुरू हो गई थी, जब मुगलों के जोर-जबर के विरोध की चिनगारी सुलगी थी। नौवें गुरु तेग बहादुरजी की शहादत मुगल शासक औरंगजेब के जुल्म की इंतिहा कही जा सकती है।

उस दौर में मुगल शासक औरंगजेब पूरे देश का इसलामीकरण करना चाहता था। इसलिए उसने अपने सभी सूबेदारों से लोगों को इसलाम कुबूल करवाने को कहा।

कश्मीर का सूबेदार शेर अफगान वहाँ के कश्मीरी पंडितों से इसलाम ग्रहण करवा रहा था। जो ऐसा करने से इनकार करते, उन्हें मौत के घाट उतार दिया जाता। तब कश्मीरी ब्राह्मणों का एक दल श्री आनंदपुर साहिब में गुरु तेग बहादुर साहिब से मिला और उनसे फरियाद की।

गुरु साहिब ने उनसे कहा कि यदि कोई महान् व्यक्ति शहादत दे तो यह मुश्किल हल हो सकती है। बताते हैं कि उस समय वहाँ मौजूद गुरु साहिब के नौ साल के बेटे गोबिंद राय (सिंह) ने कहा कि पिताजी आपसे महान् कौन है? बालक गोबिंद की बात सुनकर गुरु तेग बहादुर साहिब ने कश्मीरी ब्राह्मणों से कहा कि आप औरंगजेब से कह दें कि अगर उनका गुरु इसलाम कुबूल कर लेगा तो वे सब भी कर लेंगे।

औरंगजेब ने गुरु तेग बहादुर साहिब को गिरफ्तार करने के लिए सैनिक भेज दिए, जबकि दूसरी ओर गुरु तेग बहादुर अपने सिखों के साथ स्वयं ही दिल्ली चल पड़े। दिल्ली पहुँचने से पहले ही उन्हें गिरफ्तार कर लिया गया। औरंगजेब ने गुरु साहिब और उनके सिखों को इसलाम अपनाने के लिए खूब लालच दिया, लेकिन जब वे अडिग रहे तो उन्होंने उनके तीन सिख भाई—मती दास, भाई सती दास और भाई दयालजी को यातनाएँ देकर शहीद कर दिया। तब भी गुरु तेग बहादुर साहिब का मन नहीं बदला तो औरंगजेब ने चाँदनी चौक में उनका सिर कलम करवा दिया।

गुरु तेग बहादुर साहिब की शहादत के समाचार ने तरनतारन के झब्बाल गाँव की भाग कौर को विचलित कर दिया। क्रोध से उनका खून खौल उठा और उन्होंने ठान लिया कि मुगलों के छक्के छुड़ाने के लिए वे कोई भी कुरबानी दे देंगी। उन्होंने अपने पिता माले शाह से कहा—

"मेरा दिल करता है कि मैं तलवार लेकर अभी दिल्ली जाऊँ और उन दुष्टों का खात्मा कर दूँ, जिन्होंने गुरु साहिब को शहीद किया है।"

भागो चार भाइयों की बहन थी। माई भागो के बचपन का नाम भागभरी था और सभी प्यार से 'भागो' कहते थे। बचपन से ही भागो शस्त्र विद्या में निपुण हो गई थीं। शुरू से ही पुरुषों की तरह कपड़े पहनकर शस्त्र चलाने का अभ्यास करतीं। बताते हैं कि वे माता-पिता के साथ बचपन से ही गुरु तेग बहादुर साहिब के दरबार में आती थीं, इसलिए गुरु तेग बहादुरजी की शहादत ने उनके भीतर मुगलों के अत्याचार के खिलाफ भड़क रही चिनगारी को शोला बना दिया।

कई इतिहासकारों का मानना है कि उनका विवाह अमृतसर के पट्टी के निधान सिंह के वड़ैच के साथ हुआ था, लेकिन इसका कोई विवरण नहीं मिलता।

गुरु तेग बहादुर साहिब के बाद श्री आनंदपुर साहिब में जब मुगलों और दसवें गुरु गोबिंद सिंहजी के बीच कई दिनों तक युद्ध चलता रहा तो माझा के 40 सिख भूख-प्यास से व्याकुल हो गए और गुरु साहिब का साथ छोड़ गए।

जाते समय गुरु साहिब ने उनसे बेदावा अर्थात् संबंध-विच्छेद पत्र लिखवा लिया, जिसमें लिखा गया कि वे आज से उनके गुरु नहीं और वे उनके चेले नहीं। सभी यह सोचकर अपने-अपने घरों को लौट गए कि उनका परिवार उन्हें मिलकर खुश होगा, पर ऐसा नहीं हुआ।

माई भागो को जब पता चला कि वे सभी गुरु साहिब को बेदावा लिखकर दे आए हैं तो माई भागो ने उन्हें धिक्कारते हुए कहा कि वे मुसीबत के समय गुरु का साथ छोड़ आए। माई भागो ने सभी महिलाओं को एकत्र किया और पुरुषों का पहनावा धारण करके उन्हें ललकारा कि युद्ध में गुरु साहिब का साथ देने के लिए महिलाएँ जाएँगी। माई भागो के नेतृत्व में सभी महिलाएँ श्री आनंदपुर साहिब जाने के लिए तैयार हो गईं।

पुरुषों को अपनी गलती का अहसास हुआ। उनका सोया जमीर फिर से जागा। माई भागो ने ही उन्हें फिर से गुरु साहिब के पैर पकड़ने की सलाह दी। सिंह फिर से इकट्ठा हुए और वापस युद्ध के मैदान की ओर चल दिए। रास्ते में ही उन्हें गुरु साहिब के परिवार के बिछुड़ने, उनके बच्चों के शहीद होने के बारे में पता चला। उन्हें यह भी पता चला कि मुगल सेना गुरु साहिब का पीछा कर रही है।

गुरु साहिब श्री मुक्तसर साहिब के सुनियार, रामेयाणा गाँव से होते हुए खिदराणे गाँव की ओर जा रहे थे कि माई भागो व भाई महासिंह की अगुवाई में 40 सिंह, जो गुरु साहिब को बेदावा देकर आए थे, का वहाँ मुगल सेना से टकराव हो गया।

उन्होंने अपनी चादरें और अन्य कपड़े पेड़ों पर इस तरह टाँग दिए कि लगे कि कोई सेना तंबू डालकर डेरा लगाए बैठी है। खुद झाड़ियों में ऐसे छिप गए कि आसानी से मुगल सेना पर हमला कर सकें। 40 सिंहों ने मुगल सेना का बहुत नुकसान किया। जब उनके तीर खत्म हो गए तो वे तलवारें लेकर दुश्मनों पर टूट पड़े। बहुत घमासान युद्ध हुआ। अंत में सभी शहीद हो गए।

जब गुरु साहिब वहाँ पहुँचे, तब केवल महासिंह की साँसें चल रही थीं, जिसने बेदावा लिखा था। गुरु साहिब ने उसका सिर अपनी गोद में रखकर उसकी इच्छानुसार बेदावा फाड़ दिया और सभी को जीवन-मरण के चक्र से मुक्त होने का आशीर्वाद दिया।

इसके बाद वे बुरी तरह से घायल हो चुकी माई भागो के पास गए। गुरु साहिब ने उनका इलाज करवाया। उनके दोनों भाई भी इस जंग में शहीद हो गए थे। यहीं से वे गुरु साहिब के साथ ही चली गईं। जब गुरु साहिब दक्षिण की ओर सिख संगत के साथ रवाना हुए तो वे भी उनके साथ ही गईं और वहीं सिख धर्म का प्रचार करती रहीं।

नांदेड़ में जब गुरु साहिब ने प्राण त्यागे तो उसके बाद माई भागो कर्नाटक के जनवाड़ा व बिदर चली गईं। सचखंड हजूर साहिब से बिदर के रास्ते पर जनवाड़ा के पास ही माई भागो का गुरुद्वारा है। बिदर जाते समय श्रद्धालु इस गुरुद्वारा साहिब में भी रुककर माथा टेकते हैं, ताकि उन महान् विभूति के बलिदान को प्रणाम कर सकें।

□

औरंगजेब की नाक में दम करनेवाली छत्रपति की बहू वीरांगना ताराबाई

छत्रपति शिवाजी महाराज की पुत्रवधू रण रागिनी महारानी ताराबाई भोंसले ने औरंगजेब की नाक में दम कर दिया था। मुगल बादशाह का मुगालता तोड़नेवाली ताराबाई साहेब बात की भी धनी थीं और तलवार की भी। उनकी बहादुरी काबिल-ए-तारीफ थी। उन्होंने औरंगजेब के सपने को चकनाचूर कर दिया, जब वह इस गलतफहमी में था कि तीन छत्रपति पुरुष काल की गति को प्राप्त हो चुके हैं, अब राज्य हड़पने में कोई रोड़ा नहीं है।

छत्रपति शिवाजी महाराज द्वारा स्थापित साम्राज्य को जीतने का सपना देखनेवाले औरंगजेब ने 27 साल दक्षिण में गुजारे। उसमें से आखिरी सात साल मराठा साम्राज्य को पूर्णतया जीतने का मुगालता औरंगजेब ने जिंदगी भर पाले रखा। छत्रपति शिवाजी महाराज का महानिर्वाण 3 अप्रैल, 1680 को हुआ और वर्ष 1681 में औरंगजेब ने उनके साम्राज्य पर धावा बोल दिया। उस समय यहाँ राज कर रहे छत्रपति शिवाजी के पुत्र छत्रपति संभाजी महाराज ने औरंगजेब से लगातार आठ वर्ष घनघोर संग्राम किया। औरंगजेब ने संभाजी महाराज को घात लगाकर अचानक कैद कर लिया और पुणे जिले में भीमा नदी के किनारे बड़ी निर्दयता से उनकी हत्या कर दी।

उसके बाद संभाजी के भाई एवं छत्रपति शिवाजी महाराज के दूसरे पुत्र छत्रपति राजाराम ने औरंगजेब के साथ वहीं संग्राम अगले 11 वर्ष तक जारी रखा। उन्हीं की अर्धांगिनी थीं ताराबाई भोंसले। वर्ष 1700 में छत्रपति राजाराम का निर्वाण हुआ।

तब औरंगजेब बहुत प्रसन्न हुआ, क्योंकि मराठाओं के तीन छत्रपति काल के गाल में समा चुके थे और अब उसके अनुसार सह्याद्रि और दक्खन (दक्षिण)

जीतना महज कुछ दिनों की ही बात थी, किंतु छत्रपति शिवाजी महाराज की वीरांगना पुत्रवधू महारानी ताराबाई ने औरंगजेब के सपने को चकनाचूर कर दिया। वह दक्षिण में बिताए 22 वर्षों के आखिरी 7 वर्ष महारानी ताराबाई का मुकाबला करता रहा।

महारानी ताराबाई महज 25 वर्ष की आयु में घोड़े पर सवार होकर रणभूमि में औरंगजेब की फौज से मुकाबला करती थीं। अपना सिंदूर गँवाने के बावजूद हिंदवी स्वराज्य के भाल का सिंदूर कायम रखने के लिए वीरांगना ताराबाई ने औरंगजेब सरीखे लाखों की फौज रखनेवाले दुश्मन को नाकों चने चबवा दिए।

वर्ष 1675 में सितारा जिले के तलबीड गाँव में जनमी ताराबाई हिंदवी साम्राज्य के सरसेनापति हंबीरराव मोहिते की पुत्री थीं। संभाजी महाराज के आदेशानुसार वाई के नजदीक हुई लड़ाई में हंबीरराव वीरगति को प्राप्त हो गए थे। ऐसे वीर पिता की छत्रच्छाया में ही ताराबाई ने घुड़सवारी, तलवारबाजी एवं विविध युद्धकलाओं का प्रशिक्षण लिया था।

जब औरंगजेब ने संभाजी महाराज की हत्या की, उसके बाद मराठा राजधानी रायगढ़ को जीतने के लिए मुगलिया फौज ने रायगढ़ किले की घेराबंदी कर दी। ऐसे में पूरा राजपरिवार 'पातशाह' (बादशाह औरंगजेब) की कैद में न पड़ जाए, इसलिए संभाजी महाराज की पत्नी येसुबाई ने अपने देवर राजाराम को गुप्त मार्ग से घेराबंदी के बाहर निकाल दिया।

वहाँ से लगभग 600 मील दूर, आज के तमिलनाडु स्थित जिंजी में राजाराम महाराज ने अपना स्वतंत्र राज्य स्थापित किया। 'अष्टप्रधान मंडल' की नियुक्ति की और जिंजी के अजेय दुर्ग के सहारे राज-पाट चलाया।

छत्रपति राजाराम महाराज एवं उनकी पत्नी महारानी ताराबाई के कार्यकाल में संताजी एवं धनाजी जैसे मराठा वीरों ने औरंगजेब की सेना को दु:खी होने को मजबूर कर दिया। मुगलिया सेना के घोड़े जब नदी का पानी पीने से मुकर जाते, तो उनके अमलदार घोड़ों से पूछते कि क्या उन्हें पानी में संताजी-धनाजी दिखाई दे रहे हैं?

संताजी औरंगजेब की छावनी पर छापा मारकर शाही डेरे के स्वर्णकलश भी लूट लाए थे। अपने पति के कार्यकाल में ही सेना खड़ी करना, तोप दल एवं घुड़सवार दल का गठन करने जैसे सामरिक विषयों में भी ताराबाई सक्रिय थीं। राजाराम महाराज के निधन के बाद जब संभाजी महाराज की पत्नी येसुबाई और उनके पुत्र साहू राजे औरंगजेब की कैद में थे, उस समय स्वराज्य एवं धर्म का परचम लहराए रखने के लिए ताराबाई ने वर्ष 1701 में अपने पुत्र शिवाजी द्वितीय का राज्याभिषेक करवाया।

अपने देश, धर्म और भूमि के लिए ताराबाई ने कई लड़ाइयाँ लड़ीं। सतत युद्धरत रहना उनकी सामरिक नीति की महत्ता का परिचायक है। ताराबाई की रणनीति और उनके आघात का जोर उनके पति से कहीं अधिक था। उन्होंने मुगलों को बहुत नुकसान पहुँचाया। ताराबाई की सेना ने वर्ष 1704 में आदिलशाही की राजधानी बीजापुर का संपन्न शहर लूट लिया। छत्रपति शिवाजी महाराज तथा संभाजी महाराज के काल में भी मराठा सेनाएँ जो न कर पाईं, वह पराक्रम ताराबाई की सेना ने किया था।

ताराबाई ने मुगलों का सबसे संपन्न बंदरगाह सूरत तीन बार लूटा और स्वराज्य के लिए धन जुटाया। ताराबाई ने अपने कार्यकाल में मराठा सेना नर्मदा पार कर मालवा, मंदसौर और सिरौंजा क्षेत्र में भिजवाई। नर्मदा के किनारे रतनपुर में मराठा सेना ने मुगलों की सेना को परास्त कर दिया।

इसका अर्थ यही है कि महाडजी शिंदे द्वारा मध्य प्रदेश की मुहिम छेड़ी जाने के लगभग 60-70 वर्ष पूर्व ही ताराबाई ने मध्य प्रदेश पर जीत हासिल कर ली थी। इस प्रकार की मुहिमों के लिए ताराबाई ने जुझारू सरदारों की सेना जुटाई थी। उन दिनों औरंगजेब महाराष्ट्र के पन्हाला, रायगढ़, परली आदि दुर्ग जीतता जा रहा था। केवल इसी मुहिम के पीछे मुगल सेना ने ताराबाई के कार्यकाल में पाँच वर्ष लगा दिए, किंतु ताराबाई की सेना गँवाए हुए दुर्ग चंद महीनों के अंदर फिर से जीत लेती थीं। इसी चक्कर में औरंगजेब को दक्षिण में आकर मराठाओं के साथ लड़ते-लड़ते 20 साल बीत गए थे।

महाराष्ट्र के गिरी-कंदराओं वाले इलाके से मुगल सेना तंग आ चुकी थी। कई बार औरंगजेब की यह सेना बरसात से आई बाढ़ में बह गई। स्वयं उसकी छावनी

भी दो-तीन बार बाढ़ की चपेट में आ गई, लेकिन औरंगजेब का पागलपन खत्म नहीं हुआ। मराठा सेना खत्म हो जाए, उनका राज्य खत्म हो जाए, सांस्कृतिक स्थल भ्रष्ट हो जाएँ और मानसिक दृष्टि से आम मराठा व्यक्ति हताश हो जाए, इसके लिए औरंगजेब ने जमीन-आसमान एक कर दिया।

अपनी धर्मांध नीति के तहत औरंगजेब ने नासिक का नाम बदलकर गुलशनाबाद, पुणे का नाम बदलकर मुहियाबाद, रायगढ़ का नाम बदलकर इसलामगढ़ और सतारा का नाम बदलकर आजमतारा कर दिया, किंतु औरंगजेब की मुगल सेना के चारों दिशाओं से होनेवाले आक्रमण के सामने महारानी ताराबाई ने कभी हार नहीं मानी।

उन्होंने कान्होजी आंग्रे को अपने नौदल (नौसेना) का प्रमुख बनाया। रामचंद्र पंत अमात्य, शंकरजी नारायण, परशुराम पंत प्रतिनिधि, धनाजी जाधव, उधाजी चव्हाण, चंद्रसेन जाधव जैसे सरदार एवं सहयोगियों को जुटाकर औरंगजेब को नाकों चने चबवाकर दर-दर भटकने पर मजबूर कर दिया। यह वही समय था, जब अत्याधिक श्रम के कारण औरंगजेब बहुत कमजोर हो गया था और एक पैर से लँगड़ाने भी लगा था।

औरंगजेब की मृत्यु के पश्चात् वर्ष 1707 में शाहू राजे कैद से रिहा कर दिए गए। उसके बाद एक तरफ ताराबाई और दूसरी तरफ शाहू राजे, ऐसा गृहकलह शुरू हुआ कि मराठा राज्य दो खेमों में बँट गया। ऐन वक्त पर धनाजी जाधव, खंडो बल्लाल और बाद में पुणे जाकर पहले पेशवा बने बालाजी विश्वनाथ जैसे कर्तृत्ववान सरदारों ने ताराबाई का साथ छोड़ शाहू राजे का साथ देने का निर्णय किया।

फिर भी शौर्यवती ताराबाई डगमगाईं नहीं। कुछ समय बाद वारणा नदी को सरहद मान छत्रपति शिवाजी महाराज के वारिसों ने दो राजगद्दियाँ बनाईं। कोल्हापुर के राज्य की व्यवस्था पन्हाला किले से ताराबाई स्वयं देखती थीं और शाहू राजे ने सतारा में अपनी राजधानी स्थापित की थी।

आगे चलकर वर्ष 1714 में ताराबाई की सौतन राजसबाई ने बगावत कर अपने बेटे को कोल्हापुर की राजगद्दी पर बिठा दिया और ताराबाई को नजरबंद कर दिया। उसके बाद काफी समय तक वे सतारा में रहीं। इस दौरान राजनीति के कई उतार-चढ़ाव देखे। वे छत्रपति शिवाजी महाराज के राज्य से लेकर पानीपत में मराठा सेनाओं के पतन तक के घटनाप्रधान काल की साक्षी रहीं।

86 वर्ष की आयु में वर्ष 1761 में वीर ताराबाई की देहावसान हो गया।

□□□